Sabine Raml

Heldentage

SABINE RAML

# HELDENTAGE

## Do what you love

Roman

heyne>fliegt

MIX
Papier aus verantwortungsvollen Quellen
FSC® C014496

Verlagsgruppe Random House FSC® N001967
Das für dieses Buch verwendete FSC®-zertifizierte
Papier *Super Snowbright* liefert
Hellefoss AS, Hokksund, Norwegen.


Umschlaggestaltung: Das Illustrat, München,
unter Verwendung eines Motivs von © Olesia Bilkei/Shutterstock
Satz: KompetenzCenter, Mönchengladbach
Druck und Bindung: GGP Media GmbH, Pößneck
Printed in Germany
ISBN: 978-3-453-26960-6

www.heyne-fliegt.de

Für Paula und Bella
und Gilla
(in Heaven)

*Du*
*Könntest du schwimmen*
*Wie Delphine*
*Delphine es tun*
*Niemand gibt uns eine Chance*
*Doch können wir siegen*
*Für immer und immer*
*Und wir sind dann Helden*
*Für einen Tag*

*(David Bowie: Helden)*

# NULLKOMMAFÜNF

Ich sollte unbedingt mehr schreiben. Einfach, weil ich es liebe. Wenn ich schreibe, bekomme ich viel Luft. So viel Luft, dass ich denke, da hat mich jemand heimlich an ein Sauerstoffgerät angeschlossen, und ich habe es nicht gemerkt. Weil ich ja generell nichts merke beim Schreiben. Ich merke nicht, ob Mutter nebenan durch ihre Flaschenfreundwüste latscht und endgültig verdurstet, die Motten über meine Klamotten herfallen oder mein Magen den Geist aufgibt. Ich merke nichts, und ich denke an nichts. Denke nicht mal an Lenny. Vergesse, dass ich das mit dem Küssen nicht hinbekomme. Kein Kuss, kein Petting, kein Sex. Für Sex muss man nackt sein, man muss sich komplett ausziehen vorher, wie (bitte schön) soll ich das jemals hinkriegen? In tausend Jahren wird das nichts, never ever. Ich meine, es macht ja nicht einfach irgendwann irgendwo in meinem Kopf peng, und ich bin normal. Aber wenn ich schreibe, gibt es null Probleme. Beim Schreiben bin ich irgendwo anders. Vielleicht bin ich ein Schreibbuddha.

*Do what you love and do it often.*

»Dann«, sagt Pola, »wirst du bestimmt die größte Heldin von allen.«

# EINS

Am Abend trinke ich die Restmilch in einem Zug leer, bringe Mutter ihr letztes Bier für heute, lege mich ins Bett und denke kurz daran, dass es keine Katastrophe wäre, am Morgen nicht wieder aufzuwachen. Das denke ich abends oft, und weil ich es so oft denke, nehme ich es kaum ernst. Ich denke auch jeden Morgen wieder, wie geil, dass ich aufwache, dass ein neuer Tag vor mir liegt, und: wie abgefahren die Nacht war. Ich weiß nicht, ob das normal ist, dass alles, was mir am Tag fehlt, in der Nacht in Hülle und Fülle da ist.

*Schuhe, Essen, Klamotten, Luft, Vater, Lenny.*

Verrückt, aber in meinen Träumen trage ich sündhaft teure Designerschuhe, esse in Rekordzeit den halben Bioladen inklusive Backstube leer, spiele vor Publikum Saxofon und habe danach noch genug Luft, um Lenny stundenlang zu küssen.

Nachts hänge ich mit meiner Clique im Freibad ab, und wir zählen die Mücken oder rupfen büschelweise Grashalme. Oder chillen auf der großen Wiese im Park.

Spaß und Luft ohne Ende.

Wir sind die Allergrößten.

Alle sind da, die ganze Clique: Pola und Netti und Nina und Dirk und … *Lenny, Lenny, Lenny.*

Lenny (I), mein Exfreund.

Lenny (II), 16,67 % meiner Clique.

Lenny (III), mein Ex-Klassenkamerad.

Lenny I-III ist so etwas wie mein persönliches Überraschungsei in nicht ganz so lustig. Und die Clique ist ein Teil meiner Ex-Klasse. Ziemlich viel ex und ziemlich kompliziert. Kein Wunder also, dass ich manchmal etwas verwirrt bin und im Schlaf meine beiden Namen flüstere.

*Lea.*

*Spaghetti.*

Wenn mir meine beiden Namen den Schlaf rauben, stehe ich auf und stelle mich ans Fenster. Alle anderen Fenster sind dunkel, alle schlafen, die ganze Stadt, die halbe Welt. Dunkle Fenster, dunkle Balkone, dunkle Fassaden. Manchmal eine Katze oder ein Vogel oder etwas, das ein Eichhörnchen sein könnte. Am Himmel ein Stern, der Mond, ein Flugzeug? Irgendwo da drüben, hinter den ganzen Häusern und Schatten und die Straße runter, wohnt Lenny. Lenny hat nur diesen einen Namen und ein stinknormales Leben, und weil alles so normal ist bei ihm, schläft er sicher tief und fest wie ein Murmeltier. Wäre ich eine Schlafwandlerin, würde ich auf der Stelle zu ihm wandeln, seine Bettdecke anheben, mich neben ihn legen und mich an ihn kuscheln. Und er schließt mich in seine Arme und küsst mich endlich.

Träume ich noch, oder lebe ich schon?

Ich wache auf und sehe an die Decke.

Schaue auf die Glühbirne, die ohne Lampenschirm dahängt, weil nie Geld für so unnütze Dinge wie Lampenschirme übrigbleibt. Ich stelle mir vor, dass die Decke ein Loch hat, ein Loch mit einer Art Staubsauger darin. Dieses Saugrohr verschluckt meine Träume, weil sie mich sonst langsam von innen auffressen oder vergiften oder was ähnlich Unangenehmes mit mir anstellen. Ich hätte große Lust, von diesem Saugrohr aufgesaugt zu werden, dann könnte ich von da oben auf mein Bett runterschauen und zusehen, wie ich daliege und mit meinen wirren Träumen kämpfe wie eine Verrückte.

Aber das Rohr saugt mich nicht auf. Es traut mir nicht, es denkt, ich habe wieder nur diese langweiligen Schuhträume, in denen immer dasselbe passiert (Absätze brechen ab, Löcher bilden sich scheinbar aus dem Nichts, Sohlen klappen auf und so weiter und so fort). Auch ein Saugrohr irrt sich mal. Ich habe sehr wohl etwas Besonderes: einen Traum, in dem alle von Anfang an barfuß sind.

Es ist ganz still und grün, und es riecht gut (das Paradies?).

Barfuß-Lenny hält zwei braune Lederarmbänder in seinen Händen. Er lässt seinen Kopf in den Nacken fallen, lacht. Dann schaut er mir tief in die Augen. Während die Sonne einen Lichtkranz um seinen Kopf zaubert, bindet er mir eines der Lederarmbänder um mein linkes Handgelenk und knotet es an beiden Enden zusammen. Kurz erinnert mich der Knoten an meine

Schnürsenkelknoten, aber ich bin viel zu aufgeregt, um diesen Gedanken weiterzuverfolgen. Meine Hände zittern, als ich das andere braune Lederarmband nehme und es um Barfuß-Lennys linkes Handgelenk binde. Durch die Luft schwimmen winzige Blütenpollen, doch weil ich mich in einem Traum befinde, bekomme ich weiterhin Luft. Geschafft, denke ich und atme tief und bin stolz. Dumm nur, dass ich wie blöde kichere, weil eine kleine Kunstpause entsteht, in der ich nicht weiß, ob ich Barfuß-Lenny nun küssen muss. Schaffe es natürlich sowieso nicht.

Ohne Kuss kommt mir die Paradiesszene nur fast perfekt vor. Fast perfekt ist auch ganz schön. Und weil alles so schön ist, füllt sich mein Bauch gerade mit einem lustigen Bienenschwarm, als ein Junge in Barfuß-Lennys Alter auftaucht. »Freeman«, rufe ich und bin wirklich überrascht (nicht nur, weil er auch barfuß ist). Barfuß-Lenny schaut mir lange auf den Mund und verschwindet dann so plötzlich, wie Autolichter hinter einer Kurve verschwinden. Freeman und ich, wir halten uns an den Händen und folgen Barfuß-Lenny auf leisen, nackten Sohlen. Verschwinden auch, biegen um die Ecke, sind weg.

Die braunen Lederarmbänder sind alleine auf der Welt.

Sie hängen in einem der alten Bäume, die überall auf dem Schulhof herumstehen und aussehen wie Riesen, die uns in ihre Arme schließen wollen. Die braunen Lederarmbänder erinnern mich an hässliche, kleine Regenwürmer. Ich könnte schwören, aus der Schulcafeteria nähert sich ein kleines Mädchen mit einem Spaten in der Hand, das ausprobieren möchte, wie man aus einem Regenwurm spielend zwei macht …

Ich schließe die Augen wieder.

Es ist alles andere als still.

Ich schaue auf den Wecker, kurz vor fünf. In zwei Stunden stehe ich auf, und in drei Stunden fängt die verdammte Schule an. In 790 Tagen werde ich volljährig. Keine Ahnung, ob andere Menschenköpfe auch so voll sind wie meiner. Mein Kopf fühlt sich an, als würde er bald platzen, aber wenn er tatsächlich platzt, bekommt er vielleicht mal wieder etwas mehr Luft.

Ich versuche, noch mal abzutauchen, einzuschlafen, aber diese armseligen Lederarmbandregenwürmer drehen sich in meinem Kopf wie bekloppt im Kreis. Nichts und niemand kann sie aufhalten. Ab einem gewissen Punkt führen meine Gedanken ihr eigenes Leben (sie sind längst erwachsen).

# Zwei

Die Luft steht.

Ich setze einen Fuß vor den anderen und denke an die aus meiner Klasse, die gerade in der kühlen Sporthalle einem Ball hinterherjagen. Für nichts auf der Welt möchte ich da mitlaufen, logisch also, dass ich froh sein müsste, weil ich früher schulfrei habe, aber ich bin es nicht. Ehrlich gesagt bin ich ziemlich geladen. Ich meine, ich gehe ja nicht ins Freibad oder Klamotten shoppen, sondern zum Riffei in die Praxis. Obwohl (wenn ich länger darüber nachdenke): Besser beim Arzt rumhängen, als auf der Bank sitzen und den anderen beim Basketball zuschauen. Da kann man sich gleich ein Schild »Außenseiter« auf die Stirn kleben.

Ich lege mir eine Hand auf den Bauch. Der ist ganz kalt und leer, seit Tagen schon, seit der Sache mit Lenny. Aber Lenny gehört nicht hierher, nirgendwohin weniger als zum Riffei. 25 Grad im Schatten, und ich schleppe mich zum Arzt wie eine alte Frau.

Ich hasse meine Schuhe!

Meine Sandalen sind zwei Nummern zu groß, und meine Füße schmatzen, wenn ich auftrete. Es gibt schöne Schuhe. Schuhe, in denen die Füße gerne laufen, fast wie von selbst. Solche Schuhe könnte ich besitzen, gleich mehrere Paar, in allen Farben.

Ich könnte gesund sein und reich und berühmt und glücklich.

Ich könnte einen festen Freund haben (Lenny).

Ich könnte die Geschichte mit Freeman nicht erfunden und mich so in Teufels Küche gebracht haben.

Ich könnte Hannelore nicht beklaut haben.

Ich könnte am Meer sitzen und alle Sandkörner zählen, einfach nur, weil es tierisch viel Spaß macht und herrlich sinnlos ist.

Ich könnte mit Pola tanzen, ganz ohne Musik, ganz ohne Schuhe und ganz ohne Sorgen.

Ich könnte selbstbewusster sein, so selbstbewusst, dass ich nicht ständig denke, ich bin nur deshalb so beliebt, weil alle Mitleid mit mir haben. Okay, alle sind mir egal, aber meine Clique ist mir alles andere als egal. Frage mich häufig, wieso mich die anderen überhaupt mögen. Die meiste Zeit sehe ich aus wie eine Vogelscheuche, bin aber Teil einer *normalen* Clique.

Hallo? Ich falle doch echt auf!

Aber ich würde so gern nicht auffallen.

Ich könnte normal sein. Eltern haben, einen Vater und eine Mutter.

Meine Mutter könnte ein fröhlicher Mensch sein und einen interessanten Job haben und eine wahre Alltagsheldin sein (sie ist vor mir wach und bleibt länger auf und dazwischen ist sie für mich da, wenn ich sie brauche).

Sie könnte ihre Hand auf meinen Bauch legen, wenn er so kalt und leer ist wie jetzt, und dann würde der

Schmerz sofort verschwinden. Wobei mein Bauch auch ganz ohne Hand warm und voll sein könnte.

Ja, ich wünsche mir einen vollen, warmen Bauch. Haut, die nie rot wird. Und Luft, die immer ausreicht, selbst für einen Marathonlauf oder einen Tauchgang. So viel Luft, wie man auch für einen langen, langen Kuss benötigt.

Alles könnte so schön sein.

Zum Riffei läuft man ewig lange an der Hauptstraße mit den tausend Geschäften lang. Die Hälfte meiner Freunde wohnt hier, und überhaupt steht an jeder Ecke jemand, den ich kenne.

Ein Meer aus bekannten Gesichtern.

»Besser keine Abgase einatmen«, sagt der Riffei immer, aber ich kann ja schlecht mit angehaltener Luft in seine Praxis fliegen. Ich atme also die Abgase aller Autos ein, die an mir vorbeifahren, und das sind verdammt viele. Dann kommt noch der Bus und ein ziemlich lautes Motorrad, und ich denke, da kann ich froh sein, dass hier keine Lkws langfahren, dass niemand auf die Idee kommt, hier eine Rennstrecke für die Formel 1 zu bauen. Meine Luft ist ziemlich am Ende, aber wie durch ein Wunder trennen mich nur noch wenige Schritte vom Riffei und seinen dämlichen Fragen.

Gut, dass ich mein Handy dabeihabe, und gut, dass ich eine SMS von Pola bekomme. Ich wette, gleich fragt sie, was ich schon wieder bei diesem langweiligen Arzt verloren habe. Pola glaubt an Schicksal und Glück und so

Zeugs, und deshalb denkt sie auch, es reicht, wenn ich eine Weile an die frische Luft gehe und tief ein- und ausatme, dabei reicht das schon lange nicht mehr.

Spaghetti, lieb dich mehr als Yogastunden
mit Ana Forrest! Kuss, Pola

Die Wette habe ich gründlich verloren. Ana Forrest, Polas allerliebste Heldin. Genaugenommen hat Pola nur wegen Ana Forrest mit ihren heißgeliebten Yogastunden begonnen. »Ich will so eine starke Kriegerin werden wie sie«, hat Pola (aus heiterem Himmel) gesagt, und als ich sie das nächste Mal besucht habe, stand sie tatsächlich auf einer Yogamatte in Kriegerposition und hat so tief geatmet, dass ich dachte, gleich hebt sie ab, direkt in den Himmel, und ich sehe sie nie wieder.

Dieser Gedanke hat mich in ein tiefes, seelisches Loch befördert.

Pola ist meine allerbeste Freundin und so schön, dass ich sie manchmal kaum anschauen kann. Pola jobbt als Sportmodel. Das hat vor etwa zwei Jahren angefangen, da hat der Chef vom Outdoorladen sie gefragt, ob sie Lust auf ein paar Fotos hätte, just for fun. Ich war bei dem Spaß dabei, und deshalb weiß ich auch noch genau, wie fantastisch Pola auf dem Surfbrett aussah. Während des Shootings saß ich in einem Paddelboot, habe eine Grimasse nach der anderen geschnitten, und wir haben uns halb totgelacht. Beim nächsten Mal durfte Pola Klamotten aus der aktuellen Yogakollektion tragen, und das war dann auch in etwa der Beginn von Polas Ana-Forrest-Kriegerphase.

»Die Erde trägt dich, und der Himmel schützt dich, probier es aus.«

Habe es ausprobiert, aber mir fehlt die Luft für so viel Tamtam. Pola hat viel, viel Luft, und ich glaube, wenn sie könnte, würde sie mir etwas von ihrer Luft abgeben (geht aber nicht).

Die schöne Pola läuft meistens barfuß durch die Welt. Manchmal trägt sie eine dieser Fußketten, an denen klitzekleine Muscheln und bunte Perlen hängen und die so schön klimpern, wenn Pola ihren Fuß oder auch nur den kleinen Zeh bewegt. Es ist unglaublich, wie selbstverständlich sie so durch die Großstadtstraßen geht und Lärm macht und sich alle nach ihr umdrehen und sie bewundern.

Ich würde mich das niemals trauen.

Pola ist mir unglaublich wichtig, und deshalb bin ich auch nicht neidisch auf ihren Erfolg. Außerdem glaube ich fest daran, dass auch ich eines Tages berühmt sein werde. Das wollen alle, klar, aber ich will es *wirklich*. Ich will es, um die Welt zu verändern. Ich will, das die Welt ein besserer Ort wird. Ich schreibe etwas, das alle lesen, und irgendwie (keine Ahnung wie) schaffe ich es, dass sie es nie wieder vergessen, dass es für alle Zeiten in ihren Köpfen und Herzen bleibt. Wenn ich das schaffe, werde ich sicher die erste weltberühmte Heldin mit einem Lebensmittelnamen, knapper Luft und heißer Sonnenscham sein.

Den Spitznamen »Spaghetti« habe ich meinen Haaren

zu verdanken. Die sind nicht nur blond und lang und dünn, sondern hängen auch runter wie … gekochte Spaghetti eben.

Es geht um meine Luft.

Luft ist wichtig, und deshalb habe ich keine Zeit, Pola zu antworten. Vielleicht gleich, im Wartezimmer, wenn niemand blöd guckt, nur weil ich dasitze und mit dem Handy spiele. Alle Blicke folgen mir, als ich die Stufen zur Arztpraxis vom Riffei hochsteige, weil alle sehen, dass ich nichts habe, ich meine, nichts, was man sehen könnte. Keinen Gipsarm, kein Loch im Kopf und auch kein Messer im Rücken.

Bring bitte Bier und Zigaretten mit vier F und zwei P

Schon wieder mein Handy. Leider nicht Pola, sondern Mutter. Sofort tanzen die Buchstaben vor meinen Augen und fallen übereinander her (Blackout). Mutter spricht nicht nur ohne Punkt und Komma, sie schreibt auch so. F wie Flaschen, P wie Packungen. Mutter schreibt auch nie was von wegen »Hab dich lieb« oder »Kuss«, sie schreibt nicht mal ihren Namen oder meinen. Ehrlich gesagt hat das *bitte* schon echt Seltenheitswert bei ihr. Stehe jetzt auf den Riffeistufen mitten in einem Meer aus Mücken, und mir ist schwindelig. Meine rechte Sandale hat ein Loch. Auch das noch, denke ich, damit ich nicht an Mutters Bier oder ihre Zigaretten denken muss. Ich schlage mit meinen Händen nach den Mücken und lege mir ein Pfefferminzbonbon auf die Zunge. Dann schalte ich mein Handy aus und betrete das Vorzimmer vom Riffei.

Highway to hell.

»Hi.«

»Hallo.«

Viel los, das erkenne ich auf den ersten Blick.

Ich nenne meinen Namen, meinen richtigen: »Lea Schmitt mit Doppel-T«. Schiebe der gelockten Sprechstundenhilfe meine Versichertenkarte hin und lächle.

»Nehmen Sie bitte im Wartezimmer Platz.«

Wo auch sonst. Die letzten Schritte renne ich fast. Der Lockenkopf schaut mir hinterher. Das spüre ich deutlich, weil es sich anfühlt, als würde sie mir einen brennenden Pfeil nach dem anderen in den Rücken schießen. Schnepfe. Wahrscheinlich fragt sie sich, warum ich so oft herkomme, ob ich kein Zuhause habe oder dem Riffei nachstelle oder sonst was Verrücktes. Weil sie mich so mitleidig anguckt, bin ich echt mies drauf, als ich im Wartezimmer zwischen all den laut hustenden Menschen sitze, während draußen die Sonne scheint und alles in ein unwirkliches Licht taucht. Aber es geht noch mieser, zum Beispiel, wenn ich mir vorstelle, wie die anderen nach dem Sportunterricht im Freibad liegen und eiskaltes Bier trinken. Nur ich Trottel warte darauf, dass es hier vorangeht und ich endlich an der Reihe bin.

Ich hasse es, wenn ich etwas muss, das ich nicht will.

Meine Luft wird ganz dünn davon und schwebt langsam davon. Wie ein Vogel. Ein paarmal war es so schlimm, dass ich gedacht habe, gleich ersticke ich. Ich meine, ohne Luft ist das Leben komplett vorbei, auch dann, wenn es einem plötzlich nichts mehr ausmacht, beim Arzt seine Zeit totzuschlagen.

Finde, die Zeiger der Wanduhr drehen sich ziemlich langsam (gähn). Neben mir sitzt eine Frau in einem grünen Grashüpferkleid, und die starrt die ganze Zeit auf ihre Füße, und einer von ihnen steckt in einem weißen, dicken Gips. Auf den Gips hat jemand eine lachende Sonne und eine rote Blume mit acht Blüten gemalt, und deshalb fallen mir meine verhassten rosafarbenen (!) Nike-Turnschuhe ein. Wegen denen haben die Freeman-Geschichte und das ganze Elend überhaupt angefangen.

Lieber einen Gipsfuß als falsche Schuhe, denke ich, aber ich habe keine Ahnung, wie man sich das Bein brechen kann, ohne dass es wehtut, und überhaupt ist das keine Lösung. Ich kriege ja noch nicht mal eine Lungenentzündung, wenn ich die ganze Nacht mit nacktem Oberkörper am offenen Fenster stehe (alles schon ausprobiert).

Ich halte die Luft an.

Halte sie, aber nicht lange, lange Luft anhalten kann ich nur, wenn sie nicht eh schon dünn ist. Die Zeiger der Uhr drehen sich weiter, und die blonde Frau, die neben dem Zeitschriftentisch sitzt, hustet in ein Taschentuch und zieht die Nase hoch. Ich denke an Lennys Sommergrippe, und weil das wirklich das Letzte ist, woran ich denken will, laufe ich zum Zeitschriftentisch. Die *Gala* liegt da und der *Spiegel* und die *Bunte* und die *Bravo*. Ich glaube ja, der Riffei führt heimlich eine Art Statistik darüber, welcher seiner Patienten was liest, und deshalb lasse ich die *Bravo* links liegen und greife zum *Spiegel*. Soll keiner denken, dass die Jugend blöd ist, nicht wegen mir jedenfalls. Als ich wieder auf meinem Platz sitze und lesen will, kann ich mich überhaupt nicht konzentrieren. Die ersten drei Sätze lese ich drei Mal hintereinander und verstehe trotzdem nur Bahnhof. Super, wenn ich in dem Tempo weiterlese, bin ich erwachsen, wenn ich die Riffeipraxis wieder verlasse.

Wenn man zur Schule geht und eine Mutter wie meine hat und unbedingt eine Heldin werden will, muss man verdammt gut auf seine Zeit aufpassen. Allein bei dem Gedanken, wie spät es schon wieder ist, krampft sich mein Magen zusammen. Ich lege die Zeitschrift auf meinen Schoß und betrachte die restlichen Leute, hoffe, das beruhigt.

Pola sagt: »In der Ruhe liegt das Glück«, aber Pola hat auch gut reden.

Ein alter Mann mit Sonnenhut sitzt im Schneidersitz auf dem Boden und tröstet einen kleinen Jungen, der seinen rechten Daumen in ein Stück gelben Pullover gewickelt hat.

»Alles wird gut, Noah«, sagt der Sonnenhutmann, der ein bisschen so aussieht, wie ich mir den lieben Gott vorstelle, mit langem, grauem Bart und freundlich blassblauen Augen. Aber weil er »Alles wird gut, Noah« sagt, halte ich schon wieder die Luft an, weil das gar nicht stimmt, bei mir jedenfalls nicht, da wird nie alles wieder gut. Als der Sonnenhutmann kurz aus dem Fenster schaut, streckt mir Noah die Zunge raus.

Aber ich habe ganz andere Probleme.

Denke darüber nach, dass alle Patienten etwas haben, das sie dem Riffei gleich vorzeigen können. Alle, nur ich nicht. Ich bin nicht krank, nicht wirklich jedenfalls. Ich meine, ich habe keinen schlimmen Lungenkrebs oder so, ich pfeife aus dem letzten Loch, das ist alles.

»Was macht die Schule?«

Der Riffei klopft mir mit der flachen Hand ein paarmal auf das rechte Schulterblatt. Keine Ahnung, warum er das immer macht, mir gegen die Schulter klopfen. Ob das eine Art Test ist, ob er damit nur mal sehen will, ob ich gleich umfalle oder doch stehen bleibe. Ich bleibe stehen und schaue schweigend auf die Glaskammer, in der ich gleich sitzen und auf Kommando atmen und husten und die Luft anhalten werde. Die Kammer, in der ich immer denke, ich lebe gar nicht als Mensch auf der Erde, sondern längst auf einem fernen Planeten (was ja auch einiges erklären würde). Und wenn sich der Riffei dann zu mir umdreht, ist er ganz grün im Gesicht, und eigentlich ist sein Gesicht auch gar kein Gesicht mehr, sondern eine Art Alienmaske. Eine von diesen Masken, wie sie auch die Überlebenden in den Atomkriegsfilmen aufhaben und vor denen ich mich als Kind mehr gefürchtet habe als vor dem schwarzen Mann. Klar, dass ich enttäuscht bin, wenn sich der Riffei tatsächlich umdreht und kein bisschen Ähnlichkeit mit einem Außerirdischen hat.

»Gut«, sage ich, »wie immer.«

»Dann schaffst du also das Jahr?«

»Klar.«

»Hast du dich gut eingelebt in deiner neuen Klasse?«

»Sicher. Ist ja dasselbe in Grün. Ich meine, die Lehrer kenne ich und die anderen Schüler auch. Ist nur eine andere Tür, durch die ich gehe, kein großes Ding.«

Der Riffei nickt. »Und deine Mutter? Wie geht es der?«

Das fragt der Riffei immer. Schule und Mutter, irgendwie hängt das in seinem Kopf zusammen. Was ja stimmt, aber das kann er unmöglich wissen (es sei denn, er ist doch ein Außerirdischer mit übersinnlichen Kräften).

Wenn es Mutter schlecht geht, laufe ich für sie zum Amt, und da sitze ich dann ewig (klein wie eine Maus) und schaffe es nicht mehr in die Schule. Weil auf dem Amt nie was reibungslos und schnell abläuft. Auf dem Amt habe ich immer das Gefühl, die wollen mich alle verarschen und halten extra die Zeit an. Was, wenn ich nie wieder rauskomme? Wenn die mich einfach so vergessen? Manchmal muss ich auch nicht aufs Amt und darf trotzdem nicht in die Schule. Ich weiß, das klingt verrückt, weil man denkt, alle Eltern wollen, dass ihre Kinder gut in der Schule sind, aber Mutter macht sich alleine deshalb keinen Kopf um meine Schule, weil sie mich oft braucht. Sie will mich in ihrer Nähe haben (bin ich etwa ihr Bodyguard?). Wegen der vielen Fehlstunden bin ich letztes Jahr sitzen geblieben. Plötzlich waren alle meine Freunde weg, und ich war die Älteste in der neuen Klasse.

Seitdem nennt man mich auch die Klassenomi!

Dumm wie Brot, denke ich manchmal selbst über mich, obwohl ich ja weiß, dass die Ehrenrunde nichts mit mir und meiner Intelligenz zu tun hat. Das alles geht den Riffei aber nichts an, soll er ruhig glauben, alles ist in Butter bei mir.

Bevor der Riffei noch was sagen kann, male ich mir unser weiteres Gespräch aus.

»Sag mal, brennt deine Haut?«

»Nein, sie ist vor Kälte so rot.«

»Ach? Aber wir haben doch gut und gerne 25 Grad im Schatten.«

»Ehrlich? Ist mir noch gar nicht aufgefallen.«

Um meine Worte zu unterstreichen, schaue ich aus dem Fenster und suche die Sonne. »Tatsächlich, es scheint brütend heiß zu sein.«

Ich schüttle den Kopf, und der Riffei wechselt das Thema (das Wetter langweilt ihn). »Sieht wirklich schlimm aus, deine Haut.«

»Finden Sie? Ich finde, meine Haut sieht besser aus denn je. Rote Flecken sind gerade ziemlich in, das können Sie natürlich nicht wissen, dafür sind Sie zu alt. Ich bin jedenfalls sehr froh, dass ich die Flecken nicht nur mitten im Gesicht, sondern auch am Hals und auf dem Dekolleté und manchmal sogar auf beiden Oberarmen habe. Auf den Oberarmen sieht das aus wie ein lustiger, kleiner Sonnenbrand, mit dem ich dummerweise auch noch in einen lustigen, kleinen Brennnesselbusch gefallen bin. Ich bin quasi dreifach, vierfach, fünffach in. So was ist wichtig heutzutage, sonst ist man schnell raus aus allem, und niemand will etwas mit einem zu tun haben. Nein, ich bin, was das angeht, ein echtes Glückskind. Ich könnte den ganzen Tag über schreien vor Glück.«

»Okay, deine Haut gehört zu einem anderen Arzt. Ich bin nur für deine Lunge da. Deine Luft, die macht mir Sorgen.«

»Mir auch.«

»Ich hab wenig Zeit«, sage ich laut und steige in die Glaskammer wie in ein Raumschiff. Das kennt der Riffei schon von mir, dass ich es schnell hinter mich bringen will, und deshalb nickt er auch, und der Spaß kann beginnen.

# DREI

Nach unserem kleinen Weltraumausflug erzählt mir der Riffei (dieser Witzbold), dass es Menschen gibt, die zum Mond fliegen und da easy und entspannt spazieren gehen, obwohl es keine Luft dort oben gibt. »Die gucken sich in aller Seelenruhe das riesige Universum an. Luft ist nicht alles, man muss sich nur zu helfen wissen.«

Der Mond?

Mutter hat nicht mal Geld, um mit mir an die Ostsee zu fahren, da ist das mit dem Mond ja eine super Idee. Das ist so, als würde man einem Glatzköpfigen eine Hochsteckfrisur empfehlen.

Nicht witzig, finde ich.

Überhaupt nicht witzig.

# VIER

Ich erinnere mich an jede einzelne Lennysekunde. Höre Lennys Stimme und den Schlüssel, der in seiner Hosentasche auf und ab springt und dabei einen Höllenlärm veranstaltet. Weil Lenny so gerne tanzt, denk ich dann, tanzt auch sein Schlüssel.

25 Grad im Schatten, und Lenny schiebt zwei Bänke zusammen. Wir sind in »unserem« Park. Ich habe so viele Schmetterlinge im Bauch, dass mir ganz schwarz vor Augen ist. Lenny trägt sein Totenkopfshirt und die schwarzen Adidasturnschuhe und ist braun gebrannt. Man könnte denken, er ist ein cooler Typ, aber das ist er nicht. Er ist ein wahrer Schatz, und er baut uns ein eigenes Bett. Als er fertig damit ist, deutet er eine Verbeugung an und sagt: »Darf ich bitten, gnädige Frau?«

Wieder ein Blackout, ein halber nur. Woran ich mich auf jeden Fall erinnere (in chronologischer Reihenfolge):

Wie ich mich glücklich auf unser Bett fallen lasse und sich Lenny dicht neben mich legt. Wie sich unsere Oberschenkel berühren. Wie über uns die Vögel im Baum zwitschern. Wie eine Hummel um meinen Kopf schwirrt und wie Lenny sie vertreibt. Wie Lenny, als die Hummel das Weite gesucht hat, eine Hand auf mein Spaghettihaar legt und mich ansieht mit seinem speziellen Blick. Wie ich schnell die Augen schließe. Hitze schießt mir in den Kopf (wo kommt die her?). Wie ich mich voller Scham auf meinen Schmetterlingsbauch lege und Lenny meinen Rücken streichelt, als wäre nichts weiter passiert.

Tausend Federn und Schmetterlinge tanzen über meine Haut (es werden immer mehr).

Etwas in mir wird heiß (sehr heiß und immer heißer).

In meinem Herzen, dem Bauch und dem Unterleib brennt es lichterloh (Hilfe, ich verbrenne).

Ich halte die Luft an.

Wie ich es trotz des Brandes und der Schmetterlingsepidemie nicht schaffe, mich umzudrehen, selbst dann nicht, als Lennys Hände längst unter meinem T-Shirt auf die nackte Haut wandern und sich anfühlen wie zehntausend Federn und Schmetterlinge gleichzeitig (unglaublich, wie viele es sind). Nicht mal, als er sich zu mir runterbeugt und mir ins Ohr flüstert: »Willst du dich nicht mal umdrehen?«

Wie ich Feigling mich schlafend stelle (weil mir auf die Schnelle nichts Besseres einfällt).

Wie Lenny schließlich aufgibt.

Wie seine Hand verschwindet und meine Haut ganz kalt wird ohne ihn.

Wie er gelangweilt in die Baumkrone zu den Vögeln und dann auf sein Smartphone guckt.

Wie Lenny gähnt.

Wie ich mein Ding durchziehe und vorgebe, gerade aufzuwachen. Ich recke und strecke mich wie eine Katze. Wie nichts mehr zu retten ist, auch dann nicht, als ich meine Arme von hinten um Lenny lege (weil da seine Lippen weit, weit entfernt sind).

Wie wir schweigend »unser« Bett verlassen, wie Lenny die Bänke auseinanderschiebt.

Wie seltsam sie einzeln aussehen.

Wie Lenny meine Hand nicht in seine nimmt, als wir losgehen.

Wie ich mich noch mal kurz umdrehe und denke: Das also hätte der Ort sein können, an dem wir uns zum ersten Mal küssen.

Ein Kuss, bei dem Lennys Hände praktischerweise schon unter meinem T-Shirt gewesen wären und ich mich ganz auf den Kuss hätte konzentrieren können (ohne die lästige Frage, wie es weitergeht). Ein Kuss, von dem Lenny denkt, ich hätte ihn schon einige Male mit Freeman erlebt.

Wie lange mir der Rückweg vorkommt, vorbei an den parkenden Autos und kein Mensch weit und breit. Aus einem offenen Fenster dringt Schlagermusik, das ist alles. Völlig ausgestorben die Stadt.

Wie lange wir an der Kreuzung stehen und über das Wetter (!) reden. Wie traurig Lenny in seinem Totenkopfshirt und den schwarzen Adidasturnschuhen aussieht. So einen traurigen Lenny habe ich noch nie gesehen, nicht mal sein Schlüssel gibt einen klitzekleinen Ton von sich. Ich suche fieberhaft nach einer Frage, einem Satz, nach etwas, das nicht völlig bescheuert und gehirnamputiert klingt, aber ich finde nichts. Mein Kopf ist buchstabenleer.

Wie wir uns schließlich verabschieden. Wie Bruder und Schwester.

»Give me five.«

Wie sehr ich es bereue, diese Lennybettkusschance verpasst zu haben.

Wie sehr ich meine Scham hasse.

# VIERKOMMAFÜNF

Vor anderthalb Jahren ging diese *Wer-ist-das-tollste Mädchen-Liste* in unserer Klasse rum. Keine Ahnung, wer damit angefangen hat, aber die Jungs hatten ihren Spaß, und bei uns Mädchen brach so was wie Panik aus. Ich habe mir natürlich mächtig viele Sorgen gemacht, schon alleine wegen meiner Klamotten. Irgendwann hat Pola dann die Liste abgefangen, und wir Mädels haben uns alle aufs Klo verzogen. Ungelogen, ich bin fast umgekippt, als ich gesehen habe, dass mein Name auf Platz drei steht! Mal ehrlich, wir sind vierzehn Mädchen, nur zwei sind toller als ich, und ich bin toller als die anderen elf? Unglaublich und: Wow. Hab aber so getan, als ob mich das nicht die Bohne interessiert, habe nur mit den Schultern gezuckt. »Ist toll gleich hübsch?«, hab ich Pola dann irgendwann gefragt, und sie hat gemeint, es ging da wohl eher um das Gesamtpaket, Charakter, Humor (blablabla). Seit dieser *Wer-ist-das-tollste-Mädchen-Liste* und dem dritten Platz gucke ich mich häufiger im Spiegel an. Die ersten Wochen habe ich versucht herauszufinden, was Platz eins (Pola) und Platz zwei (Simone) haben, was ich nicht habe, habe aber schnell gemerkt, dass das wenig bis nichts bringt, nothing. Von so was wird man nur bekloppt.

Platz drei also.

Wenn ich vor dem Spiegel stehe und mich betrachte, finde ich mich auch ganz hübsch. Ich habe grüne, große Augen und Brüste, die sich deutlich abzeichnen, selbst dann, wenn ich einen Kartoffelsack anhabe (was ziemlich oft vorkommt, aber das ist ein anderes Thema). Mein Gesicht ist dreieckig, ich sollte nicht Spaghetti, sondern Katze heißen (schade, dass man sich seinen Spitznamen nicht selber aussucht). Aber wenn ich vor dem Spiegel stehe, bin ich alleine und schäme mich nicht. Wenn der Spiegel weg ist, denke ich oft, ich bin alles andere als hübsch (eher hässlich). Ich frage mich dann, ob das nur mir so geht, oder ob das eine Art Krankheit ist, dass alle ihr Spiegelbild vergessen, sobald sie es nicht mehr vor Augen haben. Und wenn ich mich dann mit Platz drei der *Wer-ist-das-tollste-Mädchen-Liste* beruhigen will, klappt das nie, weil ich dann gleich wieder denke: anderthalb Jahre, das ist echt eine lange Zeit, da hat sich womöglich alles an mir und an dem Geschmack der Jungs verändert.

Gibt es eine Hotline, wo man anrufen und alle seine Fragen loswerden kann, ohne dass man für verrückt gehalten wird? Ich meine, wenn mir jemand erklären würde, dass es anderen auch so geht, das wäre eine riesige Erleichterung für mich. Wenn ich reich und berühmt bin, setze ich mich für so eine *Keine-Frage-ist-zu-blöd-Hotline* ein. Und jemand von der Hotline muss sich mit Hautproblemen auskennen (unbedingt).

Mein schönes Katzengesicht hat seit einigen Monaten ein großes Problem: Meine Haut juckt. Sie brennt wie Feuer oder die Sonne, genauso heiß. Ein Jucken, als wollte etwas mit aller Macht von innen nach außen. Ein Brennen, als würde knapp unter meiner Haut ein Lagerfeuer stattfinden, als säßen da lauter lustige Indianer, die nur eines im Sinn haben: mir Feuer unter dem Arsch zu machen.

Meine Haut hat schon immer genervt, weil sie trocken und empfindlich ist und ihr eigenes Ding macht. Aber das Jucken und Brennen, das ist neu, und weil es so stark ist, denke ich manchmal: Gleich fällt meine Haut ab, und es bleibt nur noch ein bisschen rote Pelle von ihr übrig.

Wenn ich mich schäme, brennt und juckt meine Haut wie verrückt. Sobald ich das spüre, schlagen die Flammen höher und lassen sich nicht mehr aufhalten.

*Wann meine Haut durchdreht:*
- *wenn ich mich aufrege*
- *wenn etwas im Essen ist, das ich nicht vertrage (z. B. Chili)*
- *wenn ich lüge*
- *wenn ich verliebt bin und der Junge, in den ich verliebt bin (Lenny), in meiner Nähe ist und mich anguckt oder (schlimmer noch) anspricht*
- *wenn ich im Mittelpunkt stehe (das ist ein Problem, schon allein, wenn ich mal an die Tafel muss)*

»Rot wie eine Tomate«, heißt es dann gleich. In der alten Klasse war das kein Thema, da hat mich nie jemand ausgelacht (oder ich habe es zumindest nicht mitbekommen). Aber nun sitze ich zwischen lauter peinlich kleinen Babys, und die stürzen sich auf alles, was nicht in ihren Sandkasten passt. »Rot wie eine Tomate« ist zurzeit ihr größter Spaß, dafür lassen sie jedes Förmchen links liegen.

Gibt es auf der großen, weiten Welt auch nur eine Heldin mit meinen Hautproblemen? Ich meine, wie soll ich mit so einer Haut die Welt zu einem besseren Ort machen? Bei Pola sehe ich ja, dass eine Heldin ständig im Mittelpunkt steht. Wenn ich auch nur eine Kamera sehe, fange ich an zu schwitzen (wo soll das nur hinführen?). Aus seiner Haut kann man nicht raus. Die ist immer da. Und die sieht auch jeder. Wirklich jeder Idiot kann mich anstarren (und es gibt erstaunlich viele Idioten auf der Welt). Es nervt wahnsinnig, dass ich mich nicht auf meine Haut verlassen kann. Ich muss unbedingt aufhören, mich für alles zu schämen. Ich schäme mich ziemlich oft.

*Wann und wofür ich mich schäme:*
- *für meine Haut (das klingt verrückt, aber so ist es nun mal)*
- *für meine rosafarbenen Nike-Turnschuhe (Ich habe sie aus der Kleiderkammer vom Roten Kreuz, wildfremde Leute haben ihre Unterschrift draufgesetzt. Einen Freeman kenne ich nicht, und einen Pitbull kenne ich erst recht nicht.)*
- *für (fast) alle anderen Schuhe (Ich besitze olle Omasandalen, die keine Oma freiwillig anziehen*

*würde. Alle meine Schuhe sind zu klein oder zu groß oder zu bunt oder zu peinlich.)*

- *wenn ich jemanden (Lenny) küssen möchte oder wenn ich spüre, dass jemand (Lenny) mich küssen will*
- *wenn mir jemand etwas schenkt oder ich jemandem etwas schenke*
- *für Mutter*

Für Mutter schäme ich mich am meisten. Weil sie den ganzen Tag nur rumhängt und säuft und null an die Zukunft denkt, weder an meine noch an ihre. Schon erstaunlich, dass Mutter nichts ist und auch nichts werden will. Okay, sie hat mich auf die Welt gebracht, das ist verdammt viel, aber das ist auch verdammt lange her. Langsam könnte sie sich mal was anderes überlegen, finde ich, und Pola sagt auch, dass Stillstand das Allerallerschlimmste ist. Das Einzige, was Mutter außer dem Trinken noch macht: Ständig googelt sie irgendwelche Namen von Leuten, die sie früher mal gekannt hat. Schätze, sie macht das, um zu sehen, was aus den anderen geworden ist, und wenn sie es herausgefunden hat, vergleicht sie sich mit den Gegoogelten. Finde das ziemlich idiotisch, weil sie automatisch den Kürzeren zieht (ich vergleiche mich ja auch nicht ständig mit Pola). Am häufigsten googelt Mutter Petra Erle. Mit Petra Erle war sie schon gemeinsam im Kindergarten, die beiden waren unzertrennlich, die gesamte Schulzeit über und auch später noch. Beste Freundinnen eben. Es macht Mutter verrückt, dass sie nicht weiß, was aus Petra Erle geworden ist. Ob sie noch beim Zahnarzt arbeitet. Das mit dem Zahnarzt war Mutter von Anfang an ein Dorn im Auge. Was völlig unlogisch ist. Nur weil sie Angst vor Zahnärzten hat, kann sie ihrer Freundin nicht den Job verbieten. Hat sie aber versucht (ich war dabei). Damals fing es an, dass ich mich für Mutter geschämt habe. Und wahrscheinlich hat sich auch Petra Erle für Mutter geschämt, weil sie irgendwann nicht mehr erreichbar und wie vom Erdboden verschluckt war. Das war der Anfang vom Ende, nur noch getoppt durch Vaters Trip nach Ibiza. Der ewig dauert und mir bis auf die Postkartentür nichts als Ärger eingebracht hat.

Als Kind wollte ich wie Robinson Crusoe sein und mit einem Boot die Welt entdecken. Ich wollte eine Insel besitzen und alle anderen Inseln regelmäßig besuchen, und auf jeder Insel wollte ich wenigstens einen richtigen Freund haben. Ich wollte eine Weltenbummlerin werden, und alles, was ich geschafft habe, ist, dass die Welt in unserem Keller wohnt und immer noch auf mich wartet! Ich sammle alle Postkarten, die ich bekomme, bunt und fröhlich und mit einem fremden Geruch, und die klebe ich mit Tesafilm auf die graukalte Kellerwand. Manche Karten sehen aus wie kleine Kunstwerke. Wenn ich davorstehe und sie betrachte, fühle ich mich wie Robinson Crusoe, Alice im Wunderland und Hans im Glück zusammen. Vater schickt Postkarten, und Lenny schickt Postkarten, und meine Clique schickt auch Postkarten. Fünf Kontinente gibt es, und die hab ich alle schon zusammen.

Inseln? Viele!

Manchmal stehe ich ewig vor der bunten Postkartentür und stelle mir all die Länder vor, in die ich reisen werde, wenn ich groß bin (und das Geld habe). Meine Postkartentür ist mein ganzer Stolz und auch ein bisschen das, was für andere ein Boxsack ist: Ich spuck sie an, ich hau auf ihr rum, motz mit ihr, aber meistens himmle ich sie einfach nur an. Aber ich kann ja nicht einfach zu ihr in den Keller ziehen und so tun, als wär das da unten jetzt meine Insel. Logisch aber auch, dass sich die Postkartentür im Keller befinden muss, wäre sie oben, würde Mutter bei ihrem Anblick komplett durchdrehen. Eins ist sicher: Bevor Mutter freiwillig in den Keller läuft, geht die Welt unter, und dann ist sowieso alles egal.

Mutter hat keine Postkartentür und auch keinen Boxsack, und sie weiß auch nicht, wo Petra Erle steckt. Die ist spurlos verschwunden. Ich meine, wo Vater ist, weiß Mutter (in etwa), aber Petra?

Fehlanzeige!

Mutter sucht Petra, als hinge ihr Leben davon ab, und manchmal habe ich Angst, dass es das auch tut. Dann nämlich hinge ihr Leben an einem seidenen Faden. Sie erfährt nichts, nothing. Petra Erle ist eine wahre Abtauchheldin, quasi unauffindbar. Ich habe da ein echtes Verständnisproblem mit Mutter und Petra Erle, weil es nicht in meinen Kopf geht, wie man seine beste Freundin überhaupt aus den Augen verlieren kann. Pola und ich, wir haben uns hoch und heilig geschworen, dass uns das nie passiert. Wir malen uns oft das Später aus. Wir sind ungefähr siebzig und wohnen zusammen in einem hübschen Haus am Meer (das Meer liegt uns zu Füßen). Sitzen auf einer schattigen Terrasse und trinken eiskalten Rosé-Sekt. Pola ist mit Dirk verheiratet und ich mit Lenny (logisch). Die beiden surfen die perfekte Welle (weil sie für ihr Alter unglaublich jung und knackig geblieben sind).

So in etwa sieht unsere Zukunft aus.

Ähnlichkeit mit Mutters Zukunft: gleich null!

Das World Wide Web ist Mutters bester Freund und ihr größter Traum geworden. Wenn Mutter jemals reale Träume hatte, haben die sich alle in Luft aufgelöst. So fühlt sich die Luft bei uns zu Hause auch an: nach zerplatzten Träumen. Nach einem Leben, das gerade gewaltig den Bach runtergeht. Wenn ich eine Heldin sein will, darf ich nicht tatenlos dabei zusehen.

Sobald Mutter im Internet etwas Neues herausgefunden hat, wachsen ihr Flügel. Dann zählt sie laut auf, wer in welche Stadt gezogen ist. Wer welchen Job hat, hatte oder haben wird. Wer seine Kinder Sydney und Diego oder einfach nur Susanne genannt hat. Ich werde tierisch nervös, wenn ich das alles höre. Ich meine, das sind Infos, die die Welt nicht braucht. Andererseits sind Mutters Gegoogle und ihr Gequatsche Zeichen dafür, dass sie einen guten Tag erwischt hat. Gute Tage sind selten. Die guten Tage sind so selten, dass ich sie zähle. Von sieben Tagen höchstens zwei. An schlechten Tagen schafft Mutter es gerade mal vom Bett auf die Couch und wieder zurück. Die Couch ist Pflicht, allein schon deshalb, weil der Fernseher davorsteht. Mutter wäre sicher der erste Mensch auf dem Mond, der mit einem tragbaren Fernseher spazieren geht und das Weltall keines Blickes würdigt. Mutter sieht eben nur das, was sie sehen will (am liebsten Vorabendserien mit Happy End).

# FÜNF

Der Eiertanz mit den falschen Schuhen kann beginnen.

Weil ich die schmatzenden Sandalen anhabe, die zwei Nummern zu groß sind, brauche ich locker eine halbe Stunde vom Riffei nach Hause. Was an und für sich gut ist, weil meine Wut so etwas verrauchen kann. Die vielen Abgase sind nichts im Vergleich zu meiner Wut. Die ewig gleichen Atemübungen in der Glaskammer machen mich definitiv wütend. Ich meine, ich sitze da, und der Riffei sagt: »Atme ein, halte die Luft an, atme aus. Gut.« Ich kenne niemanden, der seine Zeit mit so einem Schwachsinn verbringen muss. Und ich kenne auch niemanden, der auf Eiern nach Hause tanzen muss.

Wenn Mutter einen schlechten Tag hat und ich auch einen schlechten Tag habe, knallt es gewaltig bei uns. Dann fliegen Worte und Türen und Fäuste. »Ich werde noch ganz krank davon«, sagt Mutter, und ich denke, dann hör doch endlich auf mit dem Scheiß und werde wieder normal.

Wie durch ein Wunder schaffe ich die ewig lange Hauptstraße, ohne jemanden zu treffen, den ich kenne, und ohne an den Abgasen zugrunde zu gehen. Ich bin echt erleichtert und wische mir mit dem Handrücken den Schweiß von der Stirn. Verdammt heiß heute. Fehlt nicht mehr viel, und der Asphalt köchelt vor sich hin (dann lauf ich eben auf Spiegeleiern weiter).

Die Drogerie hat Kosmetikartikel im Angebot. Schön und gut, nur: Was bringt mir das, ganz ohne Geld? Brauche dringend neue Wimperntusche, aber ich klaue nicht mehr, und weil ich nicht mehr klaue und kein Geld habe, laufe ich niedergeschlagen an der Drogerie vorbei. Am Zooladen bleibe ich stehen und denke kurz an Lenny, weil er einen Hund hat, der Becks heißt, und ich Becks jetzt nicht mehr sehe. Aber Lenny, den sehe ich und zwar gleich morgen. Nach »unserer« Sache hat er über eine Woche in der Schule gefehlt, Sommergrippe.

Wer es glaubt.

*Lenny, Lenny, Lenny.*

Ich bin es leid, an Lenny zu denken. Als gäbe es keine anderen Jungs. Sieht nicht mal gut aus, ich meine, er selbst schon, aber seine Haare, die gehen gar nicht, die erinnern mich verdächtig an Monchichi.

Wer will schon einen Freund, der aussieht wie Monchichi?

(Ich!)

*Lenny, Lenny, Lenny.*

Lenny hat Augen wie das Meer.

Lenny hat Hände wie ein richtiger Mann, groß und kräftig, und die zaubern mit Leichtigkeit tausend Federn und Schmetterlinge auf meine Haut.

Lenny guckt mit seinen Meeraugen treuer als jeder Hund. Bei seinem Treuer-Hund-Blick vergesse ich alles um mich herum, phasenweise sogar Mutter und die falschen Eiertanzschuhe und meinen Hunger (meine Haut vergesse ich nie). Von mir aus kann der liebe Gott alle anderen Jungs zum Mond schießen, wenn er mir nur Lenny hier unten lässt.

Lenny, der gesagt hat, von Ringen hält er nichts, wenn bei ihm mal was ernst wird, dann lässt er sich die Initialen auf den Unterarm tätowieren (ein Ring für die Ewigkeit sozusagen).

L & L.

Lea & Lenny.

Love & Love.

Lenny, der sagt: »Wenn die Schule vorbei ist, reisen wir um die Welt, nur wir beide, und du schreibst alles auf, was du siehst.«

Lenny, der auf magische Weise von meinem Schreiben weiß, auch wenn ich nie groß darüber rede (kann er hellsehen?).

Lenny, der noch nie eine Zeile von mir gelesen hat, aber sagt: »Ich glaub, das ist dein Ding, darin bist du spitzenmäßig, und es passt zu dir, hau rein.«

Genau, Lenny, ich schreibe und schreibe und schreibe. Ich schreibe ständig! Wenn ich keinen Stift und kein Papier und auch meinen Laptop nicht zur Hand habe, schreibe ich meine Gedanken eben in meinem Kopf!

*Stopp, Lenny, raus aus meinem Kopf!*

Ab sofort ist mein Kopf lennyfreie Zone. Jungs gibt es wie Sand am Meer, und Hunde gibt es auch wie Sand am Meer. Alleine in unserem Haus wohnen ein Dackel und ein Golden Retriever. Da ich sowieso einen Job für die Ferien suche, kann ich vielleicht als Hundesitterin arbeiten und so zwei Fliegen mit einer Klappe schlagen.

Besser noch, ich überrede Mutter, und wir schaffen uns einen eigenen Hund an. Liegt doch auf der Hand: Wenn wir einen eigenen Hund haben, muss sie mit dem raus, wenn ich in der Schule bin, der kann ja schlecht in die Wohnung machen. Obwohl, Mutter bringt es fertig und schickt immer mich Gassi, bis einer von uns stirbt, der Hund oder ich.

Seltsam, wie federleicht es Lenny in meinen Kopf schafft, aber wie schwer ich ihn da wieder rausbekomme. Manchmal kommt es mir vor, als wäre er mit all seinen Möbeln und Klamotten dort oben eingezogen. Weil das nicht normal ist, muss ich Pola unbedingt fragen, ob sie einen Yogatrick kennt, wie man einen Jungen vergisst, der einen nur verarscht hat.

Erst verarscht und später abserviert.

Abserviert ohne Worte, ohne Blicke und ohne eine Entschuldigung.

Abserviert in Abwesenheit.

Über die Sache mit Lenny denke ich ständig nach, weil mir noch der komplette Überblick fehlt, aber als ich den Hausflur betrete, merke ich gleich, dass heute einer von Mutters schlechten Tagen ist. Da verschwindet Lenny augenblicklich aus meinem Kopf (zieht für eine Weile aus).

Die Luft juckt unter meiner Haut.

Die Welt ist da draußen, auf der Straße, vor unserer Tür. Und Mutter ist da drinnen, seit Monaten schon. Liegt auf der Couch oder in ihrem Bett, aber ich werde versuchen, sie da rauszuholen. Ich bin eine starke und aufrechte Kriegerin!

Dieses Haus ist mir unheimlich. Der Flur riecht alt, und wenn man aus dem Fenster schaut, blickt man auf die Sparkasse und den Bettler davor. Ich stelle mir oft vor, ich gucke ganz harmlos raus und sehe, wie die Sparkasse überfallen und der Bettler als Geisel genommen wird. Manchmal erschießen sie ihn in meiner Vorstellung, manchmal lassen sie ihn laufen und fliehen mit ihrer Beute nach Hawaii *(Aloha)*.

Ich bin immer froh und enttäuscht zugleich, wenn ich runterschaue und nichts passiert, nothing. Aber im selben Moment denke ich auch: Nur gut, dass ich nicht mehr klaue, dass ich Abstand davon genommen habe, anderen ihr Eigentum wegzunehmen, als gäbe es keinen lieben Gott, der oben im Himmel sitzt und alles mitansehen muss, den ganzen Scheiß, den ich verzapfe.

Elf Stufen und der Buddha sitzt vor mir. Der Buddha gehört der Fischer. Die Fischer fliegt zweimal im Jahr nach Indien und sucht da ihre innere Mitte (sagt sie). Die Fischer wohnt gleich neben uns.

Die Fischer trägt nur weiße Kleidung und auf dem Kopf einen weißen Turban, und sie ist völlig verrückt, aber ich mag sie trotzdem, weil sie uns in Ruhe lässt (sie hätte allen Grund zur Klage). Außerdem: Ich bin ja auch alles andere als normal (von Mutter mal ganz abgesehen).

Der Fischerbuddha ist etwa doppelt so groß wie die Fensterbank, weshalb ich in den ersten Tagen dachte, gleich kippt er vorneüber, und es ist wieder vorbei mit der indischen Ruhe in unserem Hausflur, aber er kippt nicht. Im Gegenteil: Er sieht verdammt relaxt aus. Er hat die Augen geschlossen und die Hände vor der Brust gefaltet. *Love, Peace and Happiness*, denke ich, aber der Buddha sieht so unnatürlich entspannt aus, dass ich nicht ausschließen kann, dass er plötzlich die Augen aufreißt und sich in ein Ungeheuer verwandelt. Die Bankräuberfantasie inklusive Bettlergeiselnahme bzw. Bettlertod-durch-Schusswaffengebrauch plus das durchgeknallte Buddha-Ungeheuer: Die letzten elf Stufen schaffe ich in Rekordzeit, egal, was meine Luft dazu sagt.

Vor unserer Wohnungstür bleibe ich immer noch einen Moment stehen und lausche.

Ich höre nichts.

Es ist verdammt schön, nichts zu hören. Nur Pola liebt die Ruhe noch mehr als ich (sie ist ein Yogi). Was ich nicht liebe, ist die Ruhe vor dem Sturm. Ich atme tief durch und stecke meinen Schlüssel ins Schloss und drehe ihn rum und trete über die Schwelle.

Manchmal stelle ich mir vor, wie es wäre, wenn Mutter verschwunden wäre. Ich komme rein, und sie ist einfach weg, die Wohnung ist leer. Leer und hell. Oder ich komme rein und denke, sie ist weg und die Wohnung leer und hell, doch dann finde ich Mutter in ihrem Bett, sie ist …

Diesen Gedanken führe ich nie konsequent zu Ende, auch wenn ich natürlich weiß, dass es genügend Menschen auf der Welt gibt, die sich totsaufen. Ich gehe rein und stehe im Flur und denke an das, was Pola immer sagt: Wenn man einfach so irgendwo steht und ruhig werden will, stellt man sich vor, man sei ein Baum und aus den Füßen wachsen Wurzeln in die Erde.

Wenn ich völlig stillstehe und auf das Wurzelnaturgefühl warte, lacht seltsamerweise immer jemand in der Wohnung über uns. Und wenn jemand lacht, kann ich mir keinen Baum und keine Wurzeln vorstellen. Wenn jemand lacht, fühle ich mich wie auf hoher See, ohne Rettungsboot, ohne Schwimmreifen, ohne die kleinste Hoffnung auf irgendetwas. Ich warte, bis die sich da oben ausgelacht haben, verfluche den Baumtrick augenblicklich (sehr unrealistisch, liebste Pola) und frage in die Luft: »Bist du wach? Die Sonne scheint. Wir könnten einen Ausflug machen, vielleicht in den Zoo oder an den See, Tretboot fahren. Oder wir gehen in die Eishalle oder in den Park, ein bisschen Sonne tanken und anschließend bei Kickers ein Eis essen, was meinst du?«

Mutter meint gar nichts, zumindest sagt sie lange nichts. Sie sagt so lange nichts, dass ich denke, gleich schlage ich wirklich Wurzeln. Dann aber sagt sie doch noch was, sie sagt: »Es geht nicht geht wirklich nicht nein.«

Mein Atem schlägt Purzelbäume. Lasse ihn eine Weile rumturnen. Mein Atem ist ein Vogel, der von Baum zu Baum fliegt, sich schließlich auf den dünnsten Ast von allen setzt und wie bescheuert zittert. Mein Atemvogel trägt tatsächlich Schuhe, goldene, und die glänzen in der Sonne wie echtes Gold.

Ich blicke vom dunklen Flur in das dunkle Wohnzimmer und stelle mir vor, wie dort die Sonne aufgeht und wie golden sie scheint und sich später in ein Paar Schuhe verwandelt, das ich mit Stolz durch alle Stadtstraßen spazieren trage.

Ohne Licht kein Leben. Das stand in einem Artikel über Pflanzen, den ich letzte Woche beim Riffei (im Spiegel) gelesen habe. Wahrscheinlich ist Mutter schon halb tot, und jemand sollte ihr das schonend beibringen. Sofort ist mir klar, dass nur ich dieser Jemand sein kann. Weil Vater nicht mehr hier ist und im Grunde auch nie hier war. Ich sage nur: Ibiza.

Mutter und ich, wir leben auch auf einer Insel, und diese Insel schwimmt im weiten Meer umher. Nur ich muss ständig zur Schule rüberschwimmen und zum Amt und in den Supermarkt, während Mutter …

liegen bleibt.

Ich spüre Wut.

*Wut, Wut, Wut.*

Ich hätte große Lust, aus dieser ganzen dunklen Wohnung einen Haufen Kleinholz zu machen und mit diesem Kleinholz im Gepäck zu Vater ans Meer zu fliegen und alles vor seinen Augen in den Wellen zu versenken. Wenn meine Wut nicht so verdammt realistisch wäre, könnte ich sie sicher irgendwie ausschalten, aber das funktioniert nicht, wenn ich über meine Lebenssituation nachdenke. Ich meine, die Fakten liegen klar auf der Hand:

Ich bin fünfzehn dreiviertel, liege nicht bei den anderen im Freibad und lache mich den ganzen Tag über irgendwas kaputt.

Bin fünfzehn dreiviertel und kriege kaum Luft.

Bin fünfzehn dreiviertel, und alle meine Schuhe sind der reinste Schrott.

Bin fünfzehn dreiviertel und habe eine Haut wie Niki Lauda.

Bin fünfzehn dreiviertel, und meine Mutter trinkt sich durch ihr Leben.

Bin fünfzehn dreiviertel und schmeiße den gesamten Haushalt (so gut es eben geht).

Bin fünfzehn dreiviertel und kenne alle Stühle auf jedem Amt und alle Namensschilder und alle Gesichter zu den Namen und alle hochgezogenen Augenbrauen zu den Gesichtern.

Am liebsten würde ich im Erdboden versinken, mich in etwas anderes verwandeln, in eine Maus oder in ein Eichhörnchen, egal in was, Hauptsache, ich kann noch mal von vorn beginnen.

*Erzähl keine Märchen, Mutter. Was soll hier nicht gehen? Dein Kopf leuchtet wie eine rote Ampel, und du stinkst nach Schnaps wie eine Kneipe, das ist alles, was hier nicht geht. Wegen dir landen wir noch unter der Brücke. Wegen dir wird das alles nichts mehr, das ganze Leben, die ganze Zukunft, geht das nicht in dein Spatzenhirn? Du bist das Gegenteil von einer Heldin, du bist eine echte Verliererin, ein Loser. Alle reden schlecht über uns. Lenny hat gesagt … ach, vergiss es. Du kennst das Gerede nicht, weil du nicht rausgehst, nie. Also wach endlich auf und beweg deinen Hintern auf die Straße, wird's bald, Schnapsdrossel …*

Meine Wut ist so groß, dass ich Angst bekomme, sie raubt mir das letzte bisschen Luft. Ich hätte große Lust, Mutter an den Haaren aus ihrem Bett zu ziehen und sie die Treppe hinunterzuschleifen und huckepack über den

Zebrastreifen zur Sparkasse zu schleppen, an dem Bettler und seinen staunenden Blicken vorbei. Wenn die Bankräuber gerade die Bank stürmen, weil sie kein Gefühl für gutes Timing haben: Pech gehabt. Meine Riesenwut ist auch durch sie nicht aufzuhalten (»Schießt doch!«). Natürlich schießen sie nicht (sie wollen nicht in den Knast wegen uns), und ich räume Mutters Konto leer und kaufe davon lauter gesundes Biozeug und neue Jeans für mich und …

*Schuhe, Schuhe, Schuhe.*

So viele Schuhe, wie ich tragen kann.

So viele Schuhe, dass wir umziehen müssen, weil meine vielen Schuhe ihr eigenes Zimmer benötigen (und einen Lampenschirm um die Glühbirne).

Puh …

Atme, Spaghetti.

Ich atme.

Es fühlt sich an, als säße jemand auf meiner Brust. Weil man schlecht Luft bekommt, wenn jemand auf der Brust sitzt, bringe ich meine aktuelle Wutfantasie schnell zu einem versöhnlichen Ende.

Wir (Mutter und ich) liegen nach der ausgedehnten Schuhshoppingtour erschöpft aber glücklich im Stadtpark auf der großen Wiese. Überall blühen Gänseblümchen und gelbe Tulpen und rote Rosen, die Blumen wachsen wie Unkraut, wie auf dem Schulhof. Alle Leute, die an uns vorbeigehen, lächeln uns zu, und wir lächeln zurück. Ich kämme Mutter alle verfilzten Stellen aus dem langen Haar. Als Entschuldigung, sozusagen. Weil sie mir sofort verzeiht, sage ich ihr, wie lieb ich sie habe.

Trotz allem.

Wut bringt ja nichts, egal, wie mächtig sie ist.

»Sie schadet nur dir selbst«, sagt Pola.

Ich stelle mir vor, wie meine Wut verraucht und mit den Wolken wegzieht, über die Grenzen Deutschlands hinaus bis nach Ibiza, und wie sie dort ins kalte, tiefe Meer steigt und sich in einen springenden Delfin verwandelt.

Ich hasse mein Leben, aber ich bin stolz auf meine Fantasie. Für meine Fantasie habe ich mich noch keine einzige Sekunde lang geschämt, dabei blüht sie fast so stark wie die Sonnenscham. Ja, meine Sonnenscham kann sich noch eine ganze Menge bei meiner Fantasie abgucken. Schön wäre es, wenn die beiden endlich Freundschaft schließen.

Lege wieder eine Hand auf meinen Bauch. Leer und kalt ist er immer noch, aber zumindest nicht mehr wütend. Ich rufe Mutter und übertöne damit den Lärm in meinem Kopf und das erneute Gelächter in der Wohnung über uns. Keine Ahnung, was da oben so verdammt witzig ist, dass die sich scheckig lachen. Aber wenn ich warte, bis die aufhören damit, stehe ich morgen noch hier.

Ich rufe: »Komm doch mal, bitte.«

Ich glaube nicht, dass sie aufsteht. Aber ich will, dass sie spürt, wie ernst es mir ist. Verdammt ernst.

*Meine Lebensinsel treibt langsam aufs offene Meer.*

Ich nehme Mutters Schuhe aus dem Regal und gehe mit ihnen ins Wohnzimmer und stelle sie ihr vor die Couch. Ich stelle sie so laut wie möglich ab. Mutter atmet, als hätte sie auch Asthma, aber das hat sie nicht, das wüsste ich ja. Meine Lungenflügel brennen, und vor meinen Augen tanzen zwei weiße Kreise miteinander. Weil den Mutigen die Zukunft gehört, bin ich mutig und laufe zum Fenster und ziehe die Jalousien hoch. Die Sonne fällt herein und brennt gleich auf meiner heißen Haut. *Vielen Dank auch, liebe Sonne, ich weiß gar nicht, was ich ohne dich machen würde.* Ich drehe mich nicht um, höre aber, wie sich Mutter unter lautem Stöhnen die Schuhe an- und gleich wieder auszieht.

»Mist«, sagt sie.

»Was ist Mist?«, frage ich und drehe mich nun doch um. Ungelogen, Mutter sieht aus wie Katja Riemann. Aber leider ist sie nicht Katja Riemann, wenn sie Katja Riemann wäre, hätte sie einen tollen Job und viel Geld und würde nicht hier rumliegen wie ein sterbender (halb toter) Schwan. Okay, Mutter sieht nur ein bisschen aus wie Katja Riemann, aber die Locken, die sind original Katja Riemann. Schade eigentlich, dass ich die Katja-Riemann-Locken nicht geerbt habe, dann würden mich die anderen nicht Spaghetti, sondern Wilde Hilde nennen (oder so ähnlich). Ich schaue auf Mutters Katja-Riemann-Locken und ihren dünnen Körper, und dann schaue ich auf die meerblaue Couch und denke an Lennys Augen.

*Lenny, Lenny, Lenny.*

Now.

Im Hier und Jetzt sein.

Ich versuche, nicht an Lenny zu denken, wenigstens ein paar Minuten lang. Sehe Mutter, sehe, wie furchtbar müde sie aussieht und wie durstig. Sie sieht aus wie jemand, der auf der Suche nach Wasser tagelang durch die endlose Wüste gewandert ist. Entweder sie ertrinkt bald oder sie verdurstet. Obwohl: Bei der Mühe, die sie sich gibt, schafft sie locker beides gleichzeitig. Ich zähle die leeren Flaschenfreunde, die auf und unter dem Tisch stehen.

Ein Meer aus vielen kleinmittelgroßen Flaschen.

Eine große oben, drei mittelkleine unten.

Vier Freunde, die Mutter nicht mal googeln muss.

I don't like!

Was noch auf dem Tisch steht/liegt/vor sich hin schimmelt: ein randvoller Aschenbecher, die aufgeschlagene Programmzeitschrift, eine halb leere Zigarettenschachtel, ein weißes Feuerzeug mit rotem Schriftzug, der Flaschenöffner (Gratisbeilage einer deutschen Brauerei), ein Fläschchen Nagellack (Farbe: kirschrot). Der kirschrote Nagellack überzieht alle Nägel, die Mutter hat. Mutters Nägel sind die einzigen Farbkleckse in dieser Dunkelkammer. Sie lackiert und entfernt und erneuert ihre Nägel täglich, selbst dann, wenn sie nicht duscht oder sich die Zähne putzt (es nicht bis ins Bad schafft). Mutters Nägel sind ihre kleine Eitelkeitsmacke, deshalb stehen im Bad auch mehr Nagellackfläschchen als Cremetiegel. Wenn ich Mutters Nägel sehe, denke ich gleich an Pola, weil Pola ihre Nägel auch lackiert, manchmal jeden Zeh in einer anderen Farbe.

Aber Pola ist Pola, und Mutter ist Mutter, und Schnaps ist Schnaps.

Mutter stopft sich ein gebrauchtes Tempo in die Nase. Meine Lungenflügel flippen völlig aus, als ich sehe, wie Mutters müde Augen an der Glühbirne ohne Lampenschirm hängen bleiben. Und ich denke noch, mit dem Tempo in der Nase kriegt sie garantiert keine Luft, dann erstickt sie vor meinen Augen, doch dann fällt Mutter nur wieder auf den Rücken (wie ein altersschwacher Käfer). Halb so wild, immerhin höre ich sie schnaufen und atmen und also leben.

»Zieh die Jalousie runter das ist mir viel zu hell soll ich blind werden oder was du und deine scheiß Sonne echt jetzt.«

Diesen Satz kann ich nicht ertragen, von allen Muttersätzen am wenigsten. Ich glaube, Mutter kann die Sonne nicht ausstehen, weil sie durch sie an früher erinnert wird. An Zeiten, als sie mit Vater an irgendwelchen Sandstränden entlanggelaufen oder auf hohe Berge geklettert ist. Vater liebt nichts so sehr wie die Sonne (ich sage nur: Ibiza). Mutter hat einfach etwas sehr Entscheidendes durcheinandergebracht und der Sonne die Schuld an Vaters Verschwinden gegeben. Und weil die Sonne mit dieser Ungerechtigkeit nur schlecht klarkommt, wandert sie zur Strafe auf mein Gesicht und meinen Hals und mein Dekolleté. Das Leben ist ziemlich oft ein Haufen Scheiße.

Die Sonne soll also weg. Wer dafür zuständig ist, dass die scheiß Sonne die Flatter macht, ist glasklar, schon allein deshalb, weil ich keinen Bock auf Streit oder Stubenarrest habe. Ich werfe noch einen letzten Blick auf die Straße, die Sparkasse und den Bettler, dann lasse ich die Jalousien mit einem Handgriff wieder herunter. Stehe zwischen lustigen Staubflocken, die die Sonne aufgewirbelt hat. Bei uns regnet es Staub! Staub macht meine Luft noch dünner, als sie eh schon ist, oder wie der Riffei sagt: »Staub ist Gift für deine Lunge.«

Ich weiß nicht, warum, aber als ich den ganzen Staub sehe, muss ich an mein heimliches Schreiben denken. Vielleicht weil mich das Schreiben auch immer durcheinanderwirbelt. Ich schreibe nachts. Ich schreibe so Sätze wie *Mein Leben ist ein Dschungel und manchmal ist es auch eine Insel und ein Haufen Dreck*. Ich meine, das sind Sätze, die man erst dann jemandem zeigt, wenn sie auf den Seiten eines Buches gedruckt sind.

»Du weißt dass ich Kopfschmerzen bekomme wenn es zu hell ist ist dir gar nicht aufgefallen dass der Fernseher aus ist?«

Blöde Frage. Genauso gut könnte sie fragen, ob mir auffallen würde, wenn plötzlich die Welt da draußen spurlos verschwunden wäre.

Ich gehe ein, zwei Schritte, um der Staubwolke zu entkommen. Im Zimmer ist es ziemlich dunkel, ich erkenne nur noch die Umrisse von allem. Will Mutter fragen, ob es was zu essen gibt heute, aber dann sehe ich ihr Gesicht, ein kleines bisschen nur (ist ja dunkel), aber das Tempo im Nasenloch erkenne ich deutlich und den Mund, der nur ein schmaler Strich ist, auch. In dieser Wohnung müssen schnelle Entscheidungen getroffen werden, und ich entscheide mich, lieber den Mund zu halten. Schleiche auf Zehenspitzen in den Flur.

Irgendwie habe ich das Gefühl, als hätte ich etwas sehr Wichtiges geschafft. An schlechten Tagen aufeinanderzutreffen und sich nicht zu streiten, das ist zumindest ein kleiner Erfolg. Ich bin eine echte Streitumgehungsheldin (wenn es drauf ankommt).

Ich ziehe meine Schuhe aus und stelle sie ins Regal zurück.

*Zehn Essentials über Mutter*
*Flaschenfreunde, Internet, Fernseher, Katja-Riemann-Locken, roter Nagellack. Ohne-Punkt-und-Komma-Sätze.*
*Musik (die Nachbarn können ein Lied davon singen).*

Die letzten drei Punkte über Mutter, schwierig. So schwierig, dass ich die Zeit in meinem Kopf ein ganzes Stückchen zurückspulen muss. Die drei letzten Stichwörter stammen aus früheren (besseren) Zeiten.

*Fluse, Stricknadel, Nähmaschine.*

Okay, das erkläre ich besser.

Mutter hatte früher einen Traum (ja, sogar sie). Wollte unbedingt einen kleinen Laden mit dem Namen *Fluse* eröffnen. Wollte, dass es in der »Fluse« nur Selbstgestricktes und Selbstgehäkeltes und Selbstgeschneidertes gibt. Am liebsten gar nicht zu kaufen, sondern nur als eine Art Tauschgeschäft. Ja, so war Mutter früher. Sie hatte Hobbys. Und Ziele.

# FÜNFKOMMAFÜNF

Ich sitze auf dem Flur, mitten auf dem Boden, und starre unsere Schuhe an. Meine Schuhe sind alle hässlich, zu klein oder zu groß oder mit fremden Federn geschmückt (das Thema hatten wir bereits). Was ich aber zum ersten Mal sehe: Kein anderes Paar sieht so abgelatscht aus wie die Sandalen, die zwei Nummern zu groß sind. Stellt sich mir die Frage, ob ich wirklich so laufe: links viel schiefer als rechts und insgesamt sehr weit auf der äußeren Fußkante? Habe ich womöglich O-Beine? Oder hat das die Ex-Sandalenbesitzerin verzapft? Wohl kaum, denn leider sehe ich, dass dieser Sohlenschiefstand alle meine Schuhe befallen hat. Ich muss meinen Gang unbedingt beobachten, denke ich, wenn das wirklich so ist, kann es nicht besonders gut aussehen.

Wie laufen denn die anderen? Pola läuft durch die Welt wie eine Elfe. Manchmal denke ich, sie schwebt einen Millimeter über der Erde. Genug, damit es fabelhaft aussieht, und zu wenig, damit man denkt, die hat ein Rad ab. Es muss einen Trick geben, den nur Pola beherrscht. Vielleicht frage ich sie mal danach. Bringt ja nichts, wenn ich hier weiter blöd rumsitze und das scheiß Schuhregal anstarre.

Ich atme tief durch, stehe auf und gehe in mein Zimmer. Schließe die Tür hinter mir und habe hoffentlich für eine Weile meine Ruhe. Weil ein »Betreten verboten«-Schild draußen hängt und Mutter hervorragend lesen kann. Andere Menschen laufen selten bis nie durch unsere Wohnung und betreten somit auch nicht ungefragt mein Zimmer. Das Schild ist deshalb ein echter Witz, ich meine, wer liest das schon, außer Mutter?

# SECHS

*Do what you love.*

Polas liebster Spruch von allen (sie hat einige auf Lager).

*And do it often*, denke ich, schnappe mir mein Notebook und lege mich damit aufs Bett. Auf der Glühbirne ohne Lampenschirm sitzt eine prächtige Fliege. Draußen scheint die Sonne vom Himmel, als wäre das ihre allerletzte Gelegenheit. Freibadwetter, aber nach Schwimmen ist mir eher nicht. Ich lasse meinen Kopf auf die linke Seite fallen, sehe mein (schiefes) Zimmer, den Schreibtisch, den Stuhl, das Regal und die Musikanlage mit dem grünen Yogafestivalaufkleber (*Breathe!*), den mir Pola geschenkt hat. Sehe auch die Bücher und die bunten Stifte, die kopfüber in dem grau geblümten Blumentopf stecken. Blicke zur Fliege und dann aus dem Fenster. Ein Meer aus Mücken davor, jede einzelne scheint verrückt geworden zu sein.

Welches Zeug haben die geraucht?

Was, wenn eine Mücke jemanden sticht, der betrunken ist? Ist die Mücke dann automatisch auch besoffen?

Das mit dem Schreiben klappt heute nicht.

Irgendwie ist zu viel in meinem Kopf, was ich nicht

sortiert bekomme. Das passiert mir oft, wenn ich beim Riffei in der Glaskammer war. Das viele Auf-Kommando-Atmen macht mich ganz meschugge. Denke lieber nach, als irgendeinen Schwachsinn aufzuschreiben. Ich betrachte noch mal die Glühbirnenfliege (meinen Besuch) und versuche mich daran zu erinnern, welche Schuhe ich früher getragen habe. Als Großstadtkind kann ich ja unmöglich barfuß durch die Gegend getigert sein, andererseits taucht vor meinen inneren Augen kein einziges Kinderschuhbild auf. Okay, dann nicht, dann war ich vielleicht als Kind schon anders als andere Kinder, aber Vater und Mutter *müssen* irgendwelche Schuhe getragen haben.

Auch kein Bild, nothing.

Haben wir jemals zusammen (als Familie) Schuhe gekauft? Ich meine, sind wir in unser Auto gestiegen, zu irgendeinem Einkaufscenter gefahren, haben dort in erster Reihe geparkt und sind zielstrebig in einen Schuhladen reingegangen? Haben wir uns kistenweise Schuhe zum Anprobieren bringen lassen? Weil ich auch hier wieder nur eine Art Blackout habe, denke ich zwischendurch über die aktuelle Schuhsituation nach (da kann ich wenigstens mitdenken und mitreden und mich tierisch aufregen). Mutters Schuhsohlen sind alle gleich hoch und auch gleich gerade, sehen aus wie nagelneu. Was keine große Kunst ist, sie läuft ja nie. Mutter hat völlig vergessen, wie man sich bewegt. Wenn sie von der Couch zum Klo geht, ist das viel, dann guckt sie, als erwarte sie ordentlich Applaus. Und weil es so viel ist und niemand applaudiert, kriegt sie schlechte Laune davon. Ihre schlechte Laune ist auch meine schlechte

Laune, weil die Stimmung überall ist, in der gesamten Wohnung. Wir haben zwar Türen und Fenster, aber nur eine gemeinsame Luft.

Luft ist echt ein heikles Thema.

Eigentlich habe ich zwei Zimmer, weil Mutter die Küche so gut wie nie betritt. Sie isst nur selten, und alles andere (ihre alten Schulkameraden googeln, Sekt und Bier und Wein und Schnaps trinken, sich die Nägel lackieren) macht sie vom Bett oder dem Sofa aus. Erstaunlich, was Mutter alles liegend erledigt. Mein Erfahrungswert: Liegend könnte man ein ganzes Land regieren. Aber ich kenne niemanden, der das will.

Als ich das Fenster öffne, weil sich die verrückte Mückenwelt netterweise in Wohlgefallen aufgelöst hat und ich nicht länger bei diesen Temperaturen auf dem Bett liegen kann, macht die Fliege die Fliege (ich verstehe sie). Von Zeit zu Zeit weht ein laues Lüftchen zu mir herein, meine Vorhänge wehen wie Fahnen im Wind. Ich höre Vogelgezwitscher. Rieche Bratkartoffeln. Sehe keine einzige Wolke am Himmel. Wenn der liebe Gott jetzt von oben runterschaut und mich am offenen Fenster lehnen sieht, denkt er sicher, dass ich es ziemlich entspannt und idyllisch hier unten habe. Ich meine, es stehen ja keine Panzer oder Soldaten in meinem Zimmer, und es bindet mich auch niemand an einen Marterpfahl und bewirft mich mit Messern. Aber meine Grübelei ist alles andere als romantisch, sondern kaum zum Aushalten. Es macht auch wenig Sinn, sich Gedanken um die Schuhe von jemandem zu machen, der nie läuft. Wenn ich schon ewig lange hier rumhänge und nachdenke, dann doch wenigstens über etwas, das nur mich betrifft. Zum Beispiel darüber, was ich mir von der berühmten guten Fee wünsche, wenn sie gleich ins Zimmer geflogen kommt.

*Was ich der Fee sage (und mir von ihr wünsche):*

1. *Polas Aussehen (ich will nicht aussehen wie ihr Zwilling, aber ähnlich hübsch und ja, sollte es jemals eine neue* Wer-ist-das-tollste-Mädchen-Liste *geben, möchte ich wenigstens auf Platz zwei landen)*
2. *Polas Geld (der Chef vom Sportgeschäft bezahlt ziemlich gut, aber keine Mädchen mit Spaghettihaaren, die in Panik geraten, sobald sie auch nur von Weitem eine Kamera sehen)*
3. *Polas Mutter Katinka (die coolste Mutter ever, ein echter Schatz)*
4. *Lennys Scheiß-egal-Einstellung (ganz wichtig, denn mit seiner Scheiß-egal-Einstellung nehme ich mir nicht mehr alles so zu Herzen, und wenn ich mir nicht mehr alles so zu Herzen nehme, können sich meine Haut und die Luft vielleicht beruhigen)*

Aber wenn ich etwas gelernt habe, dann, dass das Leben zwar meistens ein Dschungel und manchmal eine Insel, aber niemals ein Wunschkonzert ist.

Wenn es stimmt, dass die gute Fee immer nur drei Wünsche auf einmal erfüllt, finde ich das ziemlich dämlich von der guten Fee und auch ungerecht. Drei Wünsche für jemanden, dem so ziemlich alles fehlt, sind nicht viel.

# Sechskommafünf

In einer Woche beginnen die großen Ferien.

Die großen Ferien sind schlimmer als alle Feiertage und Mutters und mein Geburtstag zusammen. Was soll das für eine komische Belohnung sein, wenn alle meine Freunde in die große weite Welt fliegen und ich alleine auf dem Schulhof oder im Park rumhänge? Selbst die Babys aus meiner Klasse verreisen alle und reden seit Tagen über nichts anderes (Mallorca, Thailand, Bayern, Island, blablabla). Was die machen, interessiert mich null Komma null Prozent, aber meine Freunde sind super wichtig und werden mir fehlen.

Lenny (von dem ich nicht weiß, ob er noch mein Freund ist) fliegt mit seiner Familie auf eine kleine Insel nach Griechenland.

Netti mit einer Freundin nach Rom.

Dirk wandert mit dem Rucksack von Frankreich nach Spanien, will unter freiem Himmel übernachten und Leute aus allen möglichen Ländern kennenlernen.

Nina fliegt mit ihren Eltern die gesamten sechs Wochen nach Florida, es wird neue Postkarten regnen, und ich werde ständig von der dunklen Wohnung in den Keller wandern, um meine Postkartenwand zu erweitern, aber will ich das, meine Wände mit fremden Karten vollkleben?

Ja, das will ich.

Besser das als nichts. Manchmal gucke ich mir die Postkartenwand nur kurz an und bekomme sofort gute Laune davon. Okay, tröste ich mich dann, im Moment kann ich von all den Ländern und Inseln und Städten nur träumen, aber Momente haben die unglaublich gute Eigenschaft, dass sie irgendwann vorbei sind.

Ich könnte, wenn Mutter es erlauben würde, in diesen Sommerferien nach Mallorca reisen! Habe tatsächlich eine Einladung ans Meer bekommen! Pola und Katinka verbringen einen Teil der Ferien bei Polas Vater Jim auf Mallorca. Jim hat in Cala Pi eine Finca und einen großen Garten mit Olivenbäumen, und das weite Meer liegt quasi vor seiner Haustür, und da geht die Sonne rot auf und rot wieder unter. Es ist wirklich purer Zufall, dass Polas Vater auf Mallorca lebt und meiner auf Ibiza. Ich weiß, dass glaubt uns niemand, aber großes Indianerehrenwort: Es ist nichts als Zufall. Wir haben beide Väter, die unbedingt am Meer leben wollen. Es reicht vollkommen, dass unsere Leben ansonsten so unterschiedlich sind.

Weil ich für Katinka so etwas wie eine zweite Tochter bin, hat sie mich vor längerer Zeit gefragt, ob ich nicht Lust hätte, mit nach Mallorca zu fliegen. Es würde mich kein Geld kosten (das Flugticket übernimmt sie), und Pola und ich hätten sicher viel Spaß zusammen. Ich wollte schon »Auf jeden Fall!« brüllen, doch dann ist mir Mutter eingefallen. Mutter und die Frage, ob ich sie allein lassen kann. Ehrlich gesagt kümmere ich mich schon so lange um sie, dass ich keinen Cent darauf verwetten würde, dass sie ohne mich auch nur einen einzigen Tag überlebt. Als sie letztens die Blumen gießen wollte, stand hinterher die ganze Wohnung unter Wasser, und sie saß mit der Gießkanne auf dem Klodeckel und hat Rotz und Wasser geheult. Wer weiß, wie lange schon. Ich habe große Angst, dass sie ohne mich unter die Räder kommt, Punkt.

Andererseits: Mallorca und Pola und das Meer! Das ist so ziemlich die verlockendste Einladung, die ich mir vorstellen kann (okay, Lenny könnte noch mit im Flieger sitzen, dann wäre es perfekt). Katinka ist nicht nur obercool und ein echter Schatz, sie backt auch den besten Apfelkuchen überhaupt. Ich bin sicher keine Expertin, wenn es um das Bewerten von frisch zubereiteten Speisen geht, aber ich glaube, Katinkas Kuchen ist Weltklasse.

Mallorca wäre für mich der erste Urlaub, seit Vater weg ist. Der erste Urlaub seit fünf Jahren und das erste Mal, dass ich ohne Mutter mal länger Luft holen könnte (tief einatmen und bis eine Million zählen).

*Was ich auf Mallorca alles könnte oder nicht mehr müsste:*

- *keine Flaschenfreunde für Mutter besorgen*
- *keine Angst vor schlechten Tagen haben*
- *ich könnte morgens ausschlafen und danach stundenlang in der Sonne weiterdösen*
- *ich könnte mit Pola Ewigkeiten über Jungs reden*

*(über Jungs, die mit nacktem Oberkörper am Strand rumlaufen, Beachvolleyball spielen und die ihre langen Haare mit Gummibändern zusammenbinden müssen, weil sie sonst den Ball nicht erkennen)*

- *ich könnte den ganzen Tag über essen (Frühstück, Mittagessen und Abendbrot und dazwischen den weltberühmten Apfelkuchen)*
- *ich könnte mit Pola barfuß laufen (meine Füße würden wundervoll braun werden, und ich würde mir die Zehennägel türkis lackieren, ein Muschelkettchen um beide Knöchel binden und mit den kleinen Zehen wackeln)*
- *weil Katinka eine coole Mutter ist, würden Pola und ich mit einer Flasche Wein am Strand zusehen, wie die Sonne untergeht, wie sie langsam im Meer versinkt, wie sie alles zwar rot, aber nicht verdammt heiß, sondern wunderschön färbt*

# SIEBEN

Manchmal bin ich ein echt böses Mädchen, dann öffne ich das Fenster in meinem Zimmer und werfe Steine runter in den Innenhof (pling, pong, peng). Kleine Steine, die ich auf dem Schulhof einsammele, die da herumliegen zwischen all dem Löwenzahn, den Disteln und den Brennnesseln. Ich finde immer neue Steine (kann gar nichts dafür), die liegen da, und ich muss sie mitnehmen, Punkt. Ich werfe, ohne jemanden zu treffen, stelle es mir nur vor. Ich stelle mir vor, wie ich mit meinen kleinen Schulhofsteinen hübsche Mädchen in hübschen Schuhen am Kopf treffe. Wie sie kurz innehalten, sich umdrehen und dann zu mir hochblicken (mit ihren weit aufgerissenen Rehaugen). Wie ich mich längst geduckt habe, in Sicherheit bin, unsichtbar. Ich bin Luft, und sie schämen sich, weil man sich vor der Luft nicht fürchten muss, vor nichts weniger als vor der Luft.

Luft ist etwas ganz und gar Wunderbares.

# ACHT

»Den Winter«, hat Vater immer gesagt, »kann man nur im Süden ertragen«, und ich habe ihm geglaubt, weil ich erstens nicht geahnt habe, dass Vater sich tatsächlich eines Tages aus dem Staub macht, und zweitens, wie heiß mein Winter mit Lenny wird.

Das Thermometer fällt unter null, aber für mich geht die Sonne auf.

*Lenny, Lenny, Lenny.*

Die Temperaturen sinken immer tiefer, wie ein Schiff, das auf den Grund des Meeresbodens will. Lenny und ich, wir stehen auf den Stufen, die zum Schulhof hinunterführen, und das kommt mir gleich komisch vor, dass wir stehen und nicht sitzen. Ich meine, klar, es liegt Schnee, aber nicht auf der Treppe, da ist schließlich ein Dach drüber, da ist es sicher und warm, und wir sind geschützt.

»Ich habe etwas für dich.«

Als Lenny das sagt, schäme ich mich in Grund und Boden. Wenn mir jemand etwas schenkt, schäme ich mich ganz automatisch (ich habe Angst, nicht glücklich genug auszusehen und den anderen mit meinem Anblick zu enttäuschen). Deshalb hasse ich Weihnachten und meinen Geburtstag und überhaupt alle Gelegenheiten, an denen ich in solch eine peinliche Situation geraten kann. Aber Lenny kennt das schon von mir, dass ich rot werde und verlegen, und weil er das kennt, sagt er nichts dazu, sondern lächelt nur und holt ein braunes Lederetui mit einer roten Schleife aus seinem Rucksack und öffnet es auch gleich (er weiß, dass ich nichts auspacken kann).

Das Armband gefällt mir auf Anhieb, weil es geflochten und an einigen Stellen leicht abgeschürft ist. Ich mag es, wenn etwas aussieht, als wäre es uralt. In Lennys offenen Händen liegt das Armband gleich zweimal, und die Armbänder gleichen sich wie ein Ei dem anderen. Obwohl er es nicht sagt, nicht ausdrücklich jedenfalls, weiß ich: Das sind Freundschaftsbänder, und sie bedeuten, dass wir jetzt offiziell miteinander gehen. Wenn man es offiziell macht, ist man sich sicher (alle kennen den Unterschied).

Lenny hält die Lederbänder in seinen Händen wie kleine Küken oder einen Welpen. Aus seinen Nasenlöchern sehe ich warmen Atem kommen und gehen.

»Oh, wie schön.«

»Gefallen sie dir?«

»Sie sind wunderschön.«

Vor Freude kriege ich immer diese hektischen, roten Flecken auf dem Hals, das sieht aus, als hätte ich plötzlich die Röteln oder eine schlimme Allergie. Auch das kennt Lenny, und es scheint ihn nicht sonderlich zu stören (sag ich doch, er ist ein Schatz). Er lächelt und zieht mir den linken Handschuh aus und bindet mir etwas umständlich ein Lederband um mein linkes Handgelenk (er hat ziemlich große Hände mit ziemlich großen Fingern). Links kommt von Herzen, denke ich und binde ihm das andere Lederarmband auch um das linke Handgelenk. Aus den Augenwinkeln sehe ich die uralten Bäume, die überall um den Schulhof verstreut stehen und die unter dem schweren Schnee viel kleiner aussehen als sonst. Manchmal hilft es, wenn ich mich ablenke, dann verschwindet die Scham ein bisschen.

»Steht dir gut.«

»Dir auch.«

»Ich habe gehofft, dass es dir gefällt. Ich habe es in Warnemünde gekauft, letztes Wochenende, auf dem Weihnachtsmarkt. Ich habe es an einem Stand neben Fisch Karl gesehen, mein absoluter Lieblingsfischstand, und ich hab gleich an dich gedacht. Ich meine, an uns.«

Warnemünde. Weil sie in Warnemünde einen Onkel haben, fahren Lenny und seine Eltern ziemlich häufig da hin. Der Onkel wohnt am alten Strom, da, wo die Fischkutter liegen und die Fähren einfahren und sich die Touristen im Sommer mit Bier und im Winter mit Glühwein die Zeit vertreiben. Ich kenne den Ort von Fotos, und Lenny spricht viel über Warnemünde. Habe mir schon oft gewünscht, irgendwann mit Lenny am alten Strom zu stehen und auf das Meer und die Möwen zu schauen. Dass er ausgerechnet von dort unsere Lederarmbänder mitbringt, hätte ich mir nicht besser wünschen können.

»Danke, Lenny, das ist echt süß von dir.«

Der Schnee fällt stärker, fällt wie Regen, und ohne den wärmenden Handschuh friert meine linke Hand und wird gleich taub, aber ich will die Stimmung nicht zerstören, traue mich nicht, ihn wieder anzuziehen. Lenny und ich, wir nehmen uns in den Arm, das heißt, ich nehme Lenny in den Arm, weil ich denke, wenn wir uns in den Armen halten, kann er mich nicht so leicht küssen. Dass er mich lieber küssen will, sehe ich ja an seinem Blick.

Weil seine Augen zu meinem Mund wandern und sein Gesicht langsam näher kommt.

Weil mein Herz bis zum Hals schlägt.

Weil mir komplett die Luft wegbleibt.

Weil ich am liebsten sterben möchte.

Küssen ist ein heikles Thema für mich. Wenn ich mir vorstelle, dass Küssen für mich wie für andere Menschen Sex ist, dann frage ich mich, wie dann Sex mal für mich wird. Nein, besser, ich frag mich das nicht, das Problem mit dem Küssen reicht vollkommen. Es ist nicht so, dass ich Küsse nicht mag, ich mag sie sogar sehr (was kann schöner sein, als Lenny zu küssen?). Aber ich schäme mich vor dem Kuss und während des Kusses und danach schäme ich mich erst recht. Ich habe das Küssen ein paarmal ausprobiert, bei Wahrheit oder Pflicht, nicht mal für mich ein großes Ding, aber selbst da konnte ich es nie genießen. Zu viel, an das man denken muss, ich meine, bevor man jemanden küsst, muss man ihn sich angucken, und derjenige guckt einen auch ganz genau an (Horror!). Da überschlagen sich die Fragen in meinem Kopf. Treffe ich den Mund, klebt er mir eine, wo soll ich mit meinen Händen hin, habe ich Mundgeruch, werde ich rot, rot, rot? Blablabla. Meine Kussscham ist vielleicht die schlimmste Scham von allen.

Wenn man bereits einige Monate zusammen ist, dann ist es doch normal, dass man sich küsst, kein Staatsakt. Habe keine Ahnung, wie ich das jemals hinkriegen soll. Mein allergrößter Fehler überhaupt war, dass ich vor Lenny mit meiner »riesigen« Erfahrung angegeben habe.

Stichwort: Freeman. Etwas Dämlicheres hätte mir kaum einfallen können.

Ich küsse Lenny also wieder nicht, also nicht real, nur in Gedanken (in Gedanken habe ich ihn schon halb totgeküsst). Weil ich wieder mal kneife, stehen wir Arm in Arm auf den Stufen zum hinteren Schulhofeingang und sehen schweigend dem Schnee beim Fallen zu. Zum ersten Mal tragen wir dieselben Lederarmbänder. Als Zeichen unserer …

Liebe?

»Liebe ist ein großes Wort«, sagt Pola, aber sie sagt auch, dass sie Dirk liebt. Dirk ist nicht nur ihr Freund, sondern auch der beste Freund von Lenny. Deshalb wusste ich lange vor meiner legendären Geburtstagsnacht im Park, dass Lenny auf mich steht (danke, Pola!). Alles könnte so schön sein, aber das ist es nicht. Ich spüre deutlich, dass die Sache mit Lenny auf der Kippe steht, da kann er mir noch so viele Armbänder schenken, und da kann sein Schlüssel noch so fröhlich in der Tasche tanzen.

Ich trage Lennys Lederarmband durch die Gegend wie einen Pokal aus reinem Gold. Das heißt, bis letzte Woche habe ich es so getragen und mich wie eine Prinzessin/Königin/Heldin gefühlt. Bei aller Skepsis habe ich doch gedacht, dass wir es zusammen schaffen, wenn ich nur irgendwann meine Kussscham überwinde.

Dann kam der letzte Montag.

# NEUN

Am späten Nachmittag bin ich mit Lenny auf »unserer« Treppe verabredet. Der Sommer hat gerade so richtig Fahrt aufgenommen, und die Bäume, die rund um den Schulhof stehen, gedeihen prächtig und sind grüner als das Gras. Überall wächst Unkraut, selbst zwischen den Stufen, und wenn man da sitzt, kann es vorkommen, dass einen eine Distel in den Hintern sticht. Ich sitze da, und mich sticht nichts, aber ich warte, sehr lange sogar.

Ich zähle die Bäume, die ich ganz (zwölf) und die, die ich nur halb (vier) sehen kann. Zähle den Löwenzahn und die Disteln und die Mülleimer und die Steine. Zähle die Vögel, die auf den Bäumen sitzen, und die, die durch den Himmel fliegen. Zähle die Muttermale auf meinen Beinen und die auf meinen Armen. Zähle die Autos, die vorbeifahren, und die, die am Straßenrand parken.

Von Lenny weit und breit keine Spur.

Versuche trotzdem, ganz still zu sitzen und nicht ständig auf mein Handy zu gucken, weil mich das nur noch unruhiger macht. Ich muss sowieso aufpassen auf mein Handy, weil ich nur ein billiges habe, ein echtes Monsterhandy, und der Freibetrag, für den ich telefonieren und SMS schreiben darf, ist so niedrig, dass ich das Handy oft lieber ganz auslasse. Oder ich lasse es an, antworte aber nicht. Ich rufe nie an, sondern lasse mich anrufen (keine Starallüren, sondern chronischer Geldmangel). Aber an dem Abend, als ich auf Lenny warte und Däumchen drehe, lasse ich das Handy an und schaue ungefähr alle zwei Minuten nach, ob er mir eine Nachricht geschrieben hat.

Irgendwie gefällt es mir sogar, auf Lenny zu warten.

Wenn schon warten, dann auf ihn, denke ich. Weil ich endlich einmal Zeit habe und mir das Zählen der Blumen und so zwar amüsant, aber nicht besonders sinnvoll erscheint, male ich mir aus, wie ich es schaffe, Lenny endlich zu küssen. Ich meine, ich hatte zehn Monate Zeit dazu, dreihundert Tage und ein paar zerquetschte, habe aber immer wieder im entscheidenden Moment gekniffen. Nur mal kurz zur Begrüßung und zum Abschied ein Küsschen auf die Wange, das war alles, und das allein hat mich echt Überwindung gekostet.

Ich weiß, das muss sich dringend ändern. Ich will mir keinen Druck machen, aber ich mach mir auch nichts vor: Mit fast sechzehn haben einige schon ihr erstes Mal hinter sich, und ich bekomme nicht mal einen harmlosen Kuss hin. Auf der Treppe, mit dem Handy in der Hand, fällt mir ein, dass ich Lenny bitten könnte, die Augen zu schließen. Dann wäre es leichter für mich, ihn zu küssen. Wenn er die Augen geschlossen hält, kann ich in aller Ruhe ganz genau hinsehen und treffe seinen Mund ohne Schwierigkeiten (ein Tipp von Pola, den sie mir vor zwei Jahren gegeben hat!). Diese Kusssituation male ich mir in allen Variationen aus. Wie es wird, wenn wir auf der Treppe sitzen und wie, wenn wir stehen. Um auf alles vorbereitet zu sein, baue ich sogar peinliche Pannen in die Fantasiekussszenen ein. Was ich mache, wenn Lenny plötzlich die Augen öffnet (Auge um Auge, Zahn um Zahn). Wie ich reagiere, wenn er mich wegstößt und fragt, was ich da eigentlich mache, was mir einfällt, ob ich spinne. Ich überanstrenge meine Fantasie so sehr, dass meine Sonnenscham aufblüht und Feuer fängt.

Mein Kopf brennt lichterloh.

Meine Luft …

Welche Luft?

Irgendwann bin ich es leid, mir alles Mögliche vorzustellen, drehe meinen verrückten Kopf zur Seite und gucke direkt auf Lennys Lederarmband. Es ist an die mittlere Stange des Treppengeländers geknotet. Erstaunlich, dass ich es bei meiner Zählwut übersehen habe. Ich betrachte es lange, dieses festgeknotete Armband, und um es richtig betrachten zu können, stelle ich mich hin und setze mich dann wieder (wie bei dem Gedankenkuss mit Lenny, die Perspektive ist schließlich alles).

»Was macht es da?«, frage ich mich.

Und: »Wie kommt es da hin?«

In meinem Kopf ein Meer aus Fragen.

Sehe mir das Armband von Nahem an, und dann steige ich die Stufen runter und gehe ungefähr zwanzig Meter zurück (und knalle mit dem Rücken gegen eine alte Eiche). Um auch wirklich alle Perspektiven einzufangen, bücke ich mich und stelle mich dann auf die Zehenspitzen. Mache mich zum Vollhorst, kann aber nicht aufhören damit. Ich reiße die Augen weit auf und kneife sie eng zusammen.

»Du wirst verrückt, Spaghetti«, sage ich mir, »du wirst verrückt, landest in der Klapse und verstehst es trotzdem nicht.«

Will schon Polas Nummer wählen und sie fragen, was sie davon hält, ob sie vielleicht eine plausible Erklärung dafür hat. Dann aber fällt mir ein, dass ja Montag ist und sie montags ihren Dirkabend hat und die beiden ins Kino wollten. Sonst will ich niemanden anrufen aus der Clique. Ich meine, die Clique, das sind UNSERE Leute. Ich rufe niemanden an und überlege mir stattdessen ganz allein, dass die Bankräuber vielleicht die Sparkasse überfallen wollten, ihnen aber jemand einen Strich durch die Rechnung gemacht hat. Sie mussten ihren Plan kurzfristig ändern! Klar, dass sie ordentlich angefressen waren deshalb. Und klar auch, dass sie trotzdem irgendwie an Kohle kommen mussten. In dieser explosiven Grundstimmung sind sie ziellos durch die Gegend gefahren, haben nach einer neuen Geldquelle Ausschau gehalten, und da kam ihnen mein Lenny gerade recht. Der saß gedankenverloren auf unserer Treppe und hat brav auf mich gewartet. »Den schnappen wir uns«, hat der Anführer der Bankräuber geschrien und mit quietschenden Reifen vor der Schule gehalten. Die anderen sind rausgesprungen und haben Lenny gekidnappt (ihn gefesselt und geknebelt).

Sie haben meinen Lenny entführt!

Aber weil Lenny nicht nur klug ist, sondern auch seit Jahren jeden Sonntagstatort guckt, hat er sie einfach ausgetrickst und unser Freundschaftsband als Zeichen hinterlassen. Er denkt, Spaghetti ist mindestens so klug wie ich, sie wird meinen Hilferuf richtig deuten und mich da rausholen. Spaghetti ist eine Heldin, sie rettet mich! Lenny wie Kaspar Hauser in einem dunklen Verlies. Lenny zwischen hungrigen Ratten, die er wegen der Dunkelheit nicht sieht, aber hört. Die Ratten knabbern seine Schuhsohlen an und jagen sich gegenseitig (haben tierisch viel Spaß). Lenny könnte verzweifeln, aber er verzweifelt nicht. Er flüstert die ganze Zeit meinen Namen wie ein Mantra vor sich hin und zeichnet mit dem Finger die Stelle an seinem Handgelenk nach, an der unser Freundschaftsband war.

Zwei Stunden rede ich mir diesen Schwachsinn ein.

Dann werfe ich erneut einen Blick auf mein Handy:

Anzahl der Nachrichten: 0
Anzahl der Telefonanrufe: 0

Als es bereits dunkel wird, verschwinden die Sonnenscham und die Bankräuber zeitgleich aus meinem Kopf.

Ich kann wieder klar denken.

Aber was ich da klar denke, gefällt mir nicht.

*Lenny hat Schluss gemacht.*
*Er hat unsere Liebe angebunden.*
*Er behandelt mich schlechter als jeden Straßenköter.*
*Er will mich nicht mehr.*
*Er wollte mich nie.*
*Ich hätte ihn küssen sollen.*
*Ich will sterben.*

Wie eine Verrückte versuche ich, Lennys verdammtes Lederarmband von dem Geländer zu reißen, aber nicht mal das gelingt mir. Dieses scheiß Band ist zu fest zusammengeknotet, und das Leder ist einfach zu stabil (echte Handarbeit vom Warnemünder Weihnachtsmarkt!). Renne schnell (wie eine Geisteskranke) nach Hause und hole die Nagelschere. Renne, wie man nur durch einen echten Albtraum rennt, und lege mich zwischendurch lang. Mit Schrammen an beiden Knien hocke ich schließlich auf den Stufen und schneide das Lennylederarmband ab. Schnipp, schnapp, und niemand hat was gesehen. Ich meine, in der Pause stehen wir ja alle da, bei den Treppen, dem Unkraut und den Bäumen. Die ganze Clique: Pola und Dirk und Nina und Netti.

Alle hätten es gesehen, die ganze Schule.

ALLE!

Es wäre mein Ende gewesen.

Gut, denke ich, dass es ungesehen in meinen Händen liegt. Zwei Stücke braunes Lederarmband, völlig sinnlos, völlig tot. Stopfe diese sinnlosen, toten Lederstücke in meine Hosentasche und weine.

Ich heule vor Wut (und wegen der Knieschrammen).

Weine vor Schmerz und Angst und Scham.

Vorbei, vorbei, vorbei.

Kein goldener Pokal mehr.

Keine Liebe.

Kein Lenny und Lea = love forever.

Keine schlaflosen Nächte mehr wegen der Sonnenscham.

Kein Händchenhalten und kein Herzklopfen.

Keine weiteren Kussfantasien.

Vorbei.
Aus.
Finito.

Schätzungsweise dreißigmal laufe ich die Schulhofstraße bis zur Sparkasse auf und ab, erst dann kann ich unser Haus und die Wohnung betreten. Ich brauche *immer* Kraft dafür, aber an diesem Abend noch tausendmal mehr als sonst. Ich bin ein Löwe, eine Kriegerin, eine Heldin, und ich habe meinen Freund verloren.

Ich bin erledigt.

Reglos wie eine Puppe liegt Mutter im Bett, aber weil ich nicht wie sonst nach ihr gucke und auch nichts sage, rappelt sie sich hoch und fragt, ob alles in Ordnung ist bei mir.

»Alles bestens«, schreie ich durch den Flur und verschwinde auf mein Zimmer. Dort begrabe ich Lennys Lederarmband in der türkisfarbenen Schachtel, in der schon seine Liebesbriefe und Geschenke liegen.

Ein Herz (aus Wolle), eine Plastikrose (von der Kirmes), eine Postkarte mit Liebeserklärung (aus Kreta). Die Eintrittskarte für den Zoo und das Aquarium. Die Kinokarten (irgendein Actionfilm). Lauter schöne Dinge, die ich nun hässlich finden will und die das Lennylederarmbandgrab werden. Und weil hässliche Gräber besser versteckt werden, verschließe ich die türkisfarbene Schachtel rasch wieder und schiebe sie in meinem Kleiderschrank nach ganz hinten (unter den rosafarbenen Skianzug, den ich vor fünf Jahren aus der Kleiderkammer bekommen und NIE, nicht ein einziges Mal, getragen habe, wann und wo auch?). Gerade noch rechtzeitig, damit Mutter nichts von der Beerdigung mitbekommt, immerhin steht sie ziemlich plötzlich im Türrahmen und wirft mit Fragezeichen um sich. Wenn Mutter sich die Mühe macht aufzustehen, ist ihre Sorge groß.

»Ist wirklich alles okay bei dir? Hast du Probleme?«

Ich schüttle den Kopf und beiße alle Zähne zusammen. Liebend gerne würde ich Mutter mein Herz ausschütten, aber sie hat genug eigene Baustellen (eine komplette Baustellenstadt), und gegen die müssen ihr meine Probleme vorkommen wie seltsam unsinnige Signale aus dem Weltall. Ich fühle mich klein. So winzig, dass ich mich wundere, dass Mutter mich überhaupt sieht. Sie guckt lange und gründlich, aber irgendwann hat sie genug davon und rauscht ab, lässt mich in Ruhe.

Ich nehme die Nagelschere in die Hand und unternehme einen halbherzigen Versuch, mein braunes Lederarmband zu zerschneiden. Ehrlich gesagt bringe ich es nicht übers Herz.

Ich trage es immer noch.

Wenn ich es abschneide, ist Lenny für immer weg.

Ich will nicht, dass er weg ist.

Ich will, dass er wiederkommt.

Und ich will, dass wir uns küssen.

# Zehn

Ich will immer noch, dass wir uns küssen!

Und ich will auch, dass Lenny mir diese Armbandaktion erklärt! ICH WILL ES VERSTEHEN!

Wie still es nebenan und über mir ist. Nicht mal durch das offene Fenster dringt irgendein Lärm, nur die Vögel zwitschern ab und zu. Wenn ich der Stille trauen würde, hätte ich sicher keine Angst vor dem Buddha der Fischer. Stille bedeutet nicht, dass die Luft rein ist. Als Kind habe ich gedacht, reine Luft, das ist, wenn der Regen die Luft sauber gewaschen hat. Als Kind hatte ich von nichts eine Ahnung.

Ich fahre das Notebook runter, ohne einen einzigen Satz geschrieben zu haben, und schalte das Handy an. Ich will die SMS von Pola noch mal lesen, will sehen, ob Pola Zeit hat, ob sie …

Die letzte SMS ist von Mutter.

Bring bitte Bier und Zigaretten mit drei F und
zwei P

Mist, wie zum Teufel konnte ich die SMS und das Bier und die Zigaretten vergessen? Ich beiße in die Luft, klappere mit den Zähnen, so, als würde ich tierisch frieren (ich friere wirklich). Wenn die Luft irgendwann nicht mehr mitspielt, ersticke ich vielleicht und bin tot.

»Lea wo hast du …«

Mutter erscheint im Türrahmen (der einzige Ort, an dem sie überhaupt mal auftaucht). Kann wohl nicht lesen, kann nie lesen.

»Zutritt verboten«, will ich ihr ins Gesicht schreien, aber ich schreie nicht, sage nicht mal was. Weil sie dasteht mit ihren wilden Katja-Riemann-Locken, auf ihren Streichholzbeinen und mit den kirschroten Nägeln, und mich böse, bitterböse anschaut. Vor Angst liegt kein einziges Wort auf meiner tauben Zunge. Durch das offene Fenster höre ich, wie jemand leere Flaschen in den Container wirft. Jemand, den ich mit meinen kleinen Schulhofsteinen bewerfen könnte, wenn Mutter mich endlich mal in Ruhe lassen würde.

»Entschuldige, ich habe es in der Eile vergessen.«

»Vergessen!«

»Ja, vergessen.«

Ich atme, und ich schwitze, und ich friere.

Ich greife nach meinem Notebook und halte mich daran fest. Mutter hebt beide Arme und rollt die Augen nach oben. »Ich hab dir doch eine SMS geschickt Herrgott wie blöd kann man sein.«

Aufgeregt fuchtelt sie mit ihrem Handy herum und hält es mir vor die Nase. Als wäre ich wirklich blöd, als könnte ich eins und eins nicht zusammenzählen (als wäre ich nicht einmal, sondern hundertmal sitzen geblieben).

»Bin schon weg.«

Ich springe auf, lege meinen Schutzschild (das Notebook) aufs Bett und drücke mich an ihr vorbei. Im Flur schlüpfe ich in andere Sandalen, in welche, die passen, aber hässlich wie die Nacht sind. Omasandalen in Braun, aus der Kleiderkammer vom Roten Kreuz, die einzigen Schuhe, die sie noch hatten in meiner Größe. Ich schwöre: Die sind an Hässlichkeit nicht zu überbieten.

Die hässlichsten Schuhe auf der ganzen Welt!

Ich merke, wie Mutter hinter mir steht, gar nicht weit weg, einen Kieselstein entfernt vielleicht.

Ich spüre ihren Atem in meinem Nacken.

Mutter kriegt mich nicht klein (sie kriegt mich ja nicht mal gescheit groß).

Jetzt muss es schnell gehen. Mit den Omasandalen falle ich fast aus der Wohnung und stolpere alle zweiundzwanzig Stufen hinunter ins Freie.

Luft, reine Luft. Wie nach einem Gewitter.

# ELF

Draußen geht alles seinen gewohnt lauten Gang.

Die Autos fahren und schleudern Abgase in meine kranke Luft.

Die Menschen laufen (achtlos an mir vorbei).

Die Hunde bellen, und Handys klingeln.

Die Welt dreht sich weiter.

Ein Meer aus Wiederholungen.

Ich trage ein kurzes, schwarzes Kleid, das nur minimal zu groß ist. Das Kleid und die Omasandalen passen null zusammen, oben sexy, unten oll, aber was soll ich machen. Noch mal hoch und das Kleid gegen einen Kartoffelsack tauschen? Never ever. Keine zehn Pferde kriegen mich da freiwillig noch mal hoch.

Alle Wege, die mich zu Mutters Flaschenfreunden führen, kenne ich im Schlaf. Deshalb habe ich auch das Gefühl, mich grüßt jeder Stein, und jeder Grashalm und alle Mülleimer lachen mich aus. Die Dinger haben Gesichter, große irre Augen, mit denen sie jeden meiner Schritte überwachen.

Meine Knie wollen nicht so, wie ich will (wie will ich denn?). Ich laufe trotzdem, setze einen Fuß vor den anderen, ganz einfach (können sogar die Babys), so komme ich gut voran.

Weil Mutters Geld nur für die ersten Tage des Monats ausreicht und wir nicht im Supermarkt anschreiben lassen können und sie dort auch immer (!) nach meinem Ausweis fragen und ich immer (!) ewig lang mit denen rumdiskutieren muss und sie mich meistens trotzdem mit leeren Händen wegschicken, muss ich den weitesten Flaschenfreundeweg von allen gehen: zum alten Erich.

Dem alten Erich ist mein Alter scheißegal. Solange ich nicht mit einer Schultüte im Arm vor ihm stehe, drückt er beide Augen zu. Der alte Erich lässt uns auch liebend gerne anschreiben, denn bei ihm ist alles extra teuer. Der alte Erich betreibt den Kiosk am Krankenhaus, kranken Menschen geht es zwar schlecht, aber sie werden besucht, und die Besucher bezahlen jeden Preis, um den Kranken eine Freude zu machen. Der alte Erich ist ein Halsabschneider, und deshalb hat er auch ein großes Herz für Leute, die kein Geld haben, aber dringend Alkohol brauchen.

Bei dem Wort Geld wird es laut in meinem Kopf (sehr, sehr laut).

Ich erinnere mich gut daran, als Vater noch bei uns gelebt hat und wir Geld hatten (wie andere Menschen auch).

*Was man mit Geld alles machen kann/und nicht mehr muss:*

- *sich ordentliche Schuhe kaufen*
- *gesundes Essen kaufen*

- *in den Urlaub fahren*
- *mit viel Geld kann man sich ein Haus auf Mallorca oder Ibiza leisten und einen großen Garten mit Olivenbäumen, und wenn man auf einem Balkon steht, guckt man aufs offene, weite Meer und die Schiffe und den Horizont*
- *wer Geld hat, muss nirgendwo anschreiben lassen, und wer Geld hat, kauft auch nicht freiwillig beim alten Erich*

Ich brauche dringend einen Ferienjob. Aber wenn ich einen Ferienjob annehme, bedeutet das gleichzeitig, dass ich nicht mit Pola und Katinka nach Mallorca fahre. Wenn man Geld hat, muss man bestimmte Entscheidungen nicht treffen.

Im Gegensatz zum Riffeiweg ist der Kioskweg ein Kinderspiel. Zum Krankenhaus läuft man etwa zwei Kilometer an einer kleinen, wenig befahrenen Straße entlang und an einem Spielplatz mit Piratenschiff vorbei. Wenn man vor der evangelischen Kirche steht, sieht man die Kreuzung und das weiße Krankenhaus mit den vielen Fenstern schon. Auf dem Platz vor der evangelischen Kirche sitzen manchmal ältere Menschen, und die älteren Menschen starren auf das Holzkreuz, das vor ihren Bänken auf einem kreisrunden Grasstück steht. Moderne Kunst, aber weil es ja trotzdem ein Kreuz ist, mögen es die älteren Leute. Und ich mag die älteren Leute. Wenn sie dasitzen und mich ansehen, winke ich ihnen zu, und sie winken zurück. Einige von ihnen kenne ich aus der Praxis vom Riffei (*Gala*-Leser). Eine der älteren

Damen sieht tatsächlich ein wenig aus wie Lennys Oma Hanne. Oma Hanne hat mich sofort gemocht und an ihr großes Herz gedrückt. »Du bist also die kleine Freundin von Lenny? Wie schön.«

*Lenny, Lenny, Lenny.*

Lennys Straße (die Straße seiner Eltern) kreuzt die Straße, die zum Krankenhaus führt. Lenny und seine Eltern wohnen in der Hausnummer acht. Eine hellbraune Holztür mit acht Klingelschildern, alle weiß und mit Großbuchstaben bedruckt.

Ein Meer aus Namen.

Ich stehe oft vor diesem Namensmeer und schaue nur Lennys Klingelschild an. Oder ich stehe gegenüber, auf der anderen Straßenseite, vor völlig fremden Klingelschildern, und schaue zu Lennys Fenster hoch. Lennys Fenster hat einen hellblau-dunkelblau gestreiften Vorhang, und wenn der zugezogen ist, weiß ich, dass Lenny zwar zu Hause ist, aber seine Ruhe haben will. Dann guckt er Fußball (schätze ich mal). Mit den fremden Klingelschildern im Rücken sieht die Hausnummer acht wie ein Gefängnis aus. In der Hausnummer acht befindet sich unten der Bäcker Winter, aber da gehe ich nie hin, schon allein deshalb nicht, weil ich Angst habe, Lennys Eltern kaufen da gerade ihr Brot oder den Kuchen. Lennys Eltern finden mich nicht so prickelnd. Ich war nur zweimal bei ihm. Beim ersten Mal hat uns seine Mutter Tee und Kekse ins Zimmer gebracht und mich angelächelt. Beim zweiten Mal alles nicht mehr (kein Tee, keine Kekse, kein Lächeln). Da hat sie uns gleich an der Wohnungstür abgefangen und zu Lenny gesagt: »Vergiss nicht, dass du noch Hausaufgaben machen musst.«

Mich hat sie keines Blickes gewürdigt.

Ich war Luft für sie.

Durchsichtig.

Unsichtbar.

Ich hätte große Lust gehabt, ihr ordentlich die Meinung zu geigen, aber es war klar, dass das nicht ging, Lenny muss schließlich noch mindestens eins Komma fünf Jahre bei ihr wohnen. Lenny ist sechzehneinhalb, in dem Alter sucht man sich nicht aus, bei wem und wo man wohnt. Also habe ich meine Wut mit der wenigen Luft runtergeschluckt. Der einzige Vorteil, wenn man seine Wut gut im Griff hat und runterschlucken kann wie Insekten die Fliegen, ist, dass man nicht alles noch schlimmer macht und komplett durchdreht.

Wenn ich durch die Lennystraße laufe, ist das ein ziemlich unsinniger Umweg, aber meine Füße gehen den von ganz allein. Aber heute nicht, nicht in diesen ollen Omasandalen. Wenn man Geld hat, kann man sich die allerschönsten Schuhe überhaupt kaufen und stolz mit ihnen durch alle Straßen spazieren und Umwege ohne Ende laufen. Schiebe mir noch schnell ein Pfefferminzbonbon in den Mund. Die Dinger esse ich tütenweise, weil ich Angst vor Mutters Atem habe. Wer weiß schon, wie sein Atem riecht. Ich nicht. Ich meine, wenn die Sonne völlig problemlos auf meine Haut wandert, schafft es Mutters Atem sicher locker-flockig in meinen Mund. Womöglich ist alles irgendwie erblich.

Ich treffe auf ein paar Kinder, die den Bürgersteig mit bunter Kreide bemalen. Alle haben eine Feder im Haar, tragen bunte Kleidung und machen lustige Indianergeräusche. Großstadtindianerkinder eben und sie rufen mir im Chor hinterher, dass ich mitmalen kann, wenn ich will. Ich will nicht malen (bin schon lange kein Indianerkind mehr).

Alles, was ich will, ist, das hier schnell hinter mich bringen und dann im Galopp zu Pola.

Ich liebe meine Clique, aber mit Pola bin ich am liebsten zusammen. Pola kennt mich, sie stellt keine dummen Fragen, und sie nervt nicht. Dass ich Asthma habe, keine ordentlichen Klamotten und nie Geld, das ist alles kein Thema für sie. Auch dass ich immer zu ihr nach Hause möchte und sie nie zu mir einlade, ist kein Störfaktor zwischen uns. Vielleicht klappt es so gut mit uns, weil Pola auch nicht normal ist. Ich meine, wer läuft schon in unserem Alter mit Federn im Haar draußen rum und tanzt auf der Straße, nur weil ihm plötzlich danach ist? Eben. Mit Pola bin ich viel unterwegs. Ich mag es, wenn sie elfengleich neben mir herläuft, wunderschön und barfuß, und ihr Fußglöckchen leise bimmelt (»Aus dem Weg!«). Mit Pola zusammen kann man die Geräusche der Stadt wunderbar ertragen. Wenn ich mit ihr unterwegs bin, gucken alle nur zu ihr, und meine Sonnenscham hat Auszeit. Weil ich wirklich dringend zu Pola muss, laufe ich nicht, ich renne. Weil man mit wenig Luft nur schlecht lange rennen kann, schleiche ich nach jedem gerannten Stück wieder eine Weile und warte, bis genug neue Luft in meinen Lungen ist. Ein Kinderspiel für alte Leute? Selber schuld. Wird mir für alle Zeiten ein Rätsel bleiben, wie ich Mutters »Sachen«

vergessen konnte. In letzter Zeit vergesse ich alles Mögliche, nur Lenny, den vergesse ich nie.

*Lenny, Lenny, Lenny.*

Bei meinem Glück steht Lenny irgendwo an irgendeiner Ecke, an irgendeinem Punkt auf meinem Flaschenfreundeweg, steht da ganz ohne sein braunes Lederarmband und ganz ohne Anzeichen einer Sommergrippe. Glaubt ja eh kein Mensch, dass er am Montag mit mir Schluss macht und am Dienstag mit Fieber und Husten flachliegt. Völlig klar, dass er wegen mir die Schule schwänzt (dieser Feigling).

Ich lehne mich kurz an die kalte Mauer vor der evangelischen Kirche, schaue auf das Kreuz und schreibe Pola eine SMS.

Lieb dich mehr als einen Ferientag im Freibad.
Sehen wir uns heute noch? Bisous und Namaste.

Wenn ich an Pola denke, klingelt ihr helles Lachen in meinen Ohren. Das entspannt mich mehr als alle Buddhas dieser Welt. Niemals will ich ohne Pola sein. Will nicht, dass sie irgendwann etwas zerschneidet, das uns verbindet. Will nicht, dass sie mich verrät, wie Lenny mich verraten hat.

Das Schöne am Kiosk ist ja, dass ich da kaum auffalle. Die kaputten Typen, die am Tresen oder auf der kleinen Holzbank rumhängen, kriegen eh nicht mehr viel mit. Ich stelle mir vor, dass sie mich überhaupt nicht sehen, dass ich unsichtbar bin, Luft. Im Supermarkt funktioniert das nie. Da sind alle hellwach und glotzen sich die

Augen aus dem Kopf, wenn ich Mutters Flaschenfreunde auf das Rollband lege. Und wenn die Kassiererin nach meinem Ausweis fragt, kriegen alle Elefantenohren und murmeln was vor sich hin, von wegen, die Jugend von heute (blablabla). Eigentlich bin ich heilfroh, dass es den alten Erich und seinen versifften Kiosk gibt.

Ich stehe an der Kreuzung und warte auf Grün. Will gar nicht wissen, wie oft ich hier schon gestanden und auf die scheiß Ampel gestarrt habe. Rot, gelb, grün, immer dasselbe langweilige Farbenspiel (gähn). Keine Ahnung, wie ich das noch 790 Tage lang aushalten soll. Vielleicht kommt ja irgendein neunmalkluger Politiker auf die Idee, dass man auch schon mit siebzehn volljährig ist, ich meine, wenn ich Auto fahren darf, kann ich auch allein wohnen, wählen, verantwortlich sein. Also nicht, dass ich mit siebzehn meinen Führerschein habe, da müsste vorher ein Wunder geschehen, es müsste Geld vom Himmel regnen, oder Vater gewinnt im Lotto und teilt den Gewinn brav mit mir. Schätze, ich stehe noch mindestens 790 Mal vor dieser Ampel (und täglich grüßt das Murmeltier). Zumindest was zu gucken habe ich. Vor dem Kiosk sehe ich vier Gestalten, zwei stehen, die anderen beiden sitzen. Wenn zwei sitzen, ist die Bank voll. Weil es ewig nicht grün wird, schaue ich etwas genauer hin. Eine Frau, denke ich, da sitzt tatsächlich eine Frau auf der Bank. Das ist selten. Der Typ neben ihr hat seinen Arm um die Frau gelegt. Die passen nicht dorthin, denke ich weiter, nicht auf diese Bank und nicht vor diesen Kiosk, die gehören auf die Wiese in den Park oder auf eine Bank unten am Fluss. Die halten auch keine Bierflasche in den Händen oder rauchen eine Zigarette. Sie sehen aus wie der Fehler in einem Fehlersuchbild.

Grün.

Die Omasandalen sind zwar hässlich ohne Ende, aber sie tragen mich brav über die Kreuzung. Als ich die Hälfte geschafft habe, bekomme ich eine SMS.

Bin zu Hause und mach Mathe, komm doch
vorbei, wir gehen noch raus. In den Park?
Bisous & Namaste.

Ich will gleich antworten, will schreiben, super, hole dich ab, und dann wird der Tag ein später, aber echter Knaller, aber ich muss noch über die halbe Kreuzung, und ausgerechnet jetzt fährt die Straßenbahn vorbei und ist rappelvoll, und weil ich schon lange keine so volle Straßenbahn mehr gesehen habe, schaue ich genau hinein. Viele Farben und Gesichter und Kinderfinger, die auf den Scheiben herummalen (eine Zunge, ein Herz, ein Pferd). Sehe einen Hund, der schnüffelnd seine Nase in die Luft hält und sich wohl an die frische Luft wünscht. Eine Alditüte und einen Aktenkoffer. Einen Cellokasten. Ein gepunktetes Kleid in Gelb-Weiß. Ein Mädchen aus meiner Parallelklasse, das ich aber nur flüchtig kenne. Eine Frau mit einem Kaffeebecher in der Hand, die sich lachend an einem Mann festhält. Ich sehe so viel, dass ich völlig überrascht bin, als die Bahn plötzlich weg ist und der Kiosk näher kommt, nein, schon da ist.

Ich stehe fast davor und tippe die ersten Buchstaben

für meine Pola ins Handy, als ich den Blick hebe, weil ich nicht stolpern will. Ich sehe auf und erkenne, wer auf der Bank sitzt.

LENNY & SIMONE!

Ich kneife die Augen zusammen (das erste Bild lügt oft). Blicke noch mal zur Bank, aber es bleibt dabei.

LENNY & SIMONE!

Ich schließe die Augen, aber sie verschwinden nicht.

LENNY & SIMONE!

Als ich die Augen nach einer gefühlten Ewigkeit wieder öffne, lächelt Lenny. Ein Lächeln, das ich nur zu gut kenne, das mir aber gleichzeitig völlig fremd vorkommt. Noch bevor ich wegschauen kann, treffen sich unsere Blicke. Weil die Zeit stehen bleibt, bleibe auch ich stehen. Und weil Lenny Zeit hat, jede Menge Zeit, beugt er sich langsam zu Simone hinunter. Ich sehe alles wie durch eine Lupe: RIESENGROSS. Simone schaut auf Lennys Mund und lächelt ihr süßestes Platz-zwei-Lächeln. Das krönt sie noch, indem sie eine Hand auf seinen rechten Oberschenkel legt. Und er? Legt beide Hände in ihren Nacken.

In den Nacken!

Wo ein wichtiger Teil meiner Freemanlügengeschichte doch beinhaltete, dass Freeman seine Hand immer in meinen Nacken gelegt hat und wie sehr ich das gemocht habe. Diese Freeman-Nackenanekdote habe ich nur erfunden und sooft wie möglich erzählt, damit es bei Lenny Klick macht und er seine Hände in meinen Nacken legt und wir mal weiterkommen, ganz ohne Kuss. Und nun das: Lenny legt Simone die Hand auf den Nacken, als wär das ganz was Normales, und küsst sie.

LENNY KÜSST SIMONE!

Vor meinen Augen verschwimmt alles.

Der Kiosk verschwimmt, die Straße und die ganze Stadt.

Ich selbst verschwimme. Ein Meer aus Luftblasen.

Bin schon Staub, aber noch schlägt mein Herz, ich höre es deutlich schlagen. Es blubbert, brodelt, rauscht und explodiert wie ein Feuerwerk. Es stöhnt (stirbt es?). Ein winziges Geräusch dringt aus meinem Brustkorb, trotzdem ist es nicht zu überhören. Versuche weiter zu atmen, kann mich aber nicht erinnern, wie das funktioniert.

Luft anhalten!

Luft holen!

Nicht ersticken, nicht jetzt und hier, vor den Augen von Lenny und Simone. Keine Zeit, um auf cool zu machen, weil ich an zu vieles gleichzeitig denken muss. Einatmen. Ausatmen. Weiterleben. Atmen. Denken. Was ich nicht denke: Dieser Idiot. Ich denke auch nicht: Ausgerechnet Simone, die Heldin, was Jungs angeht (Platz zwei auf der berühmt-berüchtigten *Wer-ist-das-tollste-Mädchen-Liste*). Allen verdreht sie den Kopf. Keine Ahnung, ob sie irgendeinen Trick draufhat, von dem ich noch nichts gehört habe und den Pola nicht nötig hat. Oder ob sie nur keine Angst vor dem Küssen hat. Simone, die mit mindestens einem Jungen (Tobi) geschlafen hat. Ausgerechnet Simone, die mit dem vielen Geld ihrer Eltern angibt und gerüchteweise einen eigenen Schrank für ihre Schuhsammlung hat. Ausgerechnet Simone, die auf High Heels über den Schulhof stöckelt, als wäre da ein unsichtbarer Laufsteg, und Heidi Klum wartet mit einem Foto auf sie. Ausgerechnet Simone, die meine Pola mal »Barbie für Arme« genannt hat. Ich bin für Simone Luft (Höchststrafe). Die grüßt mich nicht mal, wenn ich direkt vor ihr stehe und jede Wimper einzeln zählen kann. Zigmal habe ich sie dahin gewünscht, wo der Pfeffer wächst, und nicht mal geahnt, wie sehr ich mir mal wünschen würde, dieser Wunsch wäre in Erfüllung gegangen. Sie hat mir Lenny vor der Nase weggeschnappt. Ich könnte noch viel mehr über Simone denken, aber ich denke nur an meine hässlichen Omasandalen aus der Rote-Kreuz-Kleiderkammer und an meinen schiefen Gang.

Ich atme ein, und ich atme aus.

Mein Kopf dreht sich, und ich drehe mich auch. Mein schwarzes Kleid ist ein Zelt für Riesen, und die Omasandalen werden mit jeder Sekunde älter. Ich drücke die Füße fest nach unten, damit die Sohlen auch wirklich den Boden berühren. Mein Kopf ist leer, völlig leer. Aber auch mit nichts im Kopf bin ich ziemlich uncool und drehe noch auf der Kreuzung auf dem nicht vorhandenen Absatz um und renne los.

Ich renne ohne Luft, den ganzen Weg.

Ohne Luft und ohne Gedanken.

Ich bin ein rasender Buddha.

Om.

Mein Kopf glüht. Obwohl ich renne, als wären die Bankräuber hinter mir her, glaube ich nicht, dass ich das bin, die da rennt. Irgendwie (keine Ahnung wie) sehe ich mich von oben durch die Gegend rasen wie jemand, der auf Drogen ist. Renne ohne Beine, ohne Füße und ohne Omasandalen. Vielleicht bin ich schon tot. Vielleicht hat der ganze Stress endlich ein Ende.

Pustekuchen. Laufe ziemlich lebendig über die Kreidebilder der Indianerkinder und später an dem Bettler vorbei.

Ich renne, also bin ich.

Im Hausflur vergesse ich, die Stufen zu zählen, an einen Banküberfall zu denken und Angst vor dem relaxten Buddha zu haben. Vergesse, dass die Fischer neben uns wohnt und gerne mal durch den Spion guckt. Vor der Tür bleibe ich gar nicht erst stehen und lausche, sondern stecke den Schlüssel gleich ins Schloss und drehe ihn rum. Ich sollte nicht so wütend sein, wenn ich mit dem Schlüssel rummache, sonst bricht er noch ab. Wenn man Geld hat, ist es egal, wenn der Schlüsseldienst kommen muss, nur weil man wütend war, ganz einfach scheißegal. Dann plötzlich steht Mutter vor mir. Sie steht da in ihrem weißen Snoopy-Nachthemd und sieht aus wie ein Gespenst. Vor Schreck atme ich ein und ersticke nicht.

# ZWÖLF

Ich atme, bis ich Sterne sehe. Gelbe Sterne, weiße Sterne und rote Sterne. Ein Meer aus funkelnden Sternen. Die Sterne tanzen miteinander, werden groß und wieder klein, drehen sich im Kreis. Die Sterne klettern auf meine Augenlider und setzen sich auf meine Pupillen. Nichts davon macht mir Angst. Dann aber sind die Sterne verschwunden, so plötzlich wie die vollgestopfte Bahn, und Mutters Katja-Riemann-Locken tanzen vor meinem Gesicht auf und ab. Kein Regentanz, aber so etwas Ähnliches. Etwas mit Wut. Sie schaut auf meine leeren Hände und wieder zurück in meine Augen. Ich kenne diese Blicke, ich kenne sie gut.

Gleich flippt Mutter aus.

Ziehe blitzschnell den Kopf zwischen meine Schultern, wie eine Schildkröte, und das denke ich auch: Spaghetti, du ängstliche Schildkröte, so wird aus dir nie eine starke und aufrechte Kriegerin. Glaubst jedes Mal, deine Schildkrötentaktik bringt was, dabei bringt sie nichts, nothing! Wenn Mutter ausflippen will, flippt sie aus, da kannst du dich komplett als Schildkröte verkleiden oder den Angsthasen geben, das bringt sie erst recht auf die Palme.

»Wo sind die Sachen?«

Das Muttergespenst schüttelt ungläubig den Kopf (die Katja-Riemann-Locken stehen ihr zu Berge). Das ist wieder mal typisch: Obwohl sie sieht, dass ich nichts bei mir habe, erwartet sie eine Antwort. Ich muss was sagen, ich muss, muss, muss.

Nur sterben muss ich, Mutter.

*Lenny, Lenny, Lenny.*

LENNY & SIMONE!

Ich hole tief Luft und sage die Wahrheit (und nichts als die Wahrheit).

Ich sage: »Ich war schon da, aber dann konnte ich nichts kaufen. Weil da jemand vor dem Kiosk saß, den ich nicht treffen wollte, und deshalb ... es ging nicht, tut mir leid.«

Ich weiß, was kommt, es läuft jedes Mal gleich ab. Wir haben nicht nur ein tägliches Murmeltier, sondern auch ein wöchentliches, ein monatliches und eines, das im Stundentakt grüßt (einen kompletten Murmeltierzoo). Schaue Mutter nicht an, weil ich für kein Geld der Welt sehen will, wie ihre Hand abhebt, durch die Luft fliegt und nach einem geeigneten Landeplatz sucht. Mutter wartet, bis ich unruhig werde und mein Gewicht von einem Bein auf das andere verlagere, dann schlägt sie zu. Sie schlägt mit der flachen Hand, genauso, wie sie Schnitzel platt geklopft hat, damals, als sie noch gekocht hat. Ich höre ihren Schlag, und ich höre meine Haut (Mutters Hand ist gelandet). Höre ihre Anstrengung und mein »Aua«, und dabei sehe ich Lennys Lächeln vor mir. Lennys Lächeln, während Mutter mich schlägt, das ist neu, und das ist nicht schön. Gehe etwas in die Knie, aber Mutter hat genug, die Kraft für eine zweite Ohrfeige fehlt ihr immer. Ich schwöre, das ist die einzige Situation, in der ich denke: Gut, dass sie nicht fit wie ein Turnschuh ist. Ich drücke meine Kniescheiben durch und denke: Was soll's, schlag ruhig zu, mir tut sowieso alles weh.

Der Schmerz auf meiner Wange setzt zeitversetzt ein, viel später als erwartet. Noch später schmecke ich ihn in meinem Mund. Er schmeckt wie schlechte Milch.

Mutter hat einen kleinen Pickel auf der Stirn, den schaue ich an, damit die schlechte Milch von meiner Zunge verschwindet und ich ihr nicht auch noch vor die Füße kotze. Rechts über dem kleinen Pickel hat Mutter zwei Muttermale und eine kleine Narbe, weil sie als kleines Kind mit dem Fahrrad und kaputten Bremsen einen Berg hinuntergefahren ist. Dass Mutter als Kind viel draußen war, weiß ich von Oma, aber Oma ist schon lange tot und kann mir keine neuen Muttergeschichten mehr erzählen.

»Du spinnst wohl geh und komm mir nicht noch einmal mit so einer beschissenen Ausrede wer soll denn da gesessen haben der Heilige Geist?«

Mutter dreht ihre Hand gegen den Uhrzeigersinn, ich höre ihr Handgelenk knacken. Soweit ich weiß, hat Oma Mutter nie geschlagen, aber irgendwoher muss sie diese fixe Idee doch haben, dass sie eine Boxerin ist und ich ihre Gegnerin. Vielleicht dreht sie langsam durch. Ich meine, wen würde das wundern, sie geht nie raus und trinkt zu viel, das kann ja nicht gesund sein.

Ich kann nicht sagen: »Lenny saß da.«

Ich kann auch nicht sagen: »Lenny und Simone saßen da und haben sich geküsst.«

Ich kriege es nicht über meine Lippen.

Und es würde auch nichts ändern.

Als ich von dem Pickel und der Narbe in Mutters Gesicht in ihre grünen Katzenaugen schaue, erkenne ich sie kaum.

Wie ein anderer Mensch.

Ein völlig fremder Mensch.

Ein völlig fremder Mensch mit meinen Augen.

# ZWÖLFKOMMAFÜNF

Meine derzeit schlimmste Angst:

Die Clique ist keine Clique mehr.
Lenny bleibt weg.
Oder Lenny bringt Simone mit.
Wenn Simone dazukommt, bleibe ich weg.
Dann ist die Clique eine neue Clique.

# DREIZEHN

»Worauf wartest du?«, fragt Mutter.

Ja, worauf warte ich eigentlich?

Gut, dass meine Beine und Füße wissen, was ich von ihnen erwarte. Ich verlasse den Boxring und laufe runter, alle zweiundzwanzig Stufen, zurück auf die Straße. Weil meine Fantasie schlechte Situationen liebt (da wird sie gefordert), fällt mir unterwegs ein, dass die Fischer fieberhaft nach einem Namen für den relaxten Buddha sucht. Rennend taufe ich ihn Speedy Gonzales.

Der Bettler sitzt mit einem Plastikbecher vor der Sparkasse. Trotz der Hitze hat er sich eine dicke Decke um die Schultern gelegt. Als ich an ihm vorbeigehe, sieht er mich kurz an. In solchen Augenblicken weiß ich nie, wohin mit meinen Armen und Beinen. Noch dazu trage ich braune Omasandalen und eine heiße Ohrfeigenwange spazieren.

Ich bin ein echt armes Licht.

»Man hat immer die Wahl«, sagt Pola, und weil sie recht hat damit, überlege ich ernsthaft, ob ich einfach in irgendeinen Bus und dann in den Zug zum Flughafen steige und weit weg fliege. Auf Hawaii gibt es einen

Strand, der grün wie frisches Gras ist und an dem mich nichts (gar nichts) an diese Stadt, diese Straße und die Mutterwohnung erinnern würde. Könnte auch nach Indien fliegen und mir einen eigenen Buddha kaufen. Einen Buddha, der nicht nur relaxt, sondern auch glücklich aussieht. Ich könnte mich in irgendeiner Wüste in den heißen Sand setzen und endlich mit der Sonne Freundschaft schließen. Ich könnte über die chinesische Mauer spazieren oder auf den Mount Everest steigen. Ich denke über viele Länder nach und darüber, wie Mutter reagieren würde, wenn ich plötzlich wie vom Erdboden verschluckt wäre. Nicht nur für ein paar Wochen mit Pola auf Mallorca, sondern für sehr lange Zeit (für immer?).

Ob sie dann meinen Namen googelt?

Ob sie dann alles bereut?

Und: Ob Vater dann zurückkommt?

Ich steige nicht in den Bus, und ich fahre auch nicht zum Flughafen. Bin fünfzehn dreiviertel und kann mir in etwa ausrechnen, wie weit ich mutterseelenallein ohne Geld komme. Ergreife den letzten Strohhalm und bete zum lieben Gott, der mich hoffentlich wieder mag, seitdem ich nicht mehr klaue wie ein Rabe. »Lieber Gott, bitte mach, dass sie weg sind, alle beide, Lenny und Simone.«

Die Indianerkinder mit der Kreide sind tatsächlich verschwunden (was mich hoffen lässt). Sie haben einen roten Baum, ein grünes Pferd und eine blaue Sonne hinterlassen. Die blaue Sonne sieht aus wie ein durchgedrehter Wasserfall. Eine blaue Sonne ist bestimmt angenehm kalt. Wenn die Sonne plötzlich wirklich blau wäre, hätte ich für alle Zeiten eine Haut wie kühles Wasser. Im Moment ist meine rechte Wange ein brodelnder Vulkan, der heiße Lava spuckt. Kein Wunder, auf meiner rechten Wange ist Mutters Hand nicht gerade sanft gelandet (ein Ufo ist nichts dagegen). Ich bleibe lange stehen und betrachte das bunte Kreidedurcheinander. Manchmal kann ich einfach nicht mehr weiterlaufen, manchmal bin ich einfach nur hundemüde.

*Mein Leben ist keine Insel mehr, sondern eine staubtrockene Wüste mit null Komma null Oasen.*

Kann nicht ewig stehen bleiben und mich selbst bedauern, das bringt mich keinen Schritt weiter. Okay, einszweidreivierfünfsechs Schritte und ich stehe schon wieder, nun aber an der Kreuzung und neben einer alten Frau, und mit ihr gemeinsam warte ich auf Grün. Die alte Frau trägt ein apfelgrünes Kleid und in ihren Händen einen eingepackten Blumenstrauß. Ich mag Blumen lieber auf der Wiese als in einer Vase. Haben wir überhaupt eine Vase? Und wann hatten wir das letzte Mal Blumen? Ich denke viel und blicke nicht ein einziges Mal zum Kiosk, lächle nur die alte Apfelkleidfrau mit ihrem Blumenstrauß an. Das Riffeispray in meiner Tasche fühlt sich an, als würde es tanzen. Einen Regentanz kann ich in meiner staubtrockenen Wüste gut gebrauchen, viel besser als Blumen oder eine Vase.

Grün!

Ich kann unmöglich mit geschlossenen Augen über die Kreuzung gehen, also schaue ich zum Kiosk. Der alte Erich steht davor und putzt mit einem Lappen seine versiffte Eistafel sauber. Kein Gast weit und breit. Keine kaputten Typen und auch kein Lenny und keine Simone.

Danke, lieber Gott!

Ich atme tief und lange und danke dem lieben Gott gleich noch ein zweites Mal (für den Fall, dass er von meinem ersten Dankeschön nichts mitbekommen hat). Verspreche ihm einen Haufen Dinge. Die Apfelkleidfrau verschwindet mit ihrem Blumenstrauß hinter der Krankenhaustür.

»Haste einen Moment? Ein alter Mann ist schließlich kein Zug.«

»Klar«, sage ich und schlucke das Meer aus Angstspucke runter, das in meinem Mund hohe Wellen schlägt.

Der alte Erich bedankt sich artig und putzt in aller Seelenruhe die Eistafel sauber. Will nachdenken, wie lange ich ihn schon kenne, wie lange ich schon herkommen muss, aber dann betrachte ich die Holzbank, auf der Lenny Simone geküsst hat, und da interessiert mich der alte Erich kein Stück mehr. Ich hasse die Bank, sie ist mindestens so hässlich wie meine Omasandalen. Die Bank ist das Allerletzte, und wenn ich ein Beil oder so was hätte, würde ich sie kurz und klein hauen. Mit mir hat Lenny nie auf irgendwelchen Bänken gesessen. Wenn ich es mir recht überlege, auch auf keinem Stuhl und in keiner Bahn und auch sonst an keinem öffentlichen Ort. Lenny und ich, wir saßen immer nur auf den Treppen auf dem Schulhof, schön versteckt hinter all den Bäumen und den Ästen und Blättern.

Lenny und ich in unserem Dschungel und ich war glücklich.

Ab und zu (ganz selten) sind wir um den Block gelaufen, weil wir uns etwas im Supermarkt kaufen wollten. Die Runde um den Block sind wir gejoggt (so gut es eben ging mit meiner knappen Luft). Ein Meer aus wenig Zeit, habe ich gedacht, doch nun frage ich mich, ob Lenny sich absichtlich mit mir versteckt hat. Hat er sich für mich geschämt?

Platz drei, Spaghetti, für einen Platz drei schämt sich kein Mensch, nicht mal jemand, der lieber Platz zwei küssen möchte.

»Fertig.« Der alte Erich grinst zufrieden und schlurft in seinen Kiosk zurück. Knallt die Tür zu, wirft den Putzlappen in hohem Bogen in die Spüle, drückt sich ein Taschentuch gegen die Stirn.

Wie dumm ich war.

Wie blöd ich bin.

Ich werfe einen Blick auf die Eiskarte. Magnum Mandel, Lennys Lieblingseis. Keine Ahnung, wann das alles einmal ein Ende hat.

Ich schreie dem alten Erich Mutters Bestellung entgegen. Weil ich in der Ohrfeigenhektik die Tasche für die Flaschenfreunde vergessen habe, packt der alte Erich alles in eine völlig verknitterte Alditüte. Stört mich nicht, passt hervorragend zu den ollen Omasandalen und der Ohrfeigenwange. Der alte Erich nickt zu allem, was ich sage, er nickt auch noch, als es ans Bezahlen geht und ich meine: »Das schreiben wir an, ist das okay?«

»Aber bald möchte ich mal wieder Geld sehen, das musst du verstehen, sonst wird das ja immer mehr, das ist ja kein Deckel mehr, sondern eine ellenlange Liste.«

Jetzt nicke ich. »Wie viel?«

»Warte mal.«

Er nimmt einige Zettel von der Wand, breitet sie vor sich aus, und dann kringelt er Zahlen ein, die er wild in einen Taschenrechner tippt. In solchen Momenten vermisse ich Vater besonders. Wenn Vater nicht abgehauen wäre, würde er hier stehen und einen Geldschein auf den Tresen legen, und die Sache wäre aus der Welt. Der alte Erich runzelt die Stirn und pfeift durch ein Loch zwischen seinen Lippen. »Mein lieber Mann, fast hundert. Das ist Rekord, das kannste mir glauben. Hatte ich doch den richtigen Riecher.«

Fast hundert und vom Monat ist noch eine ganze Woche übrig. Fast hundert heißt auch, dass vom nächsten Geld schon ein gutes Drittel weg ist. Ich spüre den Blick vom alten Erich und meine Haut, die sich gleich wieder jeden Schuh anzieht, auch diesen hier. Wenn ich rot bin, will ich immer schnell weg, weil ich genau weiß, es wird von Sekunde zu Sekunde schlimmer.

»Okay, ich bring das Geld beim nächsten Mal mit.«

»Versprochen?«

»Versprochen.«

Der alte Erich reicht mir widerwillig die Tüte, notiert eine kleine Summe unter die große und lässt mich unterschreiben. Ich möchte sagen »Dankeschön«, aber ich sage es nicht, weil ich mir manchmal wünsche, dass er uns nichts mehr gibt, dass uns niemand mehr etwas gibt, keine einzige Flasche, in der ganzen Stadt nicht. Weil ich dann nicht ständig irgendwohin muss und Mutter nichts mehr trinken kann. Überhaupt hätte ich große Lust, dem Kiosk vom alten Erich mal eine ordentliche Abreibung zu verpassen. Ich stürme einfach da rein, ziehe den Gummifröschen die Beine lang, kippe alle Schnapsflaschen im Gully aus und werfe mit einem einzigen Handgriff alle restlichen Waren aus dem Regal (Chips, Jägermeister, Toilettenpapier, Kokosschokolade, die ganze verdammte Scheiße). Aber wen interessiert es schon, wozu ich Lust hätte. Der alte Erich steckt sich eine Zigarette an und schaut mich mit einer Art Röntgenblick an. »Haste schon Ferien?«

Ich schüttle den Kopf, schüttle das böse Wort gleich wieder da raus und lasse es durch den Gully in die stinkende Kanalisation rollen. In den Ferien sind alle weg. Alle, nur ich nicht. In den Ferien laufe ich allein durch den Park, starre Löcher in die Luft, rede mit den Bäumen und rupfe langweilige Grashalme aus der langweiligen Erde. In den Ferien ist Pola weg, weit weg, auf Mallorca, und guckt stundenlang ohne mich auf das offene Meer. In den Ferien ist meine gesamte Clique weg. Wie soll ich mich ohne die anderen erholen, geschweige denn amüsieren? Nein, an die Ferien will ich keine Sekunde lang denken.

»Bald«, sage ich. Und, weil ich auf keine weitere Frage scharf bin: »Muss los, die Hausaufgaben warten.«

Der alte Erich bläst langsam kleine Rauchkringel in die Luft und mustert mich amüsiert. »Du musst vor allem mal ruhiger werden, Kind, ich krieg ja schon einen Herzinfarkt, wenn ich dich nur sehe. Man könnte meinen, du bist auf Drogen oder so.« Er schüttelt den Kopf. »Nicht, dass du das ganze Zeug aus der Tüte selber trinkst.«

»Nein«, sage ich. »Keinen Tropfen davon.«

Der Hinweg mit dem Ohrfeigengesicht war mir tausendmal lieber als der Rückweg mit der Scheißtüte. Wir stinken zum Himmel. Was stinkt und zieht, kann auch ein Hund sein. Ich mag Hunde, aber diesen nicht, dieser ist völlig unerzogen und zieht an mir wie verrückt. »Kack bloß nicht auf den Gehweg«, warne ich ihn. Ich hätte große Lust, dem Tütenhund in den Arsch zu treten oder ihm stundenlang Sitz, Platz, Fuß beizubringen. Sitz, Platz, Fuß, bis er vor Erschöpfung auf dem Rücken liegt und um Gnade winselt. Da ich nicht viel von den Dingen mache, zu denen ich große Lust hätte, denke ich stattdessen über einen neuen Namen für den Tütenhund nach. Aldi ist kein schöner Name für einen Hund, nicht mal dann, wenn er aus Plastik ist. »Wenn du brav bist und nicht auf die Straße kackst, nenn ich dich Bello.«

Das Leben hat doch einen Knall, denke ich. Das ist doch alles nicht normal. Und während ich das denke, trete ich gegen alles, was sich mir in den Weg stellt: Steine, Mülleimer, Prospektstapel, leere Coladosen. Dann beruhige ich mich etwas (hilft ja alles nichts). Immerhin kackt der Tütenhund nirgendwohin und darf sich nun Bello nennen. Bello und ich, wir begegnen keiner Menschenseele. Nur einem Eichhörnchen, das seine Ohrenpinsel aufstellt und vor Schreck die Nuss verliert, als es uns sieht. Ich bleibe stehen und denke an Polas Trick mit dem Baum und den Wurzeln, aber es klappt nicht, das kluge Eichhörnchen hält mich keine Sekunde lang für einen Baum. Der alte Erich hat recht, ich muss wirklich mal ruhiger werden. Das kann nicht sein, dass ich immer so durchdrehe.

Das Geräusch der Flaschen.

Wie wenn Glas zerspringt.

Aber Mutters Flaschenfreunde zerspringen nicht, sie bleiben heil, sie wollen es nur spannend machen und mich ein bisschen ärgern. Gleich haben wir es geschafft, einmal noch über die Straße und an dem Bettler vorbei, aber der kennt das von mir. Ich meine, der sieht mich schließlich seit Jahren jeden Tag mit irgendwelchen Flaschen nach Hause kommen, die einen Heidenlärm veranstalten, das ist ganz normal für ihn. Entweder er denkt, wir leben mitten im Schlaraffenland, oder in einem Irrenhaus. Ich schaue ihn nie an, und er schaut mir immer hinterher. Das Leben hat seine ganz eigenen Regeln.

Im Briefkasten finde ich gleich zwei rote Tücher für Mutter: eine Postkarte von Vater und die Telefonrechnung. Komisch, da steh ich grad noch beim alten Erich und denk an Vater, und schon liegt was von ihm im Briefkasten. Ich denke daran, dass Ibiza nicht weit von Mallorca entfernt ist. Vater würde sich sicher auch freuen, wenn wir uns mal wieder sehen. Dass meine Eltern nicht mehr zusammen sind, bringt mich nicht um. Klar, anders wäre es schöner, aber ich kenne fast niemanden, dessen Eltern noch zusammenleben (Lennys Eltern sind eine echte Ausnahme, aber was heißt das schon?). Nein, mich kotzt an, dass die beiden überhaupt keinen Kontakt mehr haben. Aus dem Grund verstecke ich die Vaterkarte gut, stecke sie mir hinten in die Unterhose, unter das schwarze Kleid. Mutter ist nicht gut auf ihn zu sprechen. Da haben Vater und ich trotz der Entfernung einiges gemeinsam.

Wegen Vaters Postkarte müsste ich eigentlich zu meiner Postkartentür in den Keller, aber mit Bello an der Hand geht das nicht (ich bin auch nur ein Mensch). Elf Stufen und natürlich sitzt der Speedy-Gonzales-Buddha noch auf der Fensterbank und meditiert. Ich möchte ihn nehmen und die Treppe runterschmeißen. Er soll aufhören, so selbstgefällig zu grinsen. So, als wäre das Leben das reinste Love-Peace-and-Happiness-Fest. Seit er da sitzt, war Mutter nicht mehr draußen (vielleicht hat sie kein Zeitgefühl?). Wenn der Speedy-Gonzales-Buddha Gehirnzellen hätte, würde er denken, ich wohne allein hier. Wenn ich allein hier wohnen würde, wäre ich die meisten meiner Probleme auf einen Schlag los. Noch mal elf Stufen. Inzwischen habe ich bestimmt Hornhaut unter den Füßen, aber kaputt sind sie noch lange nicht. Fünf Minuten und ich darf endlich hier raus und zu Pola.

Polas Zuhause ist eine ganz eigene, völlig verrückte Welt.

# DREIZEHNKOMMAFÜNF

Gäbe es eine *Wer-wohnt-am-Verrücktesten-Liste,* wäre Pola der erste Platz sicher. Die meiste Zeit wohnt sie in einem selber bemalten Holzbauwagen mit orangefarbenen Fenstern und einer orangefarbenen Tür. Dieser Holzbauwagen steht im Garten eines normalen Wohnhauses in der Eckzahnstraße und nur, wenn Pola danach zumute ist, schläft sie in Katinkas Wohnung. Ihr ist eher selten danach. Irgendwie hat das Ganze was von Löwenzahn (Peter Lustig) mit einer Prise Pippi Langstrumpf (leider hat Pola kein Pferd und auch keinen Affen). Der Bauwagen passt zu Pola wie die Faust aufs Auge, ich meine, was will sie auch in einem normalen Zimmer? Pola braucht die Natur, und deshalb wuchert der Polagarten auch wild und lustig vor sich hin (der hat es gut). Vater würde sagen: ein Dschungel für Arme, aber Vater sagt seit fünf Jahren nichts mehr außer seine Postkartensätze. Wenn ich in Polas Dschungelgarten stehe, hüpfen immer Rehe durch meinen Kopf, Rehe und Hasen und Füchse, und ich denke, was für ein verrückter Ort, wenn allein sein Anblick Tiere in meinen Kopf zaubert. Bei Pola schlägt meine Fantasie Purzelbäume, und ich würde am liebsten nach Hause und meine Tasche packen und auf der Stelle bei ihr einziehen. Im Garten gibt es eine große Kastanie mit einem kleinen Baumhaus, in dem aber nie jemand sitzt (nur die Vögel). Die Äste biegen sich im Wind wie Tänzerarme. »Du glaubst nicht, wie der Baum nachts durchdreht, wie er tanzt und den Garten rockt«, sagt Pola. Ich glaube es, weil ich es mit eigenen Augen gesehen habe, einmal, als ich bei Pola übernachtet und aus dem Fenster geschaut habe, die halbe Nacht. Wenn die Menschen schlafen, habe ich gedacht, wacht die Natur also erst auf. Wie verrückt das Leben doch ist.

Das Wohnhaus besteht aus mehreren Etagen, und Katinka bewohnt die erste. Die gesamte Etage besteht aus einem einzigen riesigen Raum, der mit Vorhängen und Paravents abgetrennt ist, sodass man den Eindruck hat, es sind mehrere Zimmer. Wenn man im Wohnzimmer steht und einen Vorhang zur Seite zieht, steht man plötzlich in der Küche. Alles ist bunt und lustig und chaotisch. Alle abgetrennten »Zimmer« sind in einer anderen Farbe gestrichen, und von der Decke baumeln Lampen mit Perlen, Schnüren und Ketten. Das erinnert mich an 1001 Nacht und an diese Bollywoodfilme, und es würde mich nicht groß wundern, wenn hinter irgendeinem dieser Vorhänge eine Gruppe indischer Tänzer steht und auf den Startschuss für ihre Show wartet. Im Flur fliegt ein goldener Schmetterling durch einen aufgeklebten Bambuswald. Überall in der Wohnung kleben irgendwelche verrückten Wandbilder (eine Elfe, die im Mond schaukelt, eine Katze, die mit einem Knäuel Wolle spielt, Bäume, die ihre Blätter verlieren). Die

Wohnung hat auch einen Balkon, und unter dem befindet sich ein pechschwarzes Teerdach, das zu einem Malergeschäft gehört. Von Polas Zimmer gelangt man direkt auf den Balkon und klettert über die Brüstung und steht auf dem Teerdach. Das ist immer ein großes Abenteuer für mich, weil es bei uns zu Hause nichts gibt, über das man klettern und ins Freie gelangen könnte. Unsere Dunkelkammer hat vier Wände, und das war es. Von Katinkas Teerdach hat man einen fantastischen Blick in den Innenhof, der nicht zum sonstigen Haus zu gehören scheint (alles normal, alles weiß und grau und langweilig.)

Alles wie bei mir zu Hause.

Katinka hat uns gewarnt, sie hat gesagt, dass die Sache mit dem Teerdach gefährlich ist und dass wir keine Dummheiten machen sollen. Einmal sind wir aber doch vom Teerdach runtergesprungen, es ging um irgendeine blöde Wette (keine Ahnung mehr, um welche genau). Pola ist gesprungen wie die Jungs vom Zehner springen, siegessicher und selbstverständlich und federleicht. Ein Kinderspiel, hab ich gedacht, und bin runtergeplumpst wie ein nasser Sandsack. Habe mir den Knöchel verstaucht. Mit einem verstauchten Knöchel zum alten Erich humpeln ist echt keine Freude. Seit der Knöchelsache bleiben wir brav auf dem Teerdach sitzen und gucken nur (gucken ist auch ganz schön). Pola isst geraspelte Möhren und trinkt grüne Smoothies, und ich esse und trinke alles mit.

Wie verrückt muss es sein, Pola zu sein.

Mit diesem Gedanken laufe ich nach jedem Polabesuch nach Hause (beschwingt und aufgedreht wegen der vielen, ungewohnten Vitamine, die in meinen Zellen Salsa tanzen). Pola, die in der Eckzahnstraße in einem alten Holzbauwagen wohnt und nachts mit ihrer verrückt netten Mutter auf einem Teerdach sitzt, umzingelt von lauter normal langweiligen Menschen.

# VIERZEHN

Ich sehe sie erst, als ich am Schuhregal vorbei bin.

Hebe den Kopf.

Halte die Luft an.

Und mit Luftanhalten meine ich, ich halte *wirklich* die Luft an.

Mutter sitzt mit übereinandergeschlagenen Beinen auf der fleckigen Couch. Das Notebook liegt in ihrem Schoß wie eine Katze. Sie hat es letztes Jahr bei einem Preisausschreiben gewonnen (an allem, wofür sie ihre Wohnung nicht verlassen muss, kann Mutter erfolgreich teilnehmen). Sie starrt auf den Bildschirm, als gäbe es da wer weiß was zu sehen. Ich stelle den Tütenhund ab, damit er mir nicht länger den Arm langzieht und die Schulter ausrenkt. Ohne Bello am Arm fühle ich mich gleich viel größer. Groß genug, um Mutter unter die Augen zu treten. Mutter guckt aber nicht hoch, sondern starrt weiter wie bekloppt auf den Bildschirm und nickt und lacht, beides gleichzeitig. Toll, ich kriege Alzheimer, und Mutter dreht durch. Ich meine, warum macht sie so ein Theater wegen irgendeinem Ergebnis, das ihr Google vor die Füße wirft? Ich kenne einen Trick, wie ich in nur einer Sekunde ihre volle Aufmerksamkeit bekomme. Muss nur sagen »Vater hat geschrieben«, und sie flippt aus. So ist das mit ihren Launen. Besser, ich sage nichts, höre ihr einfach zu und tauche ab, denke an Lenny, an Lenny & Simone, an Lenny & mich, an *Lenny, Lenny, Lenny.*

»Wow stell dir vor ich hab Petra gefunden hab sie endlich gefunden endlich wow wow!«

Interessant, dabei war ich nur eine halbe Stunde weg, und als ich weggegangen bin, lag Mutter noch halb im Sterben. Mutter schlägt ihr Kind, überlebt einen Migräneanfall, findet ihre ehemals beste Freundin wieder (die jahrelang verschollen war) und das alles in weniger als einer Stunde? Ein Meer aus Verwunderung breitet sich vor mir aus.

*Meine Lebensinsel verwandelt sich in einen hohen Berg, der, wie es aussieht, in den Himmel will. Aber verwechselt er da nicht irgendetwas?*

Erst denke ich, wem will sie das erzählen, aber dann blicke ich in ihr Gesicht und sehe Freudenschweiß auf ihrer Stirn glänzen und weiß, dass sie die Wahrheit sagt. Und weil Mutter so plötzlich so glücklich ist und die Ohrfeige schon vergessen hat, weiß ich überhaupt nicht, was ich sagen soll (bin sprachlos). Nicke also, lege ihr die Telefonrechnung auf den Tisch und stelle ihr Bello vor die Füße.

Katze und Hund verstehen sich prächtig.

Mutter nickt zufrieden, und ich nicke, weil ich das hier schnell beenden und zu Pola will. Auch auf Mutters Oberlippe und den Wangenknochen glänzt der Glücksschweiß (oder sind das schon die Wechseljahre?). Ohne den Blick vom Bildschirm abzuwenden, nimmt Mutter eine Flasche Bier aus dem Tütenhund, öffnet sie mit dem Gratisflaschenöffner und nimmt einen langen, tiefen Schluck. Ich hasse es, wenn sie aus der Flasche trinkt. In solchen Momenten bin ich froh, dass Mutter sich vor der Welt versteckt.

»Petra Licht so heißt Petra jetzt kein Wunder dass ich sie ewig nicht gefunden habe da kommt ja kein Mensch drauf aber klar sie hat geheiratet einen Banker hab mir so was schon gedacht stell dir vor Petra hat nicht nur geheiratet aus ihr ist auch richtig was geworden.«

Mutter lacht, aber es klingt alles andere als fröhlich. »Petra malt Bilder auf denen kleine Kinder Luftballons festhalten die Kinder sind immer weiß und die Luftballons immer bunt wahnsinn wenn du wüsstest wie sehr Petra den Kunstunterricht gehasst hat sie fand es völlig bescheuert irgendetwas abzumalen das jemand anderes gemalt hat zur Strafe musste sie mal ein Bild von Van Gogh abmalen bis der Lehrer zufrieden war glaub sie hat es dreimal versucht der Lehrer ist fast irre geworden deshalb.«

Noch ein tiefer Schluck, gleich ist die erste Flasche leer. »Ich fass es nicht meine Petra malt aber auf den Fotos erkennt man auch dass sie richtig dick geworden ist eine echte Künstlerin und ein echtes Walross!«

Wenn es nur das wäre, denke ich. Mit einer Mutter, die weiße Kinder und bunte Luftballons malt und ein paar Kilo zu viel auf den Rippen hat, könnte ich verdammt gut leben. Das sage ich aber nicht, bin schließlich nicht lebensmüde. Will nicht noch eine heiße Wange, will zu Pola und Spaß haben und den Sommertag genießen. Nein, heute will ich vor allem zu Pola, um mein

Herz auszuschütten. Wenn ich nicht bald über die Sache mit Lenny sprechen kann, werde ich noch verrückt.

*Lenny, Lenny, Lenny.*

Mutter spürt genau, dass ich mit meinen Gedanken woanders bin (sie kennt mich gut). Und sie weiß ja auch, dass ich lieber bei Pola wäre. Ist für sie nichts Neues, dass ich unsere dunkle Wohnung nicht ausstehen kann. Alles, was ich an der Wohnung hasse, liebt sie. »My home is my castle«, sagt sie oft und meint es wohl auch so.

»Ich habe Petra eine Mail geschrieben dass ich überall nach ihr gesucht habe und so weiter und so fort das ist alles so lange her mal gespannt ob sie sich meldet was meinst du antwortet sie?«

»Bestimmt«, sage ich. »Immerhin wart ihr lange beste Freundinnen.«

Petra Licht alias Petra Erle wird ziemlich enttäuscht von Mutter sein, denke ich und schäme mich augenblicklich für diesen Gedanken. Petra Licht, was für ein wunderschöner Name. Vielleicht kann ich meinen Namen irgendwann auch ändern. Mutter blickt von ihrem Notebook hoch. Eine Weile sehen wir uns an. Wir warten, aber worauf? Meine Wange klopft und pocht noch immer (die Lava glüht weiter). Mutter kaut wie ein kleines Mädchen auf ihrer Lippe herum und fragt schließlich, ob ich mich noch an Petra erinnern kann. »Klar«, sage ich. »Die war doch ständig bei uns oder wir bei ihr. Und sie hatte eine Tochter, mit der ich oft gespielt habe.«

»Tara.«

»Stimmt, Tara.«

Was ich Mutter nicht sage: Als ich noch ein »richtig« böses Mädchen war, bin ich mit Tara um die Häuser gezogen und habe alles Mögliche geklaut. CDs, Zeitschriften, Stifte, Süßigkeiten. Wir haben andere Mädchen an den Haaren gezogen. Und fremde Menschen beschimpft, einfach so, um die Zeit totzuschlagen, aus Langeweile, was weiß denn ich. Nein, das muss sie nicht wissen. Ich schiebe das Bild von Tara und uns beiden bösen Mädchen beiseite, und dann sehe ich Petra Erle deutlich vor mir. Eine große, schlanke Frau mit raspelkurzen Haaren, die ständig in einem anderen Ton gefärbt waren. Immer trug sie Schuhe, die zu ihrer aktuellen Haarfarbe passten. Petra Erle war eine echte Fashionqueen, eine Modeheldin vom Allerfeinsten.

*Neun Essentials zu Petra Erle*
*Mutters Busenfreundin, Taras Mutter, Fashionqueen.*
*Wild, direkt, feierwütig.*
*Lässt sich nichts (!) gefallen. Haare wie ein Kerl.*
*Streichholzfigur.*

# VIERZEHNKOMMAFÜNF

Ich bin elf.

In der Küche ist es still, nur ich mache Geräusche. Klappere mit dem Geschirr, klappere mit den Zähnen, pruste die Luft wie ein Pferd durch die Lippen (meine Luft ist komisch dünn in letzter Zeit). Nebenan im Wohnzimmer ist es laut, da sitzen Mutter und Petra und trinken Sekt, die zweite Flasche schon. Gestern Abend war es noch lauter, da waren fremde Leute da, Frauen und Männer, die ich nicht kannte. Alle haben wie blöde gelacht und getanzt, und überall in der Wohnung hingen Luftschlangen und Luftballons herum.

Ein Meer aus buntem Firlefanz.

Das Meer aus buntem Firlefanz liegt längst in einer der Mülltonnen im Hof, neben den leeren Teeschachteln der Fischer, und stirbt vor sich hin. Ich mache Geräusche, weil ich den Turm aus dreckigem Partygeschirr abwasche. »Du spülst«, hat Mutter gesagt, und deshalb spüle ich. Das Wasser, in das ich meine Hände tauche, ist so heiß, dass ich denke, gleich verbrenne ich mir die Haut, aber wenn es nicht heiß genug ist, bekomme ich die Krusten nicht von den Tellern und muss noch mal von vorne anfangen.

Ich hasse Spülen, und ich hasse Abtrocknen.

Hasse Hausarbeit generell.

Hasse auch die Küche, weil der Kühlschrank immer leer ist, aber heute quillt er über vor lauter Partyresten, nebenbei esse ich Frikadellen.

Mmh, lecker. Ich tauche meine Finger abwechselnd in die Frikadellenschüssel und ins Spülwasser (lecke sie dazwischen schön sauber).

Das Spülwasser wirft lustige, kleine Blasen.

Prilwasserblasen.

Mit ein bisschen Fantasie ist das Spülbecken das Meer, und die Prilwasserblasen sind die Wellen, und das Messer ist ein Fischerboot. Mit noch mehr Fantasie bin ich Robinson Crusoe, habe eine eigene Insel und entdecke die Welt.

Nebenan wird es plötzlich lauter. Ich will das nicht hören, und deshalb werfe ich einen Löffel und ein weiteres Messer in die Spüle und zähle die neuen Blasen, die aufsteigen (dreizehn). Zwei Fischerboote und ein Rettungsboot, die mit dem Wellenmeer kämpfen und schließlich untergehen. Petra macht ein Riesentheater.

Verstehe nicht jedes Wort, aber ich höre, wie Petra Mutter fragt, was zum Teufel ihr einfällt, ob sie auch mal nachdenkt, und dass das so nicht geht. Mutter antwortet: »Das geht sogar sehr gut, das siehst du doch, wie gut das geht.« Ich werfe noch einen Löffel in die Spüle und drehe das Radio an, weil ich nicht hören will, wie mein Name fällt, wie sie über mich reden, was ihnen zu mir einfällt. Leider bekomme ich trotzdem einiges mit. Zum Beispiel, wie Petra immer lauter auf

Mutter einredet: »Was bist du nur für ein Mensch geworden?«

Vor Schreck fällt mir ein Weinglas herunter.

Ein Meer aus Scherben.

Will gerade das Scherbenmeer aufsammeln, als Petra mit einem Sektglas in der Hand zu mir in die Küche kommt (ein Sturm zieht auf). Ihre Haare sind feuerrot, und ich finde, dieses Rot passt ganz fabelhaft zu ihrer Wut. Ich hätte auch gerne wutrote Haare. Petra stellt sich neben mich und sieht mich lange an. Ich werde so rot wie ihre Haare und schüttle den Kopf unauffällig so, dass mir die Haare vors Gesicht fallen und die Röte zumindest ein wenig verdecken. Übung macht den Meister. Zum Glück habe ich lange Haare, nicht umsonst nennen mich alle Spaghetti.

»Für dich«, sagt Petra und drückt mir einen Zehn-Euro-Schein in die Hand. »Kauf dir was Schönes.«

»Danke«, sage ich und denke ans Kino und jede Menge Popcorn und eine große Cola. Hoffe, dass Mutter gefälligst drüben sitzen bleibt und ich das Geld behalten kann. Vielleicht gehe ich lieber nicht ins Kino, sondern kaufe mir ein Tagebuch mit Schloss, weil ich sehr gerne schreibe, aber nicht will, dass Mutter etwas von mir liest. Immer nur in Gedanken schreiben, das macht auf Dauer keinen Spaß.

Zehn Euro sind viel Geld (ich bin reich!).

»Du bist nicht die Putze hier, merk dir das. Versprich mir das.«

Verstehe zwar nicht genau, was das bringen soll, aber ich verspreche hoch und heilig, hier nicht länger die Putze zu sein (wer dann?).

Petra nickt, trinkt das Sektglas in einem Zug aus, schiebt mich zur Seite und taucht ihre Hände in das Prilblasenwasser. Weil sie wütend ist und ihr Glas selber abwäscht, schlägt das Prilblasenmeer hohe Wellen (applaudiert es?). »Jeder ist für seinen eigenen Dreck verantwortlich. Das gilt auch für deine Mutter.«

Sie stellt das Sektglas verkehrt herum auf die Spüle und blickt auf das Scherbenmeer, das zu meinen Füßen liegt.

»Und das heben wir schön gemeinsam auf.«

Natürlich schneidet sie sich, gleich bei der ersten Scherbe, die sie aufheben will, aber sie lächelt nur und leckt sich das Blut vom Finger. Ich denke an Schneewittchen, als Petra mich auf die Wange küsst und mich kurz an sich drückt.

»Pass gut auf dich auf«, sagt sie und rauscht in einem Tempo davon, dass ich gleich weiß: Die kommt nicht wieder.

Und sie kommt nicht wieder.

# FÜNFZEHN

»Mach dir keine Sorgen, Petra meldet sich bestimmt.«

Ich sage das noch mal, weil ich spüre, wie sehr sich Mutter Petras Rückkehr wünscht und wie sehr ich mir das auch wünsche. Ich frage mich, ob es Mutter wohl aus der Bahn wirft, wenn sie Petra wiedersieht. Oder ob es sie womöglich zurück in irgendeine Bahn bringt. Pola schafft das immer spielend bei mir. »Das ist Mist«, sagt sie einfach, und dann ist es auch Mist.

*Do what you love.*

Mutter hat alle Petratage geliebt, die beiden haben fast täglich etwas zusammen unternommen, manchmal hatte ich das Gefühl, ich habe gleich zwei Mütter und eine Schwester (Tara). Das war fantastisch und hatte was von Plan B! Also, meinen Segen haben sie. Vor allem aber merke ich, dass ich nicht mehr lange hier stehen und Mutter zuhören kann. Ich meine, gerade hat sie mich noch geschlagen, und nun macht sie einen auf beste Freundin und will stundenlang quatschen. Manchmal wird mir das zu viel. Ich brauche dringend Luft.

*Luft, Luft, Luft.*

Es geht dem Tütenhund an den Kragen, Mutter nimmt sich eine neue Bierflasche heraus.

»Sei so lieb und stell den Rest in den Kühlschrank, ja?«

Während sie trinkt, bin ich so lieb und stelle den Rest in den Kühlschrank. Ohne großes Mitleid werfe ich Bello in den Mülleimer. Vielleicht habe ich eines Tages einen echten Hund, einen, der groß und stark ist und seine gesamte Umgebung verzaubert.

Gegenüber am Fenster sitzt ein Mädchen und schaut in den Himmel. Keine Ahnung, was sie da sieht, ich kann nichts entdecken, aber ich gebe mir auch nicht wirklich Mühe. Mir kann es jetzt gar nicht schnell genug gehen, blitzschnell stehe ich schon wieder vor Mutter (puh). »Ich bin noch mit Pola verabredet.«

Spüre die heiße Sonnenscham auf meiner Haut und das viele Blut, das durch meinen Körper rast. Völlig umsonst, Mutter flippt nicht aus. Wie hypnotisiert schaut sie auf ihren Bildschirm und winkt mit einer lässig entspannten Handbewegung ab.

»Geh nur. Viel Spaß. Und grüß mir Pola.«

Das sind ja ganz neue Töne.

*Viel Spaß. Und grüß mir Pola.*

Das ist Mutters Art, sich für die Ohrfeige zu entschuldigen, garantiert. Ich schnapp mir meine kleine Filztasche und stecke das blaue Spray vom Riffei ein, man kann ja nie wissen. Nehme die Karte von Vater aus meiner Unterhose, überfliege sie kurz (Vater schreibt immer dasselbe: meinen Namen und ein großes Herz darunter, seinen Namen und ein kleines Herz daneben, unser Zeichen, dass er an mich denkt) und schiebe sie wieder in die Hose zurück. Will gerade verschwinden, als Mutter mir was hinterherruft. Trau ich meinen Ohren?

»Was hast du gesagt?«

»Du musst Hunger haben hol dir ein paar Pommes okay?«

Latsche ungläubig zurück, und tatsächlich, da liegen zwei Euro in Mutters Hand. Das ist ganz normal, denke ich, das macht sie ja immer so, erst durchdrehen und dann wieder so verdammt lieb sein. Ich kann ihr auch nie lange böse sein, und deshalb bedanke ich mich auch und frage, ob ich ihr später auch Pommes mitbringen soll.

»Nee hab keinen Hunger zu aufgeregt.«

Mutter steckt schon wieder in ihrer virtuellen Welt und zwar bis zum Hals. Mit den zwei Euro verlasse ich die Wohnung. Gut, dass Speedy Gonzales aus Stein ist und nicht zählen oder etwas sagen kann.

Im Keller ticken die Uhren anders. Ich öffne die Tür, und alles wird langsamer, nicht nur die Zeit, auch die Bewegungen und meine Gedanken. Der Keller ist nicht nur lahmarschig, er riecht auch nass, aber ich mag ihn trotzdem. An unserer Kellertür hängt ein Vorhängeschloss, und ich stecke den kleinen Schlüssel rein und drehe ihn um und schließe die Tür von innen zu. Es ist so unglaublich, dass ich es ständig erwähnen muss: In unserem Keller wohnt die Welt! 38 Postkarten von allen fünf Kontinenten. Karten von Pola und Lenny und Vater und von allen aus der Clique. Wenn ich vor meiner Postkartentür stehe, denke ich, dass die Welt unfassbar groß ist und ich nichts von ihr kenne (nur ein klitzekleines Minipünktchen). Ich stelle mir vor, dass ich all diese Orte bereisen werde. Alle Orte, an denen Pola,

Lenny, Vater und meine Clique schon waren. Vielleicht überhole ich sie alle noch (die Letzten werden die Ersten sein). Manchmal brennen bei mir auch alle Sicherungen durch, und ich stelle mir vor, dass ich nicht allein reise, dass ich Mutter irgendwie überreden kann, mich zu begleiten, dass ich sie notfalls kidnappe. Keine Ahnung, wir spielen Lotto und knacken den Jackpot, und Mutter vergisst ihre heiß geliebte Dunkelkammer auf der Stelle und geht mit mir auf Weltreise. Unterwegs werde ich ihr beibringen, was ich von der Postkartentür gelernt habe.

Es gibt einen Stillen Ozean und die Zugspitze.

Es gibt den Ärmelkanal und den Montblanc.

Es gibt die Viros-Schlucht und eine Transsibirische Eisenbahn.

Eine Verbotene Stadt und ein Stadion, das »Vogelnest« heißt.

Es gibt Tempel und Türme und Tamarindenbäume.

Es gibt auf der Welt nichts, was es nicht gibt.

Ich hänge Vaters Esel zwischen Nettis Vier-Jahreszeiten-Eiffelturm und Polas Giraffen-Hamburgkarte (»Es ist nicht notwendig, verrückt zu sein, aber es hilft.«). Und weil ich vom Keller und der Postkartentür nicht genug bekomme, bleibe ich noch fünf Minuten stehen und gucke mir alles in Ruhe an. Was sind schon fünf Minuten.

Hey, hab zwei Euro, bin reich. Manchmal, wenn ich keinen Cent mehr in der Tasche habe, suche ich auf dem Schulhof nach Flaschen. Besonders nach den Wochenenden liegen oft welche im Gebüsch oder in dem kleinen, grauen Mülleimer im Hinterhof. Flaschensammeln fühlt sich scheiße an, ein bisschen wie Klauen, obwohl ich mir sage, es ist vielmehr wie Aufräumen; aber mich selbst bescheißen, nee, das haut nie hin. Heute also kein Flaschensammeln, aber auch keine Pommes. Kann nicht anders, denke an Wimpern, denke an schwarze Wimpern, an Simones Wimpern, laufe wie ferngesteuert in die Drogerie. 20 Prozent auf alles, auch auf Wimperntusche, lese alle Etiketten, aber für meine zwei Euro kommt sowieso nur eine Marke infrage. Ich nehme eine Testwimperntusche aus dem Regal und tusche meine Wimpern. Im Spiegel sehen mich meine schönen Katzenaugen an, ja, denke ich, die kaufe ich, die macht nicht satt, aber schön. Stelle den Tester wieder ins Regal und laufe mit einer neuen Wimperntusche zur Kasse.

Seltsam, dass einen an der Kasse immer alle anstarren, selbst dann, wenn man keine Flaschenfreunde aufs Band legt. Ich schwitze, weil meine Ohrfeigenwange wieder pocht und jeder sie sehen kann. Quatsch, denke ich, das kann alles Mögliche sein, ein Mückenstich oder ein Sonnenbrand oder ein entzündeter Pickel. Ich bezahle und bekomme einen Glückscent zurück und stecke ihn mit der Wimperntusche in meine Tasche.

Sechs mal fünf Minuten später liege ich mit Pola im Stadtpark auf der großen Wiese. Ich habe Pola abgeholt, und weil Pola schon auf heißen Kohlen saß und unbedingt rauswollte, haben wir gleich einen Spaziergang hierher gemacht, untergehakt, aber schweigend, das heißt, ich habe geschwiegen, während Pola von diesem unglaublich tollen Kinofilm mit Brad Pitt geschwärmt und erzählt hat, dass sie bald ein Fotoshooting im Freibad hat. Ich atme viel, atme tief ein und aus, weil ich am liebsten alles, was Pola mir erzählt, auf einmal in mir aufnehmen möchte.

Ein Meer aus Polainformationen überflutet mich.

Die Gerüche: ein Mix aus Blumenduft, Sonnenmilch und Grillkohle. Die Farben: alle, die man sich vorstellen kann. Überall liegen Leute, mitten im Gras und auf den Bänken und unter den Sonnenschirmen. Ein Mann hat eine Hängematte zwischen zwei Bäumen gespannt, da liegt er drin, mit einem Buch in der Hand, und schaukelt wie ein Kind. Zwei Mädchen in unserem Alter spielen Federball. Eine große Familie sammelt die Reste ihres Picknicks ein und verscheucht zwischendurch einen Hund, der immer wieder versucht, etwas vom Müll zu erwischen. Pola lacht, ein Kind lacht, müssen denn alle ständig lachen? Okay, ich bin geladen, aber da kann niemand was für (außer Lenny und Mutter und die Umstände). Ziemlich idyllisch das Ganze, viel idyllischer als mein offenes Fenster und die fliegenden Vorhänge.

Weil wir beide eine Decke vergessen haben, legen wir uns einfach ins Gras. Pola lässt sich fallen, wie immer, stellt ihren Rucksack hinter sich und legt ihren Kopf drauf. Sie trägt ihre heiß geliebten Leggins und ein schwarzes Shirt, das ihr ständig über die Schultern rutscht, und kämpft mit ihrer Sonnenbrille, die viel zu groß für ihren kleinen Kopf ist. Nicht, dass ich Ahnung davon hätte, aber ich glaub, diese zu großen Sonnenbrillen sind im Moment ziemlich in. Ich lege mir ein

Pfefferminzbonbon auf die Zunge, ziehe die hässlichen Omasandalen aus und grabe meine nackten Zehen in die kühle Erde.

Lange Zeit kann ich nichts sagen.

Mein Mund ist wie zugenäht.

Vielleicht bin ich vor Liebeskummer stumm geworden.

Erst als Pola mich vor den Zecken warnt, als sie sagt, ich soll aufpassen, dass mir so ein Viech nicht unters Kleid krabbelt und sich dann festsaugt, weil das ganz fiese Krankheiten nach sich ziehen kann, erst da erzähle ich ihr, dass Lenny Simone geküsst hat.

»Quatsch.«

»Ich hab es doch mit eigenen Augen gesehen.«

»Glaub ich nicht.«

»Ist aber so.«

»Im Leben nicht.«

»Doch.«

»Seit wann steht Lenny auf Simone?«

»Was weiß denn ich. Alle Jungs stehen auf Simone. Okay, Dirk nicht, aber sonst jeder. Denk nur an diese scheiß Liste, ich sag nur: Platz zwei. Ich hab gesehen, dass Lenny sie geküsst hat, Punkt. Glaubst du echt, ich denk mir so was aus?«

Pola erhebt sich von ihrem Rucksackkissen, nimmt die Sonnenbrille ab und schaut mich mit ihren großen, blauen Augen prüfend an. Pola hat viel Geld für viel Wimperntusche und wunderschön getuschte Wimpern.

»Wo soll das denn gewesen sein? Lenny ist krank, der hat doch …«

»Vergiss es, der hat keine Grippe. Vor etwa anderthalb Stunden saß er mit Simone vor dem Kiosk vom alten Erich und hat sie geküsst.«

»Häh? Du meinst doch nicht etwa diesen ekeligen Alkischuppen am Klinikum? Lenny ist doch kein Assi.«

Das überhöre ich besser. Aber meine Haut überhört das nicht, die brennt schon wieder mit der Sonne um die Wette. Ich schaue an Pola vorbei, weil ich hoffe, sie schaut dann auch an mir und meinem Feuerlöscherkopf vorbei. Sehe die anderen auf der Wiese liegen. Sehe auch Pärchen, die sich küssen, und gucke mich vorsichtshalber nach Lenny um. Nicht, dass der hier irgendwo herumliegt, womöglich noch mit Simone. Vielleicht verfolgen sie mich, vielleicht war das vorhin am Kiosk gar kein Zufall, sondern von langer Hand geplant. Vielleicht war das Lennys Idee, um mich endlich und vor allem dauerhaft loszuwerden. Nein, kein Lenny und keine Simone zu sehen. Der lesende Hängemattenmann schaukelt immer noch lässig und höchst idyllisch rum, und die Mädels springen dem Ball hinterher.

»Hey, Maus, alles okay?«

Maus. So nennt mich Pola nur, wenn sie meint, dass es mir echt dreckig geht. Es geht mir mehr als dreckig, und deshalb zittern meine Augenlider auch wie verrückt. Wenn ich Geld hätte, hätte ich auch so eine Sonnenbrille wie Pola auf, und dann würde sie auch nicht sehen, dass ich heule.

»Komm mal her.«

Und dann liege ich nicht mehr auf der Wiese, sondern in Polas Armen. Ich weine ein bisschen und kämpfe gegen die Sonnenscham und frage mich, was ich gegen all das tun kann.

Wir liegen noch da, als es bereits dunkel ist. Die Großfamilie ist verschwunden, die Hängematte ist verschwunden, die Federballmädchen sind verschwunden und die meisten Pärchen auch. Leer kommt mir der Park vor wie eine grüne Insel mitten im blauen Ozean. Eine Welle und wir sind auch weg. Aber es kommt keine Welle, dafür zaubert Pola zwei Bierflaschen und eine Tüte Chips aus ihrem Rucksack. Obwohl es mir megapeinlich ist, dass ich mal wieder nichts beisteuern kann, freue ich mich natürlich, kriege dann aber wieder Angst, weil Pola nach einem Blick auf die Uhr sagt: »Oje, so spät schon?« Sie ruft Katinka an, und weil Katinka die coolste Mutter überhaupt ist, erlaubt sie, dass Pola noch ein bisschen mit mir im Park bleibt.

»Musst du deiner Mutter nicht Bescheid sagen?«

Ich schüttle den Kopf, aber als ich Polas besorgtes Gesicht sehe, sage ich schnell: »Die ist gar nicht zu Hause, hab sturmfreie Bude.«

Pola weiß nicht, dass Mutter auf ihre Art bettlägerig ist. Pola weiß auch nicht, dass es Mutter egal ist, wann ich wo auftauche (solange sie genügend Flaschenfreunde im Haus hat, ist ihr der Rest aber so was von schnuppe). Alles, was Pola weiß, ist, dass ich lieber unterwegs als zu Hause bin, aber sie glaubt, dass das mit Vater zusammenhängt. Weil wir ja vor seinem Weggang oft bei mir waren. Als Scheidungskind hast du es gut, weil alle immer denken, die Trennung der Eltern ist ein Riesenproblem, und das ist es ja auch oft. Dass das bei mir eher ein Vorwand ist, nein, das weiß niemand, nicht mal meine Pola. Ehrlich gesagt ist mir die Zeit mit Pola auch so wichtig, dass ich sie nicht ständig mit Problemgequatsche kaputtmachen will. Es reicht mir völlig, dass ich das Zuhause rund um die Uhr habe.

Pola und ich, wir stoßen an und trinken unser Bier. Wenn ich auch nur einen klitzekleinen Schluck Alkohol trinke, befinde ich mich augenblicklich im freien Fall. Alkohol, ohne an Mutter zu denken? Unmöglich. Frage mich, was an einem Bier so toll sein soll, dass sie es den ganzen Tag über trinken will. Ich kriege das sicher nie in meinen Schädel.

Ich falle, aber davon merkt Pola nichts, weil ich mich gleich wieder fange und mir sage: Es ist nur ein Schluck Bier und völlig okay, eigentlich sogar ganz lecker, wenn ich den Gedanken an Mutter verdränge.

Wir unterhalten uns wieder über Lenny und Simone (es gibt für mich kein anderes Thema), als Polas Handy klingelt. Sie holt es aus dem Rucksack hervor und liest. Bei ihrem Grinsen ist mir natürlich klar, wer ihr die SMS geschrieben hat.

»Dirk.« Sie legt den Kopf schief. »Weißt du, ich kann ihm nie lange böse sein, egal, wie heftig wir uns gestritten haben.«

»Worum ging es denn?«

»Ach, ich hab es schon vergessen.«

Ich grabe meine Zehen tiefer in die Erde und frage mich, wie lange es dauern wird, bis meine Wut auf Lenny halbwegs verraucht ist. Das könnte dauern. Eine halbe Ewigkeit bestimmt.

Die Luft ist kühler geworden, und wir reiben unsere Hände aneinander, bis uns wieder warm ist. Wir essen die Tüte Chips leer, was tierisch viel Spaß macht, weil wir uns gegenseitig füttern. Wir reden über unsere Clique und die Ferien und die nächsten Monate. Die ersten Sterne begrüßen wir mit einem Jubelschrei. Es ist lange her, dass wir zusammen im Park lagen. Bevor ich sitzengeblieben bin, war alles einfacher. Wir haben uns vor, während und nach dem Unterricht gesehen, und nun müssen wir uns extra verabreden und dafür unsere Stundenpläne abgleichen. Ich suche immer nach Anzeichen, dass Pola die anderen Mädchen aus der Clique, Netti und Nina, lieber mag als mich, aber bisher finde ich zum Glück keine.

»Ich glaub einfach nicht, dass die Sache mit Lenny und dir endgültig vorbei ist.«

Pola stützt sich auf dem Ellbogen ab und zupft ein bisschen Gras aus der Wiese.

»Was? Er hat Simone vor meinen Augen geküsst.«

»Das muss nichts heißen.«

»Das muss nichts heißen? Das heißt verdammt viel, würde ich mal sagen.«

»Und wenn er dich nur eifersüchtig machen will?«

»Wie meinst du das?«

Pola zupft noch mehr Gras, jede Menge Halme, die sie zwischen ihren Fingern dreht, bis nur noch eine grüne Masse übrigbleibt. Dann trinkt sie einen Schluck Bier und wartet für meinen Geschmack etwas zu lange mit einer Antwort.

»Na, du hast mir doch erzählt, dass ihr euch noch nicht geküsst habt. Vielleicht wollte er dir einfach nur zeigen, dass es andere Mädchen gibt, die ihn jederzeit küssen. Also, ohne monatelanges Zusammen-Gehen.«

Bei dem Wort »Zusammen-Gehen« malt sie mit ihren grünen Fingern Gänsefüßchen in die Luft. »Du weißt schon, wie ich das meine. Ist doch normal, Lenny ist schließlich auch nur ein Mann und keine zwölf mehr, und du bist auch keine zwölf mehr.«

Sicher weiß ich, was Pola meint, und sicher ist auch, dass wir alle keine zwölf mehr sind (in zwei Monaten werde ich sechzehn). Ich schnappe nach Luft. Weiß selber, dass ich mich wie ein Baby benommen habe. Ich meine, Lenny hat mich förmlich darum gebeten, ihn zu küssen, und ich hab die Kurve nicht gekriegt. Und dass alles nur, weil ich Angst vor ein paar roten Flecken auf meinen Wangen hatte.

»Aber, das mit dem Kuss ...«

»Sag ich dir immer, ist kein großes Ding«, ergänzt Pola. »Man umarmt sich, legt die Lippen aufeinander, und der Rest passiert ganz von selbst. Küssen ist wie Fahrrad fahren oder schwimmen, du darfst dir nur keinen Kopf machen deshalb.«

Wie Fahrrad fahren oder schwimmen? Ganz von selbst? Und was bitte schön ist mit dem Rest? Ich will nicht, dass mir ein Junge direkt unter den Pulli greift, nur weil wir uns küssen. Oder (schlimmer noch) zwischen die Beine. Ein Kuss ist vielleicht »nur« ein Kuss, aber weil ich keine zwölf mehr bin, weiß ich natürlich, dass ein Kuss irgendwo hinführt (einen oder auch zwei Schritte weiter). Kuss, Petting, Sex, so läuft es doch im Normalfall, oder irre ich mich da?

»Lass uns das Thema wechseln«, bitte ich Pola.

Sie nickt. Klar, sie kann ganz entspannt nicken, sie hat all das schon durch. Das Küssen, das An-der-Brust-berührt-werden, das Zwischen-den-Beinen-berührt-werden. Sex. Pola ist sechzehn Komma zwei und seit zwei Jahren fest mit Dirk zusammen. Die Klasse war am Gardasee, eine Woche, alle, nur ich nicht, weil für den Gardasee natürlich das Geld gefehlt hat und mich rein »zufällig« eine fiese Sommergrippe erwischt hat (deshalb kann Lenny mir auch nichts vormachen). Eine Woche Gardasee ohne mich und schwupps waren Pola und Dirk ein Paar. Pola ist echt zu beneiden.

»Wie du meinst. Aber das Lederarmband, das würde ich an deiner Stelle abmachen, damit Lenny nicht denkt, du hättest nicht verstanden, dass ihr auseinander seid. Versteh eh nicht, warum du es noch trägst. Wofür soll das gut sein?« Sie schüttelt den Kopf. »Wie Dirk es zulassen kann, dass Lenny dich so schlecht behandelt!«

Pola spielt an meinem Handgelenk rum, als müsse sie das, was sie nicht fassen kann, unbedingt berühren. Natürlich kennt sie die Geschichte von vor einer Woche. Sie weiß, dass Lenny sein braunes Lederarmband abgenommen und um das Treppengeländer gebunden hat. Wenn es um mein Liebesleben geht, habe ich null Geheimnisse vor Pola.

»Darf ich dich mal was fragen?«

Ich nicke, aber dann fällt mir auf, dass Pola das vielleicht nicht mehr so richtig erkannt hat (ist verdammt dunkel geworden). »Sicher«, sage ich und greife mit beiden Händen in die Chipstüte. Ich zerkaue die Restkrümel und denke: Frag bitte nichts Falsches, nicht heute, nicht nach dem ganzen Scheiß.

»Was sagt deine Mutter dazu?«

Bingo. Bei dem Wort »Mutter« halte ich die Luft an.

»Wozu?«

»Na, zu Lenny und wie feige er Schluss gemacht hat mit dir. Überhaupt, zu allem. Dass du letztes Jahr sitzengeblieben bist und so. Du erzählst gar nichts mehr über sie.«

Ich wäre gerne wie Pola. Schön, selbstbewusst, erfolgreich, direkt. Aber ich bin nicht wie sie. Ich bekomme nicht mal Luft, aber vor Pola nehme ich das Riffeispray nur im äußersten Notfall. Ich will, dass sie denkt, ich bin genauso stark wie sie. Eine Heldin mit einer Loserin als Freundin? Never. Ich zucke mit den Schultern und klaue mir etwas Luft aus dem Himmel (beiße kurz hinein). »Meine Mutter, wen interessiert es schon, was sie denkt. Eltern sind öde, aber das verstehst du nicht, weil du eine obercoole Mutter hast. Lass uns gehen, mir ist kalt.«

Ich springe auf, nehme die Omasandalen in die Hand und hüpfe barfuß über die Wiese. Das sollte ich häufiger tun, macht Spaß. Drehe einige Kreise, Schlangenlinien, schwebe. Pola sitzt noch da. Viel zu lange, wie ich finde. Ich schaue nicht zu ihr, das bringe ich nicht. Lieber schaue ich zu irgendeinem Punkt in der Ferne. Ist eh alles dunkel. Ich glaube, viele Leute sind nicht mehr da. Höre keine Stimmen und sehe auch keine Umrisse. Die Stadt schläft längst. Endlich steht Pola neben mir und nimmt meine freie Hand. »Ich dachte schon, du übernachtest hier draußen.«

»Verrückte Nudel.«

Und dann drehen wir gemeinsam Kreise über die Wiese, große und kleine, tanzen barfuß in Richtung Parkausgang.

# Sechzehn

Elf und elf sind zweiundzwanzig.

Der Sparkassenbettler ist verschwunden, und Bankräuber sehe ich auch keine. Speedy Gonzales sitzt tiefenentspannt im Stockdunkeln. Frage mich oft, wo der Bettler nachts schläft. Ob er auf einer Parkbank übernachtet oder ein eigenes Bett hat, irgendwo, vielleicht sogar eine Wohnung. Frage mich, wo all die Menschen nachts schlafen und ob überhaupt. Schlafwandler, Nachtschwärmer, Schlaflose? Die Fischer von nebenan geht nachts oft spazieren, man hört dann ihre Tür zweimal, einmal wenn sie losgeht und einmal wenn sie wiederkommt. Aber klar, wer wegen der Ruhe extra nach Indien reist, mag die Nacht vermutlich lieber als den Tag. Wahrscheinlich gibt es auch Menschen, die nachts kochen oder bügeln oder ihre Pflanzen umtopfen. Mutter macht ja auch oft die Nacht zum Tag.

Bingo!

Im Wohnzimmer brennt Festtagsbeleuchtung (ein Ballsaal ist nichts dagegen). So leise wie möglich stelle ich die Omasandalen ins Regal und will nur kurz nach Mutter gucken und dann schnell ins Bett und mir die Decke über den Kopf ziehen. Ich sag nur: Lenny & Simone.

Das Erste, was ich sehe, sind die Jalousien, die sind nämlich hochgezogen. Wenn Mutter Licht hereinlässt, geht es ihr entweder besonders gut oder besonders schlecht. Oha, Mutter sitzt auf der Fensterbank, hat Kopfhörer auf den Ohren und wippt mit dem ganzen Körper im Takt. Wenn ich ein Schreibbuddha bin, ist Mutter ein Musikbuddha. Let the music play, und sie vergisst alles, ihre ganze Problembaustellenstadt. Die Musik muss wahnsinnig laut sein, weil ich das Lied auf Anhieb erkenne und noch etwa vier Meter entfernt stehe. *Der Tag X*, Mutters Lieblingslied, quasi ihr Weg ins Nirwana, seit Jahren schon. An manchen Tagen spielt sie *Der Tag X* rauf und runter, weshalb mich die Bankräuber gern aus dem Schlaf reißen und mir eine Pistole auf die Brust setzen können: »Los, den Songtext von *Der Tag X!*« Kein Problem, kenne den Text, als hätte ich ihn selbst geschrieben, und kann ihn im Schlaf herunterbeten (gerne auch rückwärts). Eine stolze Leistung, ich meine, auf die Art von Musik stehe ich null. Vater fällt mir ein und seine Liebe zu Bob Dylan. Das ist Musik, aber das ist auch lange her. Etwas wehmütig trete ich hinter Mutter und lege ihr vorsichtig eine Hand auf die Schulter. Sie riecht nach Zigaretten und Schnaps, und ich rieche sicher nach Bier und Wiese.

»Lea du.«

Als käme noch jemand anders infrage.

Mutter nimmt die Kopfhörer ab und hält sich theatralisch eine Hand aufs Herz. Wenn sie nicht mit mir gerechnet hat, muss sie ziemlich betrunken sein. Mit ihren glasigen Augen schaut sie auf meine nackten Füße runter und kichert.

»Ihhh die sind ja ganz dreckig!«

Okay, bei Mutter sind alle Lampen an. Bier und Sekt und Wein und Schnaps gehen auch an ihr nicht spurlos vorüber. Da werde ich wohl gleich morgen früh mit einem neuen Tütenhund durch die Gegend ziehen (Bello II).

»Warum schläfst du nicht?«, frage ich, weil ich nicht fragen will, warum sie so betrunken ist.

Mutter schaut von meinen dreckigen Barfußfüßen in den dunklen Himmel. »Weißt du wenn du schläfst sitz ich oft noch hier und beobachte den Verlauf der Sterne es sind so viele und sie kommen immer wieder und besuchen mich Sterne sind unglaublich interessant wusstest du dass sie eigentlich Einzelgänger sind Gott zwingt sie aufeinanderzuhocken Gott zwingt ja alle irgendwie aber mich kriegt er nicht klein weißt du mit Musik in den Ohren und draußen kein Mensch auf der Straße alle sind weg dann sieht das so einfach aus was für Kinder ein Spiel etwas das jeder kann da krieg ich Angst ich verpass was verstehst du das!«

Das verstehe ich, Mutter, du verpasst auch was, nämlich alles, dein ganzes Leben. Vielleicht, weil Mutter betrunken ist, vielleicht, weil ich selber ein Bier getrunken und allerhand erlebt habe, heute, und irgendwie nichts mehr zu verlieren habe, sage ich all das laut. Alles, was ich denke.

»Du musst rausgehen.«

»Du musst essen und schlafen und duschen.«

»Du kannst nicht den ganzen Tag nur im Nachthemd rumlaufen.«

»Du brauchst Freunde, richtige Freunde.«

»Vielleicht suchst du dir einen Job.«

»Hast du die Fluse vergessen?«

»Warum strickst und nähst und häkelst du nicht mehr?«

»Was ist los mit dir?«

»Wir brauchen Geld.«

»Ich habe Hunger.«

»Hör auf zu trinken!«

Unglaublich, das sage ich wirklich alles laut und deutlich. Ich höre mich reden. Bin eine aufrechte Kriegerin und sage die Wahrheit (und nichts als die Wahrheit). Ich kotz mich richtig aus, und während ich mich auskotze und Mutter schweigt, denke ich an Lennys Scheiß-Egal-Einstellung. Er wäre stolz auf mich. Stolz, weil ich mich traue, etwas zu sagen, für das ich mit Ohrfeigen und Stubenarrest bestraft werden kann. Und dieser Lennystolz hat nichts damit zu tun, ob wir zusammen sind oder nicht. Ehrlich gesagt bin ich nicht mal sicher, ob wir jemals zusammen waren. Am Ende war das mit uns nur ein verdammt schöner Traum. Ein Traum ohne Happy End. Ein Traum mit einem Schreckensende namens Simone. Weil ich jetzt an Lenny denke, kann ich Mutter nicht weiter zusammenscheißen.

Mutter hält die Kopfhörer gesenkt und guckt wie ein dummes Schaf. Dieses dumme Schaf frisst alles, was ich ihm hinwerfe (gut so). Mutter nickt und weint, und ich mache die Augen zu, weil ich diesen Anblick nicht lange ertrage.

»Bringst du mich ins Bett?«

Ich öffne die Augen wieder und nicke.

Ich stoppe die Musik, nehme Mutter die Kopfhörer ab und lege sie neben die Anlage auf den Schrank. Dann helfe ich Mutter hoch, fasse sie an einem Arm und führe sie langsam rüber in ihr Schlafzimmer. Sie wankt ein wenig, aber nicht so schlimm, wie ich befürchtet habe. Inzwischen kenne ich etliche Abstufungen von Betrunkensein. Angeheitert, Halbmast, Grenzwertiger Schwips, volltrunken und dazwischen gibt es nichts, das es nicht gibt. In Prozenten ausgedrückt würde ich Mutters heutigen Pegelstand bei 60–70 einordnen. Sie wird also nicht kotzen und auch keinen allzu großen Kater haben morgen früh. Aber ihr weißes Nachthemd mit dem Snoopy drauf könnte mal wieder eine Wäsche vertragen. Das ist mein Job. Ich meine, ich kümmere mich ja eigentlich um alles, also bin ich irgendwie auch verantwortlich für Mutters schmuddeliges Nachthemd. Hoffentlich bin ich nicht zu weit gegangen mit meiner Predigt, aber das musste alles raus. Mutter scheint das ähnlich zu sehen, denn sie lächelt, als ich ihre Bettdecke zur Seite schlage und auf das Spannbettlaken klopfe.

»Dann mal rein mit dir.«

»Zu Befehl.«

Mutter liegt da und kichert. Sie sieht nicht mehr aus wie ein dummes Schaf, eher wie ein lustiges Kind. Sie guckt mich an, als hätte sie mich noch nie zuvor gesehen. Und ich decke sie zu, wie nur eine Mutter ihr Kind zudeckt.

»Ich bin schrecklich stimmt's!«

»Stimmt.«

Sie lächelt, aber ich lächle nicht, weil mir plötzlich auch zum Weinen zumute ist. Petra Licht alias Petra

Erle fällt mir ein. Wie konnte ich diese Sache bloß vergessen. Wie konnte ich Mutters beste Freundin vergessen.

Ich bin hier das Schaf!

»Hat sich Petra eigentlich bei dir gemeldet?«

Mutters Lächeln verfliegt (ein paar Lampen gehen aus). »Mmmmh.«

»Mmmmh ja oder Mmmmh nein?«

»Na ja gemeldet schon kurz sie schreibt dass sie viel zu tun hat und wenig Zeit und so aber sie wusste gleich wer ich bin die Gilla hat sie gesagt.« Sie kichert. »Gilla so hat mich lange niemand mehr genannt hatte ganz vergessen dass ich so heiße.«

Ich auch, aber tut nichts zur Sache. »Habt ihr euch verabredet?«

»Nicht direkt nein.«

»Oh, das tut mir leid. Das kommt sicher noch.«

»Mmmmh.«

Warum fällt mir nichts ein, mit dem ich sie trösten kann?

»Vielleicht hat sie wirklich viel zu tun, warte mal ab, morgen sieht die Welt schon ganz anders aus. Vielleicht muss sie das auch erst mal verdauen, dass du sie gefunden hast, nach so langer Zeit. Oder sie will dich überraschen und steht vor der Tür, wenn du gar nicht damit rechnest. Sie war doch so eine verrückte, spontane Nudel.« Polas Worte, ich lache unwillkürlich. »Besser, du putzt morgen mal die Wohnung.«

»Petra hat gesagt sie muss erst das Bild fertig malen.«

»Welches Bild?«

»Woher soll ich das wissen!«

Dann sind wir lange still.

Mutter und ich, wir sind nie lange still, nicht friedlich still. Aber jetzt.

Vom Badewannenrand aus werfe ich einen Blick auf Mutters Nagellackflaschen, die durcheinander in einem großen Glas auf dem Allibert stehen.

Gillas Farbenmeer.

Das Wasser in der Badewanne hat nur eine Farbe, es ist braun, braun von der Parkerde. Wasche meine Füße, wie ich sie noch nie gewaschen habe, dreimal hintereinander mit Zitronenseife. Ein Geruch wie an der Amalfiküste, der Geruch von Nettis Zitronenschnaps. Mutter schläft, und ich schlafe auch gleich. Trockne meine Füße ab und spüle die Wanne mit warmem Wasser aus. Wasche mein Gesicht mit eiskaltem Wasser, höre, wie es in den Abfluss läuft. Ziehe mir mein Nachthemd an und lege die neue Wimperntusche unter mein Kopfkissen, damit Mutter sie nicht findet. Okay, heute war nicht mein allerbester Tag. Es ist eine Menge passiert, und es ist eine Menge drin in meinem Kopf. Aber ich fühle mich gar nicht so schlecht und bin tatsächlich müde. Mit letzter Kraft putze ich mir die Zähne. Dann lösche ich das Licht und lege mich auf mein Bett. Rolle auf die Seite und schaue aus dem Fenster in die dunkle Nacht mit ihren hellen Sternen, die Mutter heimlich zählt. Ich finde, sie sehen überhaupt nicht wie Einzelgänger aus. Vielleicht sagt Mutter das nur, um von Oma abzulenken. Ich frage mich, ob sie nicht in den Himmel starrt, weil sie irgendwo da oben nach Oma sucht. Ich wüsste sonst keinen anderen Ort.

Von den Sternen blicke ich zum schmalen Mond, der mir artig zuzwinkert. So schmal war er auch in meiner einzigen Nacht mit Lenny. Wenn er voller gewesen wäre, hätte ich zu der Nacht auch noch eine Erinnerung an Lennys Gesicht im Mondlicht.

# Siebzehn

Wir waren im Kino, wir waren schwimmen, und nun chillen wir auf der großen Wiese im Park. Sitzen in einem kleinen Kreis vor dem Grill und stellen uns vor, er wäre ein Lagerfeuer (die sind im Park leider verboten). Der Grill spielt unser Spiel mit und wirft hohe Flammen in den Himmel, und ich denke an Indianer und Hexen und alles Mögliche. Es riecht nach Kohle und heißem Gras, es riecht nach Würstchen und Lustigsein und Spaß-miteinander-Haben.

Lenny und ich, wir sind noch kein Paar, aber wir flirten. Keine Ahnung, wie man normalerweise flirtet, aber wir schauen uns an, er zwinkert mir zu, ich werde rot und senke den Blick. Immer dasselbe, aber Lenny scheint es zu gefallen, warum sonst sucht er immer häufiger meine Augen und guckt so lange, dass meine Haut keine Zeit mehr hat, richtig abzukühlen. Sie ist mindestens so heiß wie das Lagerfeuer.

Wir feiern meinen fünfzehnten Geburtstag. Der erste Geburtstag, seit ich sitzengeblieben bin. Ehrenrunde nennt man das wohl, für mich heißt es: scheiße gelaufen. Das neue Schuljahr hat vor zwei Wochen begonnen.

»Und, was machen die Babys aus deiner Klasse?«

Als Dirk mich das fragt, schauen mich alle an. Wenn mich alle anschauen, schnürt mir das den Hals zu.

»Langsam können sie krabbeln«, sage ich, »und ein paar von ihnen brauchen keine Windeln mehr.«

Die anderen lachen. Aus den Augenwinkeln sehe ich, wie Lenny zwei Bierflaschen aus der Kühlbox nimmt und sie öffnet und mich ansieht. Wenn es stimmt, was Dirk Pola erzählt hat, stehe ich auf Lennys persönlicher *Wer-ist-das-tollste-Mädchen-Liste* auf Platz eins! Seit ich das weiß, macht es mich verlegen, wenn Lenny in der Nähe ist. Hallo, er ist IMMER in der Nähe, er ist Teil meiner Clique. Er wendet seinen Blick nicht ab und schlendert schließlich zu mir. Setzt sich und reicht mir eine der Flaschen.

»Auf dich.«

Pola sitzt mir gegenüber, eine Hand auf Dirks Brust gelegt, und grinst wie ein Honigkuchenpferd.

»Wie romantisch«, sagt sie in die Runde, sieht aber nur Lenny und mich dabei an.

»Spaghetti, wir werden alle nicht jünger.«

Auf Nettis Stirn schimmert die italienische Sonne, drei Wochen Amalfiküste, und Netti haben wir auch diesen unsagbar süßen Zitronenlikör zu verdanken, von dem mir schon ganz schwummrig ist.

Wie auf Kommando springt Netti auf und füllt sieben Plastikbecher mit dem gelben Gesöff und hält der Reihe nach jedem einen hin.

»Sieht aus wie Pipi«, sagt Lenny, und alle lachen wieder.

»Auf Spaghetti«, ruft Netti und hebt den Plastikbecher in die Höhe.

»Auf Spaghetti«, rufen die anderen.

Ich stoße mit Lenny an. Mag Schnaps nicht besonders, aber ich will kein Spielverderber sein und trinke auf ex.

»Und auf die Babys und darauf, dass sie Spaghetti auf Händen tragen. Sag ihnen, sonst kriegen sie es mit uns zu tun, deine großen Schwestern und Brüder kommen, und dann gnade ihnen Gott.«

Netti macht ein paar Boxbewegungen in die Luft, was für großes Gelächter sorgt. Danach geht sie mit der Schnapsflasche herum und verteilt den Rest. Ich wundere mich ein bisschen, weil Netti unglaublich schnell läuft, aber vielleicht gucke ich auch nur zu langsam. Trinke schon wieder auf ex, und alle lachen, weil ich mich schüttele. Plötzlich liegt Lennys Hand auf meinem Rücken, fünf Finger und eine warme Handinnenfläche.

»Alles okay?«

Lennys Atem an meinem Ohr. *Crazy.* Ich nicke. Bin froh, dass die Schnapsflasche alle ist und keiner mehr über die Babys redet. Lachenredentrinkenhändchenhaltenwohinnochschwimmenkeinehosekicherenichtsofallinginlove …

Völliger Blackout …

Irgendwie muss ich eingeschlafen sein. Falling in love. Die Grillkohle glüht nur noch schwach, und alle sind verschwunden. Alle, nur Lenny nicht. Mein Kopf liegt an seiner Schulter, und er hat wundersamerweise seinen Arm um mich gelegt. Ich brauche einen Moment, um zu verstehen, dass das kein Traum ist. Auf meiner Zunge liegt ein Pelztier und hat es sich gemütlich gemacht.

»Wo sind die anderen?«

»Im Freibad, noch eine Runde schwimmen, schätz ich mal. Sie wollten über den Zaun klettern oder ein Loch suchen, durch das sie rein können. Wenn du mich fragst, sind die verrückt geworden oder völlig blau.« Lenny schaut mich an und lächelt, und sein Gesicht ist ganz nah an meinem. »Sag mal, bist du betrunken?«

»Nein, aber die Bäume drehen sich im Kreis.«

Lenny lacht. »Und, was ist mit mir?«

Ich drehe mich zu ihm, so gut es geht. Keine besonders tolle Idee, denn so verliere ich leider seinen Arm, der nun langsam (wie in Zeitlupe) von meinen Schultern rutscht. »Du drehst dich auch ein bisschen.«

»Ist das ein gutes oder ein schlechtes Zeichen?«

Lenny zündet sich eine Zigarette an, zieht daran und reicht sie mir. Wenn man sich schämt, ist Rauchen eine gute Idee. Ziehe zwei-, dreimal, kann mich aber kein bisschen entspannen dabei. Hoffentlich habe ich im Schlaf nicht auf Lennys Shirt gesabbert oder laut geschnarcht oder so was.

»Hey, ich hab dich was gefragt.«

Es ist nicht so, dass ich keine Antwort auf Lennys Frage wüsste, ich habe eine, aber ich werde einen Teufel tun und sie ihm verraten. Wie war das? Angriff ist die beste Verteidigung? Ich reiche Lenny die Zigarette und gucke in den dunklen Himmel. Kein Stern zu sehen.

»Was machen wir denn jetzt? Ich meine, es ist dunkel, und sie schließen den Park nachts ab, oder?«

»Na und? Dann schlafen wir einfach hier.«

Lenny deutet auf das Gras vor sich. »Weich genug ist es jedenfalls, und du kannst auf meiner Jacke liegen, wenn du magst.«

In meinem Bauch kippt etwas gegen die Magenwand. Die Grillen zirpen, und ich bin froh, dass wir nicht ganz alleine sind, Lenny und ich.

»Ich weiß nicht so recht.«

»Jetzt sag nicht, du hast Angst vor mir.« Er winkt mit seinen Händen vor meinem Gesicht herum. »Hallo, ich bin Lenny, nicht Jack the Ripper.« Es ist so dunkel, dass ich von seinen Augen nur noch das Weiße erkenne, nicht mehr das Meer, das darin schwimmt. »Okay, hast du Angst vor mir oder vor der Dunkelheit? Oder ist es wegen diesem Freeman? Bist du etwa noch mit dem zusammen?«

Zum Glück schwappt genau in diesem Moment Applaus aus dem Freibad zu uns herüber.

»Hörst du, die schwimmen echt. Wenn die so weitermachen, rücken noch die Bullen an. Dass die den Hals nie vollkriegen.«

Ich ziehe an der Zigarette, die zwischen Lennys Fingern steckt und die er mir an die Lippen hält. Spüre seine Hand an meinem Mund und denke: Gleich werde ich verrückt.

»Also, was ist, seid ihr noch zusammen?«

Mit letzter Kraft schüttle ich den Kopf.

»Da bin ich aber froh, echt jetzt.«

Und während ich noch über seine Worte nachdenke, überlege, was sie bedeuten, wird es um uns herum plötzlich still.

Lenny packt die restlichen Sachen notdürftig zusammen, und ich liege schon auf der Wiese, mitten im Gras, weil Lenny gemeint hat, ich hätte schließlich Geburtstag und müsste nach Strich und Faden verwöhnt werden (hörst du, Mutter?). Wie jemand, der auf seine Henkersmahlzeit wartet, liege ich rum und beobachte Lenny, aber weil es so dunkel ist, erkenne ich kaum etwas von ihm. Nur die Geräusche, die er macht, höre ich. Papier, das er in eine Mülltüte stopft. Plastikbecher, die er ineinanderstapelt. Bierflaschen, die er in den Kasten zurückstellt. Irgendwann höre ich nichts mehr. Lenny liegt nun neben mir, und ich rede mir ein, dass es nichts anderes ist, als wenn ich neben Pola auf dem Teerdach liege. Gelingt natürlich nicht. Und weil das nicht gelingt, rede ich ziemlich viel Unsinn. Lenny hat sich auf die Seite gedreht und guckt mich an. Ich rede mich um Kopf und Kragen und staune selbst am meisten, was da alles aus mir herauskommt. Nach dem aktuellen Wetterbericht und einer detaillierten Beschreibung von Polas letztem Fotoshooting fällt mir kein weiterer Unsinn mehr ein. Das heißt, vielleicht würde mir noch etwas einfallen, aber Lenny legt eins, zwei, drei Finger auf meinen Mund.

*Lenny, Lenny, Lenny.*

Bitte nicht küssen, denke ich und drücke mein Gesicht auf Lennys Brust. Ich höre sein Herz an meinem Ohr klopfen, schnell wie ein Rennwagen, aber es wird langsamer, immer langsamer. Er schläft gleich ein, weil ich so langweilig bin. Plötzlich fallen mir die ganzen Geschichten wieder ein, die ich über Freeman und mich erzählt habe.

# SIEBZEHNKOMMAFÜNF

Es gibt diesen Freeman nicht.

Freeman ist eine Erfindung von mir und meiner blühenden Fantasie oder sollte ich besser sagen: eine Notlüge? Freeman, dieser ausgesprochen schöne Name stand zufällig auf den rosafarbenen Nike-Turnschuhen, die man mir in der Kleiderkammer angedreht hat. Die Kleiderkammer funktioniert so ähnlich wie die Lebensmitteltafel, nur dass man statt Brot und Konserven Klamotten und Schuhe bekommt. Sachen, die andere für »bedürftige« Bürger abgeben. Ich bin ein bedürftiger Bürger, ich habe einen Ausweis vom Amt, und da steht drauf, dass ich bedürftig bin. Und nur deshalb haben die mir vor ungefähr anderthalb Jahren die rosafarbenen Turnschuhe in die Hand gedrückt, und ich habe mich brav bedankt und so getan, als ob ich die ganzen fremden Unterschriften nicht sehe. Aber wie soll man zwanzig, dreißig Namen auf hellrosa Turnschuhen nicht sehen? So blind kann kein Mensch sein. *Cherry, Bulldog, Leslie, Tom, Sydney, Bob, Rose, King Kong.*

Andere Namen konnte ich selbst mit allergrößter Mühe nicht entziffern. Freeman hatte neben dem rechten Schnürsenkelloch unterschrieben und einen Bogen unter seinen Namen gemalt.

*Spaghetti & Freeman, die Story, voilà:*

Damals steckte mein Asthma noch in den Kinderschuhen, und ich war noch nicht vom Sportunterricht befreit. Wundersamerweise schien es auf dem ganzen Planeten keine anderen Turnschuhe für bedürftige Bürger wie mich zu geben, und weil ich nicht ständig den Unterricht schwänzen konnte, bin ich halt mit den oberpeinlichen rosafarbenen Unterschriften-Nike-Turnschuhen beim Sport aufgekreuzt, und damit nahm die ganze Freemanstory ihren Lauf.

Wir haben Sport. Die Hunke ist kurz raus, ihre Trillerpfeife holen, die hat sie in der Hektik im Lehrerzimmer vergessen. Gleich kommt sie wieder und macht das, was sie am liebsten macht: uns in zwei Mannschaften aufteilen. Meine Luft ist ziemlich schlecht deshalb. Ich mag Sport nicht besonders, und das Mannschaftenwählen steht auf meiner persönlichen *Was-ich-am-meisten-hasse-Liste* ziemlich weit oben. In letzter Zeit bleibe ich oft übrig. Und wenn mich überhaupt jemand wählt, dann hab ich das Gefühl, er macht das nur, weil ich Spaghetti bin, und hey, Mitleid ist das Letzte, was ich gebrauchen kann. Sitze also da und bin ziemlich unruhig, und alle warten und gucken sich so um. Ben guckt genau auf meine Turnschuhe. Wenn jemand auf meine Schuhe guckt, ist das noch viel schlimmer für mich, als wenn er in mein Gesicht guckt, ich meine, alle meine

Schuhe sind für die Tonne, aber die rosafarbenen Unterschriften-Nike-Turnschuhe sind echt die Spitze des Eisbergs. Ich werde also rot und hoffe inständig, dass Ben schnell wieder wegguckt, aber diesen Gefallen tut er mir nicht. Alle kriegen mit, wie er mich fragt, wer denn dieser Freeman ist und ob man den kennen muss.

In meinem Kopf ein Meer aus Ausreden (meine Lebensinsel will nicht untergehen).

Klar, dass ich nicht die Wahrheit sagen kann (die Wahrheit und nichts als die Wahrheit):

»Nein, du kennst Freeman nicht, ich kenn ihn ja selber nicht, sind nicht meine Schuhe, mit denen ich hier rumturne. Haben schon andere Käsemauken drin gesteckt, ich darf sie auftragen, weil wir bettelarm sind, du weißt schon, meine Mutter versäuft ja alles, was sie in die Finger kriegt.«

Nein, lieber sterben, als die Wahrheit sagen.

Okay, denke ich, wenn schon eine Lüge, dann zumindest eine coole Lüge. »Kennst du nicht, Freeman war mein Freund, aber es ist vorbei.«

Und weil Pola fast die Augen aus dem Kopf fallen, sage ich noch: »Ich hab es niemandem erzählt, weil es eh keine Zukunft hat. In den großen Ferien wart ihr alle weg, und Freeman hat Urlaub hier gemacht. Freeman lebt nämlich in … New York.«

»New York? Aber du kannst doch fast kein Wort Englisch«, sagt Ben, und alle lachen.

»Blödmann, Freeman spricht Deutsch.«

»Häh? Ein Ami, der Deutsch spricht? Glaubt dir kein Mensch, Spaghetti.«

Ich sollte an meine Sonnenscham denken, aber ich

kann nicht aufhören zu lügen. Kann vor allem deshalb nicht aufhören, weil mittlerweile alle gucken, auch Lenny und meine Clique. Ich kann die ganze Welt belügen, aber meine Clique?

»Die Mutter von Freeman ist Deutsche, sie hat Freemans Vater in New York kennengelernt, ihn geheiratet und ist dort geblieben. Noch Fragen?«

Keiner hat mehr eine Frage an mich, alle sind sprachlos.

# Achtzehn

Ich wache auf und schaue an die Decke. Die Glühbirne hängt da wie jeden Morgen, und mit ein bisschen Fantasie könnte sie der Kopf eines Außerirdischen sein, der mal kurz von da oben runterguckt, wie es mir hier unten so geht. *Bescheiden.* Was für eine kurze Nacht. Sofort ist alles wieder da, alle Bilder von gestern. Der Riffeibesuch, Lenny & Simone, die Ohrfeige, Petra Licht alias Petra Erle, Mutters Vollrausch, meine Predigt. Ein Wunder, dass ich nichts geträumt habe. Ich bin nicht sonderlich scharf darauf, dass Lenny und Simone durch meine Träume geistern. Es reicht vollkommen, dass sie das Erste sind, woran ich nach dem Aufwachen denke. Wobei der Tag gestern insgesamt für die Tonne war. Nicht gerade ein Highlight, denke ich. Meine mehrfach gewaschenen Parkerde-Füße kribbeln unter der Bettdecke. Als hätte ich Ameisen aus dem Park mitgebracht, die jetzt mit ihrem Morgentänzchen starten.

In der Badewanne schwimmt noch ein wenig Dreck. Die Farben von Mutters Nagellackflaschen brennen in meinen Augen. Ich dusche, ziehe mein schönstes Kleid an (das aus Jeans) und tusche meine Wimpern gleich zweimal mit der neuen Wimperntusche. Dann laufe ich in die Küche.

Die Küche. Es gibt ein Holzregal für zwölf Weinflaschen, einen Kühlschrank, in den locker der Inhalt eines ganzen Bierkastens passt, und eine Abstellkammer, in der die leeren Einwegflaschen auf ihren großen Einsatz warten (ab in die Tonne). Alles, was Pfand bringt, muss ich gleich wieder in den Supermarkt oder zum alten Erich tragen und gegen neue Flaschenfreunde tauschen. Was es in unserer Küche kaum gibt, sind Lebensmittel. Fast nie findet sich etwas Essbares hier, weil Mutters Lebensmotto lautet:

*Was ich essen kann, kann ich genauso gut trinken.*

Als Kind habe ich deshalb nicht zum lieben Gott, sondern zu Superman gebetet. Er hat versprochen, er kommt vorbei und bringt mir Pommes und Eis und unendlich viele Nutellabrötchen mit, aber das ist lange her, und gesehen habe ich Superman oder die bestellten Lebensmittel nie.

Nicht mal auf Helden ist Verlass.

Vor dem Küchenfenster sitzt eine Handvoll Spatzen. Die Spatzen schauen mir interessiert zu, während ich Kaffee koche und eine Tasse im Stehen trinke. Keine Ahnung, was so interessant an mir ist. Die Spatzen glotzen, und ich glotze zurück, aber für die zweite Tasse Kaffee setze ich mich auf einen der beiden Klappstühle und lerne schnell noch ein paar Englischvokabeln (as well, weight, get well soon, whole …).

Vokabeln lernen ist völliges Neuland für mich. Ich nehme ein Blatt Papier und lege es auf die Seite mit der deutschen Übersetzung. Obwohl ich nicht schummle, klappt es ganz gut. Dass ich die Klasse wiederholen muss, ist sicher die größte Peinlichkeit meines Lebens. Ich meine, die anderen sind mir jetzt einen riesengroßen Schritt voraus. Werde sie nie wieder einholen. Für alle Zeiten bin und bleibe ich die, die eine Ehrenrunde drehen musste.

Fühle mich dumm wie ein Toastbrot.

Das einzig Gute an dieser Sache: Ich bin nicht tagelang mit Lenny und Simone in einem Klassenzimmer eingesperrt und muss mir ihr Geturtel reinziehen. Ich versuche gerade krampfhaft, mir das schönzureden, aber natürlich ist das nur ein kleiner Trost, schließlich gibt es Pausen, und in denen hat sich nicht viel verändert. Nach dem Klingeln stürmt unsere Clique zur Treppe, und da stehen wir dann alle zusammen, Pola und Dirk und Nina und Netti und Lenny und ich. So war es immer, von der Fünften an, und so war es bis letzte Woche.

Die letzten Tage hat Lenny gefehlt.

Ohne Lenny ist es nicht dasselbe.

*Lenny, Lenny, Lenny.*

Lenny & Simone.

Weil die Nacht megakurz war, trinke ich ausnahmsweise noch eine dritte Tasse Kaffee. Selbst wenn es etwas Essbares in unserer Küche gäbe, würde ich heute keinen Bissen runterkriegen. Die Spatzen pfeifen es von den Dächern: »Spaghetti hat die Hosen voll.«

Ja, ich habe die Hosen voll. Aber ich werde tapfer sein (habe ich eine Wahl?). Ich stopfe das Vokabelheft in meine Schultasche und das blaue Asthmaspray in die kleine Seitentasche meines Jeanskleides. Das Spray beult das schöne Kleid ordentlich aus, aber besser Hässlichsein als Ersticken. Ich hoffe nur, dass ich den Tag irgendwie überlebe.

Morgens sehe ich Mutter nur selten, aber heute steht sie mit rot geweinten Augen und verrotzter Nase im Türrahmen. Aber sie lächelt mich an und wünscht mir einen schönen Tag. Ein Weltwunder! Wenn ich Mutter lächeln sehe, frage ich mich immer, ob sie glücklich ist, aber heute frage ich mich das nicht. Wenn nichts dazwischenkommt, meldet sich Petra Licht alias Petra Erle, ruft an oder schaut sogar vorbei. Alles wird gut und vielleicht ein bisschen wie früher.

Mutter sieht mir zu, wie ich vor dem Schuhregal stehe und mir Schuhe für den Tag aussuche. Man kann nicht gerade behaupten, dass ich die Qual der Wahl habe. Weil ich mein schönstes Kleid trage, entscheide ich mich logischerweise für meine schicksten und neuesten Schuhe (auch wenn sie eine Nummer zu klein sind und ich weiß, was das bedeutet). Schlüpfe hinein und wünsche Mutter auch einen schönen Tag und will mich schon für meine Moralpredigt gestern entschuldigen, doch dann denke ich, dass es völlig bekloppt wäre, sich für die Wahrheit zu entschuldigen.

»Bis später«, sage ich und werfe Mutter einen Luftkuss zu.

# NEUNZEHN

Habe noch nie so lange bis zur Schule gebraucht. Normalerweise bin ich locker eine halbe Stunde vor Unterrichtsbeginn da, aber heute krieche ich wie eine Schnecke auf Valium. Und weil ich den Weg langziehe wie Kaugummi, ist es schon kurz vor acht, als ich endlich die Treppe am Schulhof erreiche. Will mich gerade zu den anderen stellen, als Pola nach mir ruft. »Hey, Spaghetti, warte mal.«

Ich bleibe stehen und drehe mich um. Pola sieht umwerfend aus, trägt über ihren schwarzen Leggins ihr schwarzes, kurzes Kleid mit den roten Blümchen und dazu rote Ballerinas. Sie hat ihre langen Haare zu zwei Zöpfen geflochten und eine Federkette um den Kopf gebunden. Pola erinnert mich an Nscho-tschi, Winnetous Schwester. Zur Begrüßung küssen wir uns auf die Wange.

»Alles gut?«, flüstert sie mir ins Ohr und wirft ihre Zöpfe nach hinten.

»Alles gut.«

»War schön mit dir, gestern.«

»Ja, fand ich auch. Müssen wir bald wiederholen«, sage ich und meine: vor den ewig langen Sommerferien.

»Unbedingt, und zu mir aufs Teerdach kommst du auch mal wieder, versprochen?«

»Versprochen.«

Netti, Nina, Dirk und ein Junge, den ich nicht kenne, stehen an der Treppe und unterhalten sich. Mir fällt ein Stein vom Herzen: kein Lenny in Sicht. Und weil ich so erleichtert bin, nehme ich alle in den Arm, nur den fremden Jungen nicht, dem gebe ich die Hand.

»Du bist also Spaghetti«, sagt er, und es klingt irgendwie beeindruckt.

Ich lache und fasse mir in die langen Haare. »Sieht so aus. Und du bist wer?«

»Oh, entschuldige bitte, ich bin Joe.«

Joe, da klingelt nichts bei mir. »Bist du neu? Ich meine, gehst du auf unsere Schule?«

Joe nickt. »Ja, ich gehe in deine alte Klasse. Ich glaub, ich sitz sogar auf deinem Stuhl.« Er lacht, und ich entdecke zwei Grübchen auf seinen Wangen.

*Lenny, Lenny, Lenny.*

»Das war ein Kampf, erst dachte ich, der Stuhl ist noch besetzt, weil alle so ein Theater darum gemacht haben. Was, hab ich gefragt, sitzt da jemand drauf, den nur ich nicht sehe? Jemand, der unsichtbar ist? Ein Kobold? Pumuckl?«

Ich lächle und schaue kurz zu Pola. Kann mir gut vorstellen, dass sie wie eine Löwenmutter um meinen Platz kämpft. Aber wieso weiß ich nichts von einem Neuen in meiner alten Klasse? Wieso erzählt mir niemand mehr was? Wieso schließt man mich aus?

»Ich hoffe, es ist in Ordnung für dich, dass ich auf deinem Platz sitze.«

Will er mich jetzt offiziell um Erlaubnis fragen oder was? Was ist hier eigentlich los?

Entspann dich, Spaghetti, und atme. Relax. Alles halb so wild.

»Irgendwo musst du ja sitzen. Ich hänge auch nicht an meinem alten Stuhl, hab ja einen neuen, der ist genauso schick. Wo kommst du denn her?«

Joe zieht an seiner Zigarette, und ich sehe, was er für schöne, volle Lippen hat. »Mein Vater arbeitet für die Botschaft, deshalb ziehen wir ständig um. Zuletzt haben wir in Erfurt gelebt, ursprünglich komme ich aus Bonn. Früher kannte das jeder, heute ist das nur noch ein kleines Kaff, aus dem alle wegwollen. Nicht der Rede wert. Hab auch keine Verwandten mehr da oder Freunde oder so.«

Hinter Joes Rücken hebt Pola beide Daumen nach oben, was so viel heißen soll wie: Schnapp ihn dir, bevor eine andere schneller ist. Hoffe, sie meint nicht Simone. Pola, diese verrückte Squaw. Will Joe fragen, wie es ihm an unserer Schule gefällt, da klingelt es gleich doppelt: in der Ferne die Kirchenglocken und nah an meinem Ohr die Schulglocke. Immer stört irgendetwas. Ich schaue auf das graue Schulgebäude. Da muss ich jetzt rein, und da gehe ich jetzt auch rein, und die anderen kommen mit.

In dem Gewühl verlieren wir uns.

Nein, eigentlich gehe ich absichtlich verloren.

Brauche noch einen Moment für mich.

Die anderen warten vor dem Eingang auf mich, die gesamte Clique, und Joe, der Neue, wartet auch. Die letzten Schritte laufen wir wie eine menschliche Mauer, weil wir zusammengehören und jeder das sehen soll, die ganze Schule. Ich drehe mich zu Pola um, sie zwinkert mir zu. Dirk legt mir eine Hand auf die Schulter. Er weiß also, dass Lenny Simone geküsst hat. Er weiß, wie scheiße ich mich fühle. Er weiß alles, und er hält zu mir.

Gut so.

Einige Schüler machen uns Platz, damit wir durchkommen, ohne uns loslassen zu müssen. Dieses Gefühl genieße ich immer noch, aber nicht mehr so wie früher. Nichts ist mehr wie früher, nichts. Als die anderen schnallen, dass ich noch ein Stockwerk höher in den Chemieraum muss, bleiben sie stehen. Stehen da wie Falschgeld und starren Löcher in die Luft oder den Boden.

Ein Meer aus Verlegenheit breitet sich aus.

Manchmal vergessen wir alle, dass ich nicht mehr dazugehöre.

Mein Kopf liegt auf dem kalten Tisch, und ich betrachte die Tafel. Sie ist grün wie die Stadtparkwiese, und die Tamski schreibt mit weißer Kreide ein paar Formeln auf das schöne Stadtparktafelgrün. Ab und zu tippt sie mit dem Zeigestock auf eine der Formeln und wirft Fragen in den Raum, aber niemand hört ihr zu. Die Jungs ärgern Malin, das Mädchen, das sie am meisten mögen (ja, die Babys haben ihre ganz eigene *Wer-ist-das-tollste-Mädchen-Liste*). Kindisch wie sie sind, zerreißen sie ihre Hefte und basteln krumme Papierflugzeuge, mit denen sie Malin bewerfen. Super! Wie Dreijährige, die zum allerersten Mal mit anderen Kindern spielen dürfen. Ist kein großes Geheimnis, dass ich in eine Klasse mit lauter Babys gehe. Lenny würde niemals bei so einem kindischen Schwachsinn mitmachen, nie im Leben. Lenny würde ein Machtwort sprechen, und alle wären auf der Stelle still. Irgendwann würde er ganz lässig aufstehen (by the way), tonlos vor sich hin pfeifend zur Tafel schlendern und der Tamski ganz easy alle Formeln erklären.

*Lenny, Lenny, Lenny.*

Ich hätte große Lust, aufzustehen und Malin an ihren schönen Rapunzelhaaren zu ziehen, so lange, bis sie wie am Spieß schreit und ihre Dreijährigen-Fangemeinde aufspringt, um mir die Augen auszukratzen. Aber ich lasse die Babys links liegen, schlendere in Lenny-Manier zur Tafel und male für jeden »Rot wie eine Tomate«-Kommentar ein böses Bild.

Einen mageren, kurzen Penis (Kurt), schielende Augen (Dennis), eine krumme Nase (Chantal). Ich male so lange, bis sich die Tamski mit ihrem knochigen Zeigefinger vor mir aufbaut und mit dem Direktor droht.

»Nur die Ruhe, da wollte ich eh grad hin.«

Ich renne raus, an den staunenden Babys vorbei. »Rot wie eine Tomate« sagt niemand mehr. Bin tatsächlich schneller als die Tamski. Laufe direkt in das Lehrerzimmer, baue mich vor dem Direktor auf und sage ihm, dass er mich von seiner verdammten Schülerliste streichen kann.

»Endgültig.«

Während der Chemiestunde zieht ein großes Tief mit vielen Wolken durch meinen Kopf. Mit diesem grauen Kopf kann ich Lenny unmöglich unter die Augen treten.

Ich beschließe, mich besser zu verstecken, und verdrücke mich in der ersten großen Pause aufs Klo.

Das Klo hat weiße Krankenhauskacheln, vier Kabinen und vier Waschbecken, alles ganz normal. Nicht normal sind die Schuhe, die ich heute trage. Meine besten Schuhe sind wunderschön, aber ein bis zwei Nummern zu klein. Schwarze Riemchensandalen mit einem Korkabsatz, auf dem ich kein bisschen laufen kann, noch dazu schnürt mir das Riemchen den Knöchel ab. Als die Frau von der Kleiderkammer sie mir überreicht hat, hat sie gelächelt und gesagt: »Heiße Ware, alle wollten diese Schuhe, aber ich habe sie für dich gerettet, sie gehören dir.«

Die schwarzen Riemchensandalen sind eine echte Augenweide, aber in ihnen stehe ich auf dem Klo wie eine Außerirdische auf dem Arbeitsamt. Stehe, weil ich mich mit meinem besten Kleid nicht auf die Klobrille setzen möchte. Es gibt Sachen, die gehen einfach nicht.

Ich kann nicht mehr da raus, auf den Schulhof, zu den anderen.

Die Türen gehen im Minutentakt auf und wieder zu. Alle müssen pinkeln, die Hände waschen oder sich vor dem Spiegel schminken. Man könnte meinen, ein Schulbesuch ist so was wie ein Schönheitswettbewerb. Bei jedem Geräusch stelle ich mir vor, das ist Pola oder sonst jemand von meinen Leuten. An Simone denke ich lieber nicht. Simone ist Luft für mich. Höre den Wassergeräuschen zu, und die erinnern mich an schönes Seewasser oder das rauschende Meer. Wie es wohl am Alten Strom in Warnemünde klingt? Ich schaue auf die Türklinke und zähle alle Kacheln, auf denen ich nicht mit meinen feinen Riemchensandalen stehe. Zählen beruhigt mich, vielleicht bin ich so etwas wie eine Zählbuddhistin, vielleicht bin ich überhaupt viel mehr Buddha als alles andere. Jede Menge fremde Stimmen landen in meinem Ohr, landen wie kleine Ufos, und ich bin froh, nicht allein auf der Welt zu sein.

Irgendwann ist die Pause vorbei, und ich muss zurück ins Schulgebäude. Taste mich vorsichtig heraus, und dann beginnt ein wahrer Spießrutenlauf. Gar nicht leicht, unerkannt von A nach B zu kommen. Jemand rammt mir seinen Ellbogen in die Rippen, und jemand anders ruft meinen Namen (von weit her, aus dem Weltall?). Mit viel Mühe schaffe ich es in die Klasse. Die Babys starren mich an wie einen Marsmenschen. Habe ich neuerdings irgendwelche ungewöhnlichen Tätowierungen auf der Stirn? Eine Spinne auf der Nase? Ich lege meinen Kopf wieder auf den kalten Tisch. Ich wollte Lenny so gerne küssen.

Keine Ahnung wie, aber ich überstehe Deutsch und Englisch und die blöden Kommentare der anderen. In Englisch werde ich drangenommen und weiß auf Anhieb alle Vokabeln (as well, weight, get well soon, whole …). Die Babys staunen, und der Heise staunt auch. Und weil ich alle Antworten aus dem Effeff kenne, staunt auch die Sonnenscham und verfällt in eine Art Schockstarre. Brennt nicht, obwohl mich alle anstarren.

Auch schlechte Tage haben ihr Highlight.

Heimlich, unter dem Tisch, checke ich die Nachrichten auf meinem Handy.

Eine SMS von Pola: >Wo warst du?>

Meine Antwort: >Auf dem Klo. Ist er da?< …

Keine Antwort ist auch eine Antwort.

# ZWANZIG

»Ey, Spaghetti, wirst ja ne echte Streberin.«

Dennis, das Baby mit den schielenden Augen. Ich sag nichts (was soll ich auch sagen). Will nur raus hier, wieder aufs Klo und meine Ruhe haben, aber diesmal gibt es kein Entkommen. Pola bewacht mein Klassenzimmer, steht da wie ein Türsteher, hat die Arme verschränkt und einen Blick drauf, echt zum Fürchten.

»Was machst du denn hier?«

Ich frage das nur, damit sie nicht merkt, wie sehr ich mich freue. Ich meine, Pola steht nur wegen mir hier rum. Ist ja nicht so, als hätte sie nichts Besseres zu tun. Ich sag nur: Dirk. Die beiden kostet es ein müdes Lächeln, sich vor allen zu küssen. Pola nimmt meine Hand und zieht mich ziemlich unsanft hinter sich her.

»Du spinnst wohl, wenn sich jemand verstecken muss, dann Lenny. Drehst du jetzt völlig durch oder was?«

Pola ist richtig wütend, sie schimpft wie ein Rohrspatz. Es gibt zwei Dinge, die ich nicht ertragen kann: Wenn Mutter weint und Pola auf mich wütend ist. Mit mir im Schlepptau läuft sie über den hellen Flur, als würde sie gerade für einen Actionfilm proben. Ihre Nscho-tschi-Zöpfe fliegen wild durch die Gegend. Ein

Meer aus Haaren, Federn und Perlen. Alle gucken uns an. Ich glaube, wir geben ein echt lustiges Bild ab, wie wir so über die Flure jagen. Tatsächlich verfolgt uns die Sonne. Sie will auf meine Haut und sich schämen. Die Sonne ahnt schon, dass ich gleich auf Lenny treffe.

*Lenny, Lenny, Lenny.*

Ich betrachte jede Tür, hinter die ich noch schlüpfen könnte, aber ehrlich gesagt ist es wahrscheinlicher, dass ein Ufo landet und mich die Außerirdischen vor Lenny retten, als dass Pola meine Hand auch nur für eine Sekunde loslässt. Ich sage mir, dass ich schon ganz andere Sachen überlebt habe, und stecke mir mit der freien Hand ein Pfefferminzbonbon in den Mund.

Frischer Atem ist die halbe Miete.

»Spaghetti, du hier und nicht in Hollywood?«

Die laute Netti. Netti sieht so aus, wie man sich ein lautes Mädchen vorstellt: knallbunte Klamotten, riesige Ohrringe, Ketten, Ringe, hippe Schuhe. Und neben ihr die stille Nina. Nina sieht aus, wie man sich ein leises Mädchen vorstellt: Brille, kurzer Zopf, schwarze Kleidung. Ich liebe beide, und meine Clique ist die beste von allen Cliquen, die es auf der großen weiten Welt gibt. Grinse Netti und Nina etwas verlegen an und stelle mich zwischen die anderen, ohne Lenny auch nur eines Blickes zu würdigen.

Ich fühle mich wie höchstens sechs.

Sechs Komma irgendwas.

Bin wieder ein Baby, weil alles irgendwie ansteckend ist.

Merkwürdige Stimmung. Alle stehen mucksmäuschenstill rum, sogar Netti. Pult (unsichtbaren) Dreck unter den Fingernägeln hervor. Auf der Straße versucht eine der Referendarinnen, ihr Auto einzuparken, aber niemand lacht oder macht einen Witz. Bis auf das Vogelgezwitscher über uns und die normalen Schulhofgeräusche ist es still.

Ja, wir stehen in einem stillen Kreis wie in einer eigens für uns erbauten Zone (Raumschiff?).

Wenn es still ist, schäme ich mich für die Stille.

Wenn ich mich schäme, werde ich rot wie eine Tomate.

Rot wie eine Tomate, aber von meiner Clique sagt niemand etwas. Gott, wie ich meine Freunde liebe.

»Eis?«

Alle nicken, als wäre Eis die Offenbarung schlechthin. Die stille Nina läuft ziemlich laut davon, und ich bilde mir ein, dass sie sich fühlt, als wäre sie auf der Flucht. Ich atme so tief, dass ich meinen Atem hören kann. Pola fummelt an ihren Zöpfen rum und lächelt mich an. Himmel, mach was (egal was). Der Himmel hat offenbar ein Einsehen mit mir, Nina kommt mit beiden Händen voller Wassereis. Endlich haben wir was zu tun. Schweigend verdrücken wir ein Eis nach dem anderen. Nur Pola tanzt wieder aus der Reihe, weil sie plötzlich redet wie ein Wasserfall.

»Also, dieses Buch von Ana Forrest, das müsst ihr lesen, Leute, ich weiß, Yoga ist nicht unbedingt euer Ding, aber dieses Buch, unglaublich. Was diese Frau alles durchgemacht hat, und trotzdem ist sie stark geblieben und gewachsen. Hammer, sag ich euch, ganz großes Kino. Dirk hat das Buch regelrecht verschlungen und will die Todesmeditation mit mir machen. Dirk, erzähl doch mal diese Geschichte mit dem Pferdehof, du weißt schon, wo Ana noch so viel trinkt und sich sicher war, dass sie nie wieder aus dem Drogensumpf herauskommt.«

Todesmeditation?

Weiß der Geier, was Pola damit meint.

Entweder ich bin tot, oder ich meditiere.

Mein Wassereis ist grün, grün wie die Hoffnung, das Gras und die Parkwiese. Das mit Ana und dem Alkohol überhöre ich. Nein, habe kein böses Wort gehört und sehe auch Lenny nicht, male einfach einen unsichtbaren Kreis von circa drei Metern Durchmesser um ihn, und da schaue ich einfach nicht hin. Dirk lacht, als hätte jemand einen Witz gemacht, dabei sind alle immer noch still.

Ärgerlich, dass Joe nicht da ist. Joe mit den schönen Lippen, auf die ich gucken könnte, um mich abzulenken. Aber wenn jemand hervorragend Löcher in die Luft starren kann, bin ich das (habe jahrelange Übung).

Vater hat mich früher Hans-guck-in-die-Luft genannt.

Ich guck in die Luft.

Ich bin eine wahre Guck-in-die-Luft-Heldin.

Dann sind plötzlich alle verschwunden, nur Lenny und ich, wir sind irgendwie übrig geblieben.

Blackout.

Wie konnte das passieren?

Ach ja, mein Dreimeterkreis (selber schuld).

Ich brauche einen Moment, um mich an das Alleinsein mit Lenny zu gewöhnen und meine Haut und meinen Atem halbwegs in den Griff zu bekommen. Mein Kopf ist leer. Und weil er leer ist, verkleinere ich den Dreimeterkreis um Lenny Stück für Stück (sonst sehe ich nichts).

Lenny thront auf der obersten Stufe und raucht eine Zigarette. Das macht er nur selten, während der Schulpausen rauchen. Ich glaube, er hat Angst, dass seine Mutter *zufällig* vorbeiläuft und ihn beim Rauchen erwischt. Rauchen oder Trinken und Lenny kann zu Hause einpacken. Aber unabhängig davon sind ihm seine Zigarettenpausen heilig, und weil das niemand besser weiß als ich, fühle ich mich geschmeichelt. Immerhin teilt er seine heilige Zeit mit mir. Wieso sitzt er überhaupt noch hier? Wieso ist er nicht mit den anderen, ach egal, er und ich, wir sind hier, Punkt. Von Grippe keine Spur, er sieht aus wie das blühende Leben. Lennys Haare, die Monchichihaare, sind etwas länger als sonst. Vielleicht lässt er sie wachsen, weil Simone nach der Kioskkuss-Szene gesagt hat, dass das so nicht geht, mit seinen Haaren.

Will nicht länger rumstehen und mir Lennys Haare angucken und den Anschein erwecken, ich wollte mich drücken oder so, und deshalb setze ich mich mit einigem Abstand neben ihn.

Puh …

Wir sitzen nebeneinander auf den Stufen, auf denen wir immer gesessen haben. Die Treppe ist kalt, und zwischen meinen Füßen guckt mich ein Löwenzahnkopf an. Wassereisluft, klebrig und süß. Ich höre irgendwo eine

Wespe, sehe aber keine. Und da ist auch die Stelle, an der Lenny sein braunes Lederarmband angebunden hat, dahin gucke ich nicht mal aus den Augenwinkeln, male also einen neuen Kreis, einen Fünfmeter-Armbandkreis.

Dummerweise trage ich noch Lennys Freundschaftsband am linken Handgelenk, und weil ich es trage, er seines aber nicht mehr, verstecke ich meines mit der rechten Hand. Als hätte ich da einen Spickzettel und er wäre der Lehrer.

Pola hat mich gewarnt.

Wer nicht hören will, muss fühlen.

Ich sitze ziemlich verknotet da.

Kämpfe um jeden Atemzug, als wäre es der letzte.

Hallo? Ich bin fünfzehn dreiviertel.

Pola hat recht, hätte das scheiß Lederarmband besser gleich nach der Lennyaktion abnehmen sollen, ich meine, es hat null Bedeutung. Will gar nicht wissen, was er jetzt von mir denkt. Komme mir vor wie eine Stalkerin (oder so).

»Willst du eine?«

Lenny hält mir seine Zigarettenschachtel hin. Ich nicke, und er nimmt eine Zigarette aus der Schachtel und zündet sie an. Feuer frei! Zwischen meinen Händen zerreibe ich den Löwenzahnkopf zu Brei. Lenny reicht mir die brennende Zigarette, und mir fällt das Wort »Friedenspfeife« ein. Als ich an der Friedenspfeife ziehe, überlege ich, dass das nichts anderes als ein Kuss ist, zumindest ein kleines bisschen.

Lennys Spucke klebt am Filter.

Ich bezweifle, dass diese Gedanken jemals zu einem Kuss, Petting oder Sex führen.

Gut, dass Lenny ganz entspannt neben mir hockt und nichts von meinen kranken Gedanken ahnt.

Pola biegt um die Ecke. Wirbelt wie immer jede Menge Staub auf und tut so, als hätte sie etwas vergessen, bin mir aber sicher, sie will nur mal kurz die Lage checken (zwinker, zwinker). Bevor Lenny oder ich fragen können, was genau sie sucht, ist sie schon wieder wie vom Erdboden verschluckt.

Ich bin mit Lenny allein.

Atme in den Himmel hinauf.

Lenny räuspert sich. Drückt seine Zigarette aus und schnippt den Stummel ins Gebüsch. Guckt auch Löcher in die Luft. Wenn wir nicht damit aufhören, die ganze Luft mit unseren Blicken zu durchlöchern, ist bald keine mehr da.

»Es tut mir leid.« Lenny räuspert sich erneut. »Ich will mich nicht rausreden, das war ganz klar eine scheiß Aktion von mir. Aber ich möchte, dass du weißt, warum ich mich so verhalten habe, will, dass du mich zumindest ein bisschen verstehst.«

Vor Schreck rauche ich auf Lunge. Denke dabei an das Riffeispray, das zwar mein schönes Jeanskleid ausbeult, mich aber im Notfall vor dem Erstickungstod rettet. Rauchen ist so ziemlich das Blödeste, was ich bei meiner knappen Luft machen kann. Aber es sieht cool aus, und ich war bisher ziemlich uncool in Lennys Nähe, deshalb rauche ich weiter.

Ich rauche und warte, Lenny lässt sich nämlich verdammt viel Zeit.

»Es hat damit angefangen, dass du sitzengeblieben bist. Meine Eltern, nun ja, du hast ja mitbekommen, wie spießig die sind. Für die gibt es nichts Wichtigeres als gute Noten und Zeugnisse und dass das ganze Schulzeug reibungslos funktioniert. Dann waren sie auf dem Elternsprechtag und haben dort aufgeschnappt, was man sich über euch erzählt und ... sie meinten, du bist kein guter Umgang für mich. So, jetzt ist es raus, es bringt ja nichts, wenn ich dich anlüge.«

Ich versuche, ruhig zu bleiben.

Ich versuche, zwischen den Zigarettenzügen zu atmen und kein unnötiges Nikotin in meine Lunge zu bekommen. Wie der Riffei es mir beigebracht hat, atme ich ein und zähle langsam bis vier. Dann halte ich die Luft an und zähle beim Ausatmen wieder bis vier. Keine Ahnung, wie man davon ruhiger werden soll. Wenn der Riffei wüsste, was ich hier gerade durchmache, würde er mir nicht so einen Schwachsinn vorschlagen. Von dem, was Lenny gerade gesagt hat, habe ich nur die Hälfte verstanden (wenn überhaupt). Wenn ich aufgeregt bin, schalten meine Ohren auf Durchzug. Für meine Lunge sind meine Ohren die wahren Helden.

Aber ich schwöre, wenn Lenny sagt: »Spaghetti, ich hab Simone nur geküsst, weil sie klüger und hübscher und reicher ist als du und auch noch bessere Noten schreibt und weil meine Eltern sie tausendmal netter finden«, dann klebe ich ihm eine.

Aber das sagt er nicht.

Er sagt überhaupt nichts über Simone, und ich frage auch nicht nach ihr. Stumm wie ein Fisch betrachte ich meine hübschen Sandalen und hoffe, dass Lenny sie auch sieht.

Ich spüre die heiße Sonnenscham auf meinen Wangen.

In mir brodelt es gewaltig. Das ist für gewöhnlich der Moment, in dem ich aufspringe und weggehe, sage, ich muss mal dringend für kleine Mädchen oder eine Kopfschmerztablette holen. Hauptsache weg und über alle Berge. Aber ich will nicht weggehen, nicht jetzt, wo Lenny neben mir sitzt und wir allein sind und uns (endlich) aussprechen.

»Das war dumm von mir, also wie ich es durchgezogen hab, unterste Kanone, aber meine Eltern haben mir ausdrücklich den Kontakt zu dir verboten. Weißt du, wenn ich achtzehn wäre, dann könnten die mich mal, aber ich bin sechzehn, Lea, sechzehn. Ich kann nicht einfach mit dir durchbrennen, auch wenn ich das gern möchte. Glaub mir, ich hab lange darüber nachgedacht. Das macht keinen Sinn. Wir können uns ja nicht verstecken oder so, ich meine, wie soll das funktionieren. Wir sind ja nicht Bonnie und Clyde.«

*Bonnie und Clyde!*

*Lenny, Lenny, Lenny.*

Ich höre Mücken, aber durch meine Ohren schweben nur Lennys Worte. *Bonnie und Clyde! Durchbrennen!* Ja, Lenny, lass uns nach Ibiza durchbrennen oder nach Indien zu all den relaxten Buddhas, bis wir selber vollkommen tiefenentspannt sind, nach der ganzen Aufregung hier. Oder wir hauen nach Hawaii ab und liegen dort den ganzen Tag im grasgrünen Sand und küssen uns und haben Sex! Bonnie und Clyde brennen durch, egal wohin, Hauptsache, sie sind zusammen.

Atme, Spaghetti.

Ich atme und streiche über den Jeansstoff meines Kleides. Denke daran, wie Lenny meinen Rücken gestreichelt hat, damals, als wir auf »unserem« Parkbett lagen. Denke auch an die verpasste Lenny-Bett-Kuss-Chance.

Lennys Handy kräht wie ein Hahn.

Toller Klingelton, über den ich lachen muss, und Lenny lacht mit.

Manchmal ist alles verdammt einfach.

Meine Zigarette ist auch endlich aufgeraucht.

Lenny redet kurz mit Dirk (er sucht Pola, schon klar!), und weil danach die Pause auch schon wieder vorbei ist, gehen wir zusammen ins Schulgebäude. Das Geräusch von Lennys Schlüssel klingt wie vertraute Musik. Unsere Arme berühren sich, aber unsere Hände finden nicht zueinander. Wir gehen weiter, schlagen uns einen Weg durch die anderen Schüler hindurch. Wir könnten uns verlieren, aber wir verlieren uns nicht. Sein Arm, mein Arm. Seine Schritte, meine Schritte. Nicht mehr weit, und ich stehe mitten im Eingangsbereich, nicht zum ersten Mal heute.

Irgendwie schaffe ich es nicht, Tschüss zu sagen und gleich zu verschwinden. Ich meine, einmal in hundert Jahren sind wir allein. Wir stehen also noch eine Weile rum und reden belangloses Zeug, über das Wetter und die Zeugnisse und die Ferien, da sehe ich Simone am Schwarzen Brett stehen.

Wie sie zu uns rüberschaut.

Sie wirkt ehrlich überrascht, uns zusammen zu sehen. Was denkt die Schnepfe denn? Aus die Maus, nur weil sie ihn einmal geküsst hat? Pah. Ich will Simone nicht sehen, aber ich kann auch nicht weggucken. Sie trägt ein langes, türkisfarbenes Kleid, große, bunte Ohrringe und cognacfarbene Sandalen. Natürlich sieht sie umwerfend aus (diese Frau macht mich noch krank). Lenny scheint nicht zu bemerken, dass ich an ihm vorbeistarre. Er zieht mit seinen Adidasturnschuhen kleine Kreise über den quietschenden Linoleumboden. Kann ihn leise atmen hören.

Es klingelt zum zweiten Mal, und Simone rauscht ab.

Alle rauschen ab.

Nur Lenny bewegt sich keinen Zentimeter. Lenny und ich, wir sind die Einzigen, die hier noch herumstehen wie Falschgeld.

»Guck nicht so«, sagt Lenny.

»Wie guck ich denn?«

»Du weißt schon wie.«

Ich weiß tatsächlich wie. So, wie Lenny es am liebsten mag. Schräg von unten nach oben, mit meinem Katzenblick. Der kostet nichts, ist aber Gold wert. Mit diesem Blick und einem mutigen Kuss hätte ich vielleicht noch eine klitzekleine Chance, Lenny zurückzuerobern. Nur: Wo kriege ich auf die Schnelle so viel Mut her?

»Tut mir leid, hab mich echt scheiße verhalten. Das mit dem Lederarmband war nicht in Ordnung und das andere erst recht nicht. Ich wollte es kurz und schmerzlos machen. Manchmal bin ich ein Esel, sorry.«

Lennys Augen wandern zu meinem Mund, und sein Gesicht kommt näher. Ich denke, diesmal kneife ich nicht, niemals, doch dann legt Lenny nur seinen Kopf auf meine Schulter und umarmt mich. Ich möchte eine starke und aufrechte Kriegerin sein und ihn zurück umarmen, aber irgendwie sind meine Arme zu schwer dafür, hängen leblos herunter. Mein Körper ist ein nasser Sandsack. Aber innen drin öffnet eine Kirmes ihre Pforten. Mein Magen fährt Achterbahn, Dartpfeile treffen auf meine Lungenflügel, und in meinem Kopf schießt jemand eine Plastikrose.

Ich atme zwar, bekomme aber keine Luft.

Lenny lässt mich trotzdem nicht los. Ich meine, er hört doch, wie ich keuche, oder? Hat er keine Angst, dass ich in seinen Armen ersticke und er mit mir als Leiche im Arm hier herumsteht? Plötzlich (keine Ahnung wie) heben meine Arme wie Flügel ab und legen sich wie von selbst um Lennys Schultern.

Mein Körper macht wie immer sein eigenes Ding.

*Do what you love.*

Warum also küsse ich Lenny nicht einfach?

Gäbe es eine noch heißere Farbe als Rot, hätte mein Gesicht jetzt garantiert diese Farbe. Vielleicht ist meine Haut lila oder pink oder schwarz wie Asche. Vielleicht brennt mein Gesicht lichterloh, und aus den Ohren steigen Rauchzeichen in den Himmel auf.

# EINUNDZWANZIG

Es gehen ganz erstaunliche Dinge vor sich. Pola steht in Klonähe, beide Hände in die Hüften gestemmt, und redet lautstark auf Dirk ein. Sieht so aus, als würden sie sich streiten. Und obwohl sie da stehen, genau in meiner Blickrichtung, entdecken sie mich nicht. Sehen nicht, wie ich über einige Rucksäcke steige, die auf dem Boden liegen, und dann hinter der bunten, graffitiverschmierten Klotür verschwinde.

Fühle mich kleiner als eine Maus, kleiner als ein Mäuschen.

Hatte mir vorgenommen, in diesem Schuljahr keine einzige Stunde zu schwänzen, nicht mal, wenn Mutter mit Selbstmord droht. Aber weil ich mich in einer Art Kriegszustand befinde, ist dieses Versprechen Schnee von gestern. Ehrlich gesagt hätte ich große Lust, noch ganz andere Dinge zu machen.

Vor etwa zehn Minuten hat Lenny sich von mir gelöst und mich mit beiden Armen von sich weggeschoben. Kam mir vor wie ein Möbelstück, das aussortiert wird, weil man ein neues hat, das den Platz braucht. Lennys Augenbrauen tanzten, und er sagte: »Wir hatten eine tolle Zeit zusammen. Und wir werden weiterhin eine tolle Zeit haben, wir bleiben auf jeden Fall Freunde. Es tut mir leid, dass das mit uns als Paar nicht geklappt hat. Sei bitte nicht sauer auf mich, versuch mich zu verstehen, okay?« Dann schlenderte er über den Flur, wie er immer da langschlendert, mit seiner Null-Bock-Einstellung, den hängenden Schultern und ein bisschen in den Knien einknickend. In seinem schwarzen Totenkopfshirt verschwand er in meinem alten Klassenzimmer.

Ließ mich alleine mit dem überflüssigsten aller Sätze: dem »Wir bleiben Freunde«-Satz.

Weil ich jede Art der Wiederholung hasse und mich schnell langweile, wähle ich ein anderes Klo als vorhin (habe ja zwei mal zwei gleich vier zur Auswahl). Verriegle die Tür von innen, und wenn ich ein Schloss hätte, würde ich es garantiert davorhängen. Ich stehe still. Ruhe mich aus (lasse mich einen Moment hängen). Ich sehe ein Kaugummi auf dem Boden kleben, und etwas Klopapier lugt aus dem Mülleimer. Jemand hat ein Herz auf die Klotür gemalt und Davis reingeschrieben. Ich kenne keinen Davis. Aber ich kenne einen Lenny.

*Lenny, Lenny, Lenny.*

Es ist also wirklich vorbei, denke ich.

Wir waren zwei Teile einer Sechserclique, dann ein Paar (33,3 %), und nun werden wir Freunde (2 x 16,65 %)? Wenn das Leben wirklich so funktioniert, möchte ich niemals erwachsen werden.

Dass Lennys Schlussmachgrund nicht von dieser Welt ist, brauche ich wohl nicht extra zu erwähnen.

Ich greife zum letzten Mittel, das ich habe.

Schreibe Lenny eine SMS.

Es hat niemals einen Freeman gegeben, also keinen, den ich kenne. Ich habe noch nie einen Jungen geküsst (außer bei Wahrheit oder Pflicht und das zählt nicht). Das war alles nur in meiner Fantasie. Sorry, dass ich dir was vorgemacht habe. Bonnie;-)

# Zweiundzwanzig

Nach der »Es-gab-keinen-Freeman«-SMS möchte ich sterben, aber in meinem Alter stirbt man nicht von allein. Ich meine, man kippt nicht einfach so um und ist mausetot und hat bis in die Steinzeit seine Ruhe. So funktionieren die Dinge leider nicht.

Ich nehme das Riffeispray aus meiner Tasche und stopfe es zu dem Klopapier in den Mülleimer. Ersticken ist bestimmt nicht schön, aber in meinem Fall das Naheliegendste. Ich öffne die Tür mit dem Davisherz und gehe die paar Schritte zum Spiegel. Schaue mir meine Haut an.

Rot, röter, am rötesten.

Mein Gesicht ist eine Landkarte.

Auf beiden Wangen schwimmen rote Inseln, und auf meinem Hals werfen einige Vulkane mit kleinen, hässlichen Lavapunkten um sich. Hätte große Lust, das Meer, die Inseln und die Vulkane aus der Landkarte zu kratzen. Das Beste wird sein, ich lösche vorsichtshalber das komplette Land aus. Schade, dass nirgendwo Glas herumliegt, mit einer Scherbe könnte ich mir dieses Naturspektakel aus dem schönen Katzengesicht schneiden. Nach der Lennysache hatte ich eine

Scherbe, und mit der stand ich lange in der Küche und habe…

Egal.

Mit einer Scherbe könnte ich auch endlich das Lennyarmband von meinem Handgelenk schneiden.

Noch bevor ich weiter darüber nachdenken kann, was ich alles mit einer Scherbe anstellen würde, spielt mein Magen verrückt. Er knurrt und schreit und brüllt, es ist kaum zum Aushalten. Superman, wo bleiben Pommes, Eis und die unendlich vielen Nutellabrötchen? Als Kind denkt man, Superman ist von der schnellen Sorte, dabei braucht er JAHRE! Bis Superman aufkreuzt, bin ich längst verhungert.

Ich stelle mir vor, dass meine Fingernägel spitze Scherben sind. Kratze mir die roten Inseln einfach von der Haut. Das sieht nicht schön aus, gar nicht schön.

Das sieht sogar ziemlich grausam aus. Hannibal Lecter ist im Vergleich zu mir ein kleiner Schisser. Ich hätte große Lust, mit einem einzigen Tritt den ganzen scheiß Spiegel zu zertrümmern, aus ihm einen Scherbenhaufen zu machen und darin baden zu gehen. Ich schwimme so lange meine Bahnen, bis nichts mehr von mir übrig ist (hab nicht mal ein Seepferdchen, oder?). Ich kratze noch eine Weile, kratze, bis der erste Tropfen Blut fließt. Ein rotes Licht fließt auf meine Inseln zu. Ein Leuchtturmlicht? Signale eines Raumschiffes? Versteh es nicht und weil ich diesen Anblick nicht länger ertrage, sage ich dem Spiegel Adieu und schließe mich wieder ein.

Man kann sicher ganz wunderbar so leben, allein auf dem Klo. Man hat seine Ruhe, und man hat es auch nicht weit, für den Fall, dass man mal muss.

# ZWEIUNDZWANZIGKOMMAFÜNF

*Was ich nach der Lenny-Armband-Sache alles angestellt habe:*

- *Als Mutter mal kurz für kleine Mädchen geht, nehme ich einen tiefen Schluck aus ihrer Schnapsflasche (Doornkaat, 38 %, viel ekeliger als Nettis Geburtstagszitronenschnaps, aber mit sensationeller Wirkung: halber Blackout).*
- *Rauche eine halbe Schachtel Marlboro Light auf Lunge. Dabei sage ich mir immer wieder, dass ich auf die Riffei-Atemkammer und meine Lungenwerte scheiße. Ohne Lenny macht das alles keinen Sinn, da kommt es auf ein bisschen Luft mehr oder weniger nicht wirklich an.*
- *Lackiere mir mit dem letzten Karnevalsnagellack alle Fingernägel schwarz und kralle sie in meine Oberschenkel, bis sie Abdrücke hinterlassen, die aussehen wie zehn unterschiedlich große Knutschflecken.*
- *Denke mir eine neue Freeman-Geschichte aus. (Freeman lädt mich in ein teures Vier-Sterne-Restaurant ein, und danach verführt er mich auf der großen Wiese im Park und alle können zusehen, oh là là).*

- *Stehe mit einer Scherbe in der Hand vor dem Küchenfenster und schaue hinaus. Die Wolken am Himmel glotzen mich an (lachen mich aus). Mit der Scherbe streiche ich mir das lange Spaghettihaar hinter die Ohren. Mit der Scherbe zeichne ich die kleinen Fältchen nach, die sich zwischen meiner Nasenspitze und dem Mund eingenistet haben. Mit der Scherbe umkreise ich meine (ungeküssten) Lippen. Mit der Scherbe mache ich mir selber Angst.*
- *Schreibe elf Liebesbriefe an Lenny, werfe aber keinen einzigen in seinen Briefkasten (obwohl ich die halbe Nacht mit allen elf Liebesbriefen in der Hand vor seiner Tür stehe und auf die Plastikbrötchen vom Bäcker Winter starre, als wären sie irgendwelche Orakel: Er liebt mich, er liebt mich nicht …).*

# DREIUNDZWANZIG

Seit einer Ewigkeit höre ich keine Stimmen mehr da draußen, und es ist auch schon lange, lange niemand mehr hereingekommen.

Ein Meer aus Stille um mich herum.

Bin ich alleine auf der Welt?

Lenny hat keine SMS zurückgeschrieben, dabei muss er meine »Freeman gab es nie«-SMS längst gelesen haben. Dieser Feigling. Dass der sich nicht schämt, sich mit Clyde zu vergleichen, pah. Aber auf Pola ist Verlass, vier Nachrichten hat sie geschrieben, eine SMS für jedes Klo.

Bist du okay?
Wo steckst du?
Kann ich irgendwie helfen?
Vermiss dich. Bisous.

Tatsächlich habe ich auf allen vier Klos etwa gleich lange gestanden und auf jede Tür in Gedanken ein Lennyherz gemalt. Weiß nicht, wie das mit der Liebe ist, ob sie irgendwann von allein weggeht oder eine andere daherkommt, weiß aber, dass mir das alles große Angst macht. Ich meine, ich kann mir wer weiß was aus der Haut schneiden, aber das Herz kriege ich erst aus meinem Körper, wenn ich tot bin und vielleicht nicht mal dann. Hab tierischen Durst und Hunger wie ein Werwolf, aber damit käme ich irgendwie klar, ist ja nichts, was ich nicht kennen würde. Nein, muss hier raus, weil der Hausmeister gleich seine Runde macht und alle Zimmer kontrolliert, bevor er die Türen verschließt. Der Hausmeister heißt Hermann, und Hermann trägt immer einen Blaumann und Gummistiefel, selbst dann, wenn es nicht regnet, selbst bei vierzig Grad im Schatten. Die aus meiner neuen Klasse reißen Witze über ihn, nach dem Motto: Bevor Hermann auf seine Alte steigt, muss er sich ein Loch in den Blaumann schneiden. Gut, dass ich nicht weiß, was für Witze sie über mich machen.

Am Waschbecken drehe ich den Hahn auf und schütte mir mit beiden Händen kaltes Wasser ins Gesicht. Kann mich zwingen, nicht an einen See oder das Meer zu denken. Im Spiegel blickt mich ein Gesicht an, das unmöglich mir gehören kann.

Bin ich das?

Da, wo vorhin noch die Inseln schwammen, ist alles rot und geschwollen und wund.

Ein Meer aus Verletzungen auf meiner Haut.

*Meine Lebensinsel hat Löcher und Hochwasser und erwartet einen Tsunami.*

Da leider kein anderes Gesicht zur Auswahl steht, nehme ich meines mit nach draußen. Laufe mit meinem wunden Gesicht wie über Nägel. Meine Füße sind nicht tot, aber sie wären es gerne.

Spähe wie ein verwundeter Indianer um die Ecke. Hermann steht vor dem Schwarzen Brett und studiert die Aushänge. Sein Körper ist ein wenig vorgebeugt, so, als wolle er sich nach etwas bücken, aber da liegt nichts. Ein paar Mücken schwirren um seinen Kopf. Höre die Mücken, aber Hermann scheinen sie nicht sonderlich zu stören. Der Typ hat Nerven (ist einiges gewöhnt). Ich bin auch einiges gewöhnt, aber meine Nerven liegen trotzdem blank. Aber ich kann sie schonen, muss keine Ausrede erfinden, schleiche einfach in einiger Entfernung an Hermann vorbei.

*Spaghetti, das schaffst du.*

Ja, das schaffe ich spielend. Schiebe mich vorwärts und halte mir dabei das brennende Gesicht. Merke erst an der frischen Luft, wie froh ich bin, aus diesem Käfig rauszukommen.

Luft.

Luft wie am Meer. Und alles bunt. Die Sonne und die Bäume und der ganze Rest, alles bunt, aber verschwommen. Nicht gerade Mallorca, denke ich, aber auch ganz schön. Renne über den Schulhof und wundere mich, weil er mir viel größer vorkommt als sonst. Renne mit meinen kaputten Füßen, so gut es eben geht. Denke kurz an Mutter und ihre Flaschenfreunde.

Nein, mir ist grad alles egal.

Renne, atme, renne, atme, renne, atme.

(Ist es das, was Pola »Flow« nennt?)

Stehe etwas unschlüssig vor dem Schulhof und schaue

abwechselnd auf mein altes und mein neues Klassenzimmerfenster. Blanke Scheiben, in denen sich Bäume, Äste, Blätter spiegeln. Nur ein paar Meter trennen die beiden Fenster, aber in Wirklichkeit sind es Lichtjahre. Nie wieder will ich da rein.

Ich laufe bis zur Ecke, weil ich von da die Schule, den Schulhof und die Fenster nicht mehr sehen muss. Rutsche beinah in meinen lächerlichen Riemchensandalen und dem tollen Kleid aus, aber ich fange mich wieder.

Gehe weiter.

Mein Atem flattert wie ein Schmetterling vor mir her, und ich bin ihm mit einem Netz dicht auf den Fersen. Gehe an den parkenden Autos entlang und suche mir (wie so oft) ein Auto aus. Eine Zeit lang haben wir (die Clique) Mercedessterne abgebrochen und gesammelt, aber das ist nicht cool, sondern armselig. Wenn ich mir ein Auto aussuche, dann nur zum Spaß. Suche mir eines aus, das ich mit achtzehn besitzen möchte (spule die Zeit etwas vor). Heute fällt meine Wahl auf einen Geländewagen, auf einen schwarzen Honda CR-V. Groß genug, um alle meine Freunde irgendwie unterzubringen und dann mit Vollgas ans Meer zu brettern. Mit dem Geländewagen können wir durch den Sand bis zu den Wellen fahren, dahin, wo die Quallen, die Muscheln und das Treibholz sind.

Ich begreife nicht, warum Sand nur vor einem Meer liegt. Wieso man ihn nicht in den Städten findet. Dann könnte man einfach auf die Straße gehen und sich eine Weile gechillt in die Sonne legen. Wären dann nicht alle

Menschen etwas glücklicher? Wenn ich Sand sehe, werde ich sofort still und bin glücklich. Bin ein Schreibbuddha und ein Zählbuddha und ein Sandbuddha; genau das bin ich eigentlich, in meinem Innersten, aber weil ich immer so ausflippe, merkt das keiner. Klare Sache: Wenn ich mich nach Sand sehne, habe ich nur eine Wahl: Ich vergesse mein Alter und laufe zum Spielplatz. Dauert nur fünf Minuten, und dann bin ich da und mutterseelenallein, niemand spielt oder steht sinnlos in der Gegend rum. Nicht beobachtet zu werden, ist gerade das Beste überhaupt. Erleichtert klettere ich aufs Piratenboot und steche in See.

Meine Hände klammern sich fest um das Steuerrad.

Ich bin der Kapitän hier.

Mein Schiff ist aus Holz, und das Steuerrad ist auch aus Holz, aber weil mein Herz nicht aus Holz ist, laufen mir ein paar Tränen die Wangen runter. Das Salz schmerzt in meinen Inselwunden (so stelle ich mir Messerstiche vor). Wenn das Schiff ein echtes Schiff wäre, wäre der Sand das Meer. Ich schaue runter: kein Meer, nicht mal ein klitzekleines Bächlein. Sand, Sand und nochmals Sand. Sand wie in einer Wüste und ich frage mich, warum man den nicht essen kann. Das hab ich nun davon, dass ich Mutters Pommesgeld in Wimperntusche umgesetzt habe. Schöne Wimpern machen heute genauso wenig satt wie gestern. Ich habe so einen erbärmlichen Hunger, dass ich wieder vom Boot runtersteige und die beiden Abfalleimer nach etwas Essbarem durchsuche. Stecke meine Hände in den Müll und wühle ein bisschen herum. Bevor ich mich in Grund und Boden schäme, sage ich mir, dass das nichts anderes als das

Flaschensammeln ist: Mundraub für Arme oder der letzte Strohhalm. Finde nichts, nur ein halb leeres Babygläschen (Möhre mit Banane).

Bäh!

Ich werfe das Gläschen in den Eimer zurück und klettere zurück aufs Piratenboot. Einmal ein wirklicher Kapitän sein und über alle Weltmeere schippern. Lenny hat erzählt, dass von Warnemünde aus Kreuzfahrtschiffe in See stechen und dass das immer ein Heidenspektakel mit lauter Musik und Winkewinke ist.

*Lenny, Lenny, Lenny.*

Frage mich, wo er wohl steckt und was er über die Freeman-Sache denkt. Ich meine, er hat sich stundenlang frei erfundene Geschichten über einen Menschen angehört, den es gar nicht gibt. Frage mich auch, ob Mutter auf mich wartet und was sie gegen den Durst macht. Denke vor allem an Pola. An Pola, die nicht aufgibt. An Pola, die mir gerade wieder eine SMS schreibt.

Spaghetti, alles okay bei dir? Hab überall nach dir gesucht, dich aber nirgends gefunden. Hoffe, Lenny hat sich entschuldigt. Bin neugierig und komme nach den Hausaufgaben und dem Yoga bei dir vorbei (war ewig nicht bei dir). Freu mich und lieb dich mehr als alles andere auf der Welt! Kuss!

Kann mich nicht wehren, meine Beine geben von selbst nach, und ich sacke ein bisschen zusammen. Das geht gar nicht, dass Pola zu mir nach Hause kommt. Wenn sie das wirklich macht, wenn sie das wirklich wagt, bin ich verloren, denn dann läuft sie Mutter in die (versoffenen) Arme. Kann mir lebhaft vorstellen, welches Bild Mutter in ihrem dreckigen Snoopyshirt und mit dem Riesendurst abgibt. Herrje, wird sie verzweifelt sein, so ganz ohne Flaschenfreund im Haus.

Wenn man vom Teufel spricht:

Bring Bier Zigaretten und Sekt mit gibt was zu feiern!!!!!

Ein neues Meer aus Ausrufezeichen!!!!!

Ansonsten alles beim Alten. Alkohol und Zigaretten, Mutters Grundnahrungsmittel. Von richtigen Lebensmitteln wieder keine Rede. An die letzte warme Mahlzeit, die es zu Hause gegeben hat, kann ich mich nicht mehr erinnern. Wenn ich nicht ständig bei Katinka mitessen dürfte, wäre ich sicher nur noch Haut und Knochen, und dann würden mich alle Spaghettini nennen. Okay, das mit gestern war nicht Mutters, sondern mein Fehler, hätte mir Pommes oder sonst was Essbares und nicht die Wimperntusche kaufen sollen. Lese Mutters SMS fünfmal, während der Sand unter mir immer mehr verschwimmt. Frage mich, ob ich der Idiot der Nation bin und für Mutter Putze und Dienstmädchen in einer Person (konnte Petra Erle in die Zukunft sehen?).

Ein Versprechen darf man nicht brechen.

Ich antworte Mutter:

Was ist mit Essen? Ich hab Hunger.
Ich kauf ein und koch uns was, okay?

Und da kommt lange keine Antwort, und ich merke, wie ich wütend werde. Das Piratenboot schaukelt wie bei extrem hohem Wellengang. Wütend werden ohne das Riffeispray in der Tasche ist nicht die allerbeste Idee und macht mir extreme Angst. Die Wolken fliegen am Himmel entlang, als säßen sie auf einer unsichtbaren Rutsche. Kann den Horizont nicht mehr erkennen. Wenn ich nicht gleich an etwas Schönes denke, kippe ich vom Boot.

Bilde ich mir das nur ein, oder sacke ich weiter und weiter zusammen?

Komischerweise fällt mir der schöne Mund von Joe als Erstes ein. Ein Mund, den man küssen muss, selbst dann, wenn man unter einer ausgeprägten Kussscham leidet. Ein Mund, der einen vielleicht von ganz allein küsst. Ein Mund, der einem die ganze Arbeit abnimmt. Ein Mund ...

Will mir gerade ein neues, schönes Bild basteln, als zwei Gestalten näher kommen. Nicht Lenny und nicht Simone und auch nicht Joe, sondern eine Frau in einem gelben und ein Mädchen in einem pinkfarbenen Kleid. Sie scheinen ganz versunken in ihrer eigenen, heilen Welt.

Ich rapple mich auf (bin schließlich der Kapitän).

Gelbkleidfrau und Pinkkleidmädchen halten Händchen und spielen gedankenverloren irgendein Hüpfspiel. Irgendwann sehen sie mich. Die Mutter lässt die Tochterhand los und legt stattdessen eine Hand auf den Mädchenkopf. Die Mutterhand liegt auf dem Mädchenkopf wie eine Mütze, beide glotzen mich mit aufgerissenen Augen an. Ich lasse mich nicht ablenken, steuere weiter das Schiff, führe es sicher übers Sandmeer. Höre, wie die Mutter zu dem Mädchen sagt, dass ich viel zu alt für den Spielplatz bin und hier nichts mehr verloren habe. »Sei so gut und pass ein bisschen auf, wo du hintrittst, ja? Am besten, du setzt dich erst mal in den Sand.«

Was denkt die?

Dass ich den Spielplatz mit Scherben oder Spritzen oder so einem Zeug präpariert habe? Seh ich aus wie ein Borderliner oder ein Junkie? Vor Schreck sacke ich wieder zusammen und schließe die Augen. Eben war ich noch der Kapitän, jetzt bin ich nur noch blinder Passagier.

Ich habe Zeit und lasse diesen grandiosen Tag Revue passieren: Lenny hat endgültig mit mir Schluss gemacht und als Grund dafür seine Eltern und meine Mutter genannt. Habe Mathe geschwänzt und den halben Tag auf dem Klo Kohldampf geschoben und mir nebenbei das Gesicht zerkratzt. Und nun kommt diese Gelbkleidfrau und will, dass ich von hier verschwinde?

Ist die Welt eigentlich schon immer so ein beschissener Ort gewesen?

Ich öffne die Augen wieder.

Weil Angriff die beste Verteidigung ist, richte ich mich auf und erzähle den beiden ungefragt und mit etwas zu hoher Stimme, dass ich jemanden suche. Aus den Achselhöhlen laufen mir Schweißtropfen den Rücken hinunter. Ein alter Mann, der seinen Dackel spazieren führt, bleibt kurz stehen, schüttelt den Kopf und verschwindet.

Mittlerweile sitzt die Gelbkleidmutter auf der Bank neben den Schaukeln und zupft verlegen an ihrem Sonnenkleid herum. Bin nicht blöd, kann mir denken, wie schlimm mein Gesicht nach der Kratzaktion aussieht und wie heruntergekommen ich insgesamt wirke, aber deshalb sehe ich noch lange nicht wie eine Obdachlose aus. Die Gelbkleidmutter lässt ihr Pinkkleidmädchen nicht eine Sekunde aus den Augen. Zu meiner Suchaussage sagt sie nichts, kein Wort. Sie schaut mich nicht mal an. Das Pinkkleidmädchen sitzt (wie befohlen) im Sand, weit genug von mir entfernt, und baut eine Burg mit drei schiefen Türmen.

»Wen suchst du denn?«, fragt es nach einem kurzen Blick zur Gelbkleidmutter.

Krampfhaft suche ich nach einer halbwegs plausiblen Antwort. Gute Frage, wen suche ich eigentlich? Ich suche Lenny, aber ich will ihm auch nicht begegnen (werde ich schizo?). Das kann ich dem Mädchen nicht sagen. Was ich sagen könnte: Ich suche meinen Hund, suche meine Katze, suche meinen Wellensittich (der ist auf und davon geflogen). Ich suche mein Mathebuch, meinen Ohrring, meine Butterbrotdose. Aber ich sage nichts, weil ich nicht auch noch rot werden will.

»Warum suchst du hier?« Das Pinkkleidmädchen lässt nicht locker.

Ja, warum suche ich hier, auch eine gute Frage. Vermutlich, weil ich gehofft habe, dass mich hier niemand findet.

Aber ausgesprochen klingt das nach: Die Bullen sind

hinter mir her. Weil ich wieder nichts antworte, verliert das Pinkkleidmädchen das Interesse an mir und baut an der Sandburg weiter. Nach einer angemessenen Schweigezeit erzählt es der Gelbkleidmutter (und mir?), dass es in der Schule die Buchstaben »K« und »L« gelernt hat.

»Das L ist ganz einfach, Mama, man muss nicht mal den Stift absetzen, man kann es in einem durchmalen, siehst du, so macht man das.«

Mit dem Zeigefinger malt sie ein großes und ein kleines L in den Sand.

L wie Lenny.

*Lenny, Lenny, Lenny.*

Fehlt nur noch, dass das Pinkkleidmädchen die Sandburg platthaut und lauter L's in den Sand schreibt.

»Ja, aber das K ist auch ein toller Buchstabe. Denk nur an Konrad, und dein Opa heißt Karl.«

Die Gelbkleidmutter guckt zu mir, und ich schaue in den Himmel. Die Sonne ist fast komplett verschwunden, und es bilden sich immer mehr Wolken, die alle wie bescheuert über die Rutsche fliegen. Farblich passt der Himmel hervorragend zum dunkelgrauen Straßenasphalt.

Ich hätte große Lust, der Gelbkleidmutter das böse Maul zu stopfen, aber das geht natürlich nicht, weil das Pinkkleidmädchen im Sand spielt und alles mitbekommt. Das geht vor allem deshalb nicht, weil das Pinkkleidmädchen dann ein Leben lang mit Furcht und Schrecken an mich denkt und ich ihr Trauma bin. Nichts möchte ich weniger als das. Viel lieber möchte ich mich zu dem Pinkkleidmädchen in den Sand setzen und einen hohen, geraden Sandburgenturm bauen. Einen so hohen Turm, dass das Mädchen aus dem Staunen nicht mehr herauskommt und der bösen Gelbkleidmutter zuruft: »Guck mal, sie baut in den Himmel!«

Ich streiche die Segel.

Richte mich mit Mühe auf und springe vom Piratenschiff. Der Sand knirscht unter meinen Sohlen. In den engen Sandalen schmerzen meine Zehen, als würde jemand von außen gegen sie drücken, die ganze Zeit, mit voller Wucht. Einen Moment lang beiße ich mir auf die Zunge, damit ich nicht irgendetwas sage, das ich später bereue. Das Pinkkleidmädchen sieht verwundert von seiner Sandburg auf, und ich lächele es an, als Zeichen dafür, dass es keine Angst vor mir zu haben braucht. Das Pinkkleidmädchen kann schließlich nichts für seine Mutter, denke ich. Dieser Gedanke gefällt mir so sehr, dass ich dem Pinkkleidmädchen »Tschüss« sage und (Überschwang der Gefühle) der Gelbkleidmutter auch. Das überrascht nun auch die Sonne so sehr, dass sie sich gleich verabschiedet. Das letzte Restchen von ihr taucht hinter einer grauen Wolke ab, die so groß ist, dass die ganze Stadt ohne Probleme hinter ihr verschwinden könnte. Das war es wohl für heute mit dem Sonnenschein.

Stehe wieder auf der Straße. Sehe, wie das Pinkkleidmädchen mit lautem Indianer-Gebrüll das Piratenschiff entert. Die Gelbkleidmutter erhebt sich von der Bank und gibt der leeren Schaukel ordentlich Schwung. Nur ich stehe da, mit meinen halb toten Zehen und dem

Loch im Magen. Kann unmöglich nach Hause. Bevor ich nach Hause zurückkehren könnte, müsste ich vorher zum alten Erich und die Sachen auf Pump besorgen, und das geht auf keinen Fall. Ich meine, »fast hundert«, da kann ich nicht schon wieder ohne Geld aufkreuzen. Auch die Geduld vom alten Erich hat mal ein Ende.

Ich kann auch morgen nicht in die Schule und Lenny treffen.

Ich kann nie wieder in die Schule.

Eigentlich kann ich mir gleich einen Strick nehmen.

# Vierundzwanzig

Wie macht man das, sich einen Strick nehmen? Nehme einen Stock und male ein Galgenmännchen in die Erde. Das Galgenmännchen ist ein Mädchen, es hat Brüste und langes Spaghettihaar. Ich trample auf dem Galgenmädchen herum, bis es kaum noch zu erkennen ist. Okay, das war nichts, aber ich könnte da vorne auf den Zaun klettern und dort hängen bleiben, bis ich von alleine wieder herunterfalle. Laufe weiter. Und während ich weiterlaufe, stelle ich mir vor, wie der liebe Gott für mich die Zeit um zehn Monate zurückdreht. Minus zehn Monate und alle sitzen im Park und warten auf mich, auf das Geburtstagskind. Pola und Netti und Nina und Dirk und (vor allem) Lenny. Lenny sagt kein Wort, weil er megaaufgeregt ist. Ja, das stelle ich mir vor, und dann gehe ich noch einen Schritt weiter, wiederhole in Gedanken meine legendäre Geburtstagsnacht, schicke die anderen ins Freibad, lasse sie schwimmen, bis die Bullen kommen, nur Lenny und ich bleiben übrig. Lenny und ich, wir küssen uns (spielend). Auch wenn ich weiß, dass sich das (theoretisch) nicht gehört, gehe ich einen Schritt weiter, immerhin kenne ich Lenny schon so lange, dass das irgendwie in Ordnung ist.

Keine Ahnung, *wie* weit wir gehen, muss entscheiden, wo ich hinwill mit mir, kann ja nicht ewig wie Falschgeld die Straße auf und ab laufen, hässliche Dinge in die unschuldige Erde zeichnen und mir schmutzige Sachen vorstellen.

Okay, besonders viele Ziele kommen nicht infrage. Immer wenn ich nicht mehr weiß, wohin mit mir, zieht es mich entweder zu Pola, in den Keller oder in den Park. Pola fällt aus. Ich meine, sie ist meine alleraller-beste Freundin, aber Dirk ist auch der allerbeste Freund von Lenny. Meine Kussscham bleibt für Pola ein großes Rätsel, und deshalb schäme ich mich auch ein klein wenig vor ihr. Ich will mich nicht schämen, nicht mal mehr für eine Million. Den Keller erwische ich nie allein, die Postkartentür ist ja immer schon da, ich liebe sie über alles, aber nicht heute. Die Welt ist ein Haufen Dreck, den will ich mir nicht auch noch die ganze Zeit angucken müssen.

Brauche Frischluft, also ab in den Park. Der Weg zum Park führt links am Krankenhaus und dem Sportplatz vorbei, der alte Erich könnte mich nur mit dem Fernglas erkennen, aber für solche Spielchen hat er nie Zeit. Alkoholiker und kaputte Typen gibt es wie Sand am Meer. Aus der Ferne sehe ich eins, zwei, drei, vier, fünf Flaschenfreundverzehrer. Pfui Teufel. Ich suche das Weite, schnell, erst am Sportplatz fühle ich mich halbwegs sicher. Bleibe stehen, muss dringend verschnaufen und mal …

Luft holen.

Kein Ort ohne Erinnerung. Seltsamerweise passt verdammt viel in meinen kleinen Kopf, ich meine, da stecken ja unendlich viele Leute und Orte und Geschichten und Songtexte und was-weiß-ich-noch-was-alles-drin. Da wundert es mich echt, dass manche Menschen neunzig oder älter werden und einen *normalen* Kopf mit ins Grab nehmen. Eigentlich müssten alte Köpfe doch riesig groß sein. Oder haben die alle ein Saugrohr, auf das Verlass ist? Meines scheint endgültig den Geist aufgegeben zu haben, kann ich aber irgendwie gut verstehen.

In einer kleinen Ecke meines Kopfes sitzt der Sportplatz, und der ist eng verknüpft mit Dirk und Lenny (Lenny ist immer mit irgendwas verknüpft, verhext). Auf dem Sportplatz findet jedes Jahr das Sommerfest der Turngemeinde statt, und die letzten Jahre waren wir immer mit der ganzen Clique da. Bratwürstchen, Freibier, Tombola. Weiß der Geier, wie es in diesem Jahr sein wird und ob überhaupt. Die Gedanken an eine Zukunft ohne meine Clique machen mich fast verrückt.

Sehe, wie ein einsamer Mann in kurzen, weißen Shorts seine Runden um den Platz dreht. Kann ein Lächeln auf seinem Gesicht erkennen, hat offensichtlich tierisch viel Spaß bei der Quälerei.

Damit man in den Park darf, muss man an der Kasse Eintritt zahlen, aber ich komme umsonst rein. Das Amt spendiert armen Kindern wie mir eine Jahreskarte. Mit der Jahreskarte darf ich in den Sommerferien auch kostenlos ins Freibad und eine ganze Menge mehr für den halben Eintrittspreis (in den Zoo, die Museen usw.). Meine Freunde wissen nicht, dass ich diese Karte besitze, ich zeige sie nie vor, wenn jemand dabei ist. Gibt es etwas Peinlicheres als Freikarten vom Amt? Never. Dagegen sind selbst rosafarbene Nike-Turnschuhe mit fremden Unterschriften kein großes Ding.

Eintritt zahlen ist in meiner Clique schon lange out (aber so was von). Die anderen klettern über Zäune oder durch Löcher, und ich klettere eben mit.

Jetzt bin ich allein, und deshalb hole ich den Ausweis aus meiner Geldbörse, halte meinen Freifahrtschein hoch, und die Frau am Schalter nickt mich durch. Sie zuckt nicht mal mit der Wimper, als sie meine schlimme Haut sieht. Wahrscheinlich denken bei meinem Anblick alle, ich sei überfallen und ausgeraubt worden.

Habe fast vergessen, wie schön es allein im Park ist. Wie fein ich hier laufen und frei atmen kann. Ich kann sogar kurz vor mich hin lächeln.

Ein Meer aus Erinnerungen.

Im Park habe ich meine Geburtstage mit der Clique gefeiert, fast alle meine Bücher gelesen und mit Pola über Gott und die Welt gequatscht. Hier hat es richtig gefunkt zwischen Lenny und mir, und hier haben wir auch »unser« legendäres Bett gebaut. Der Park ist mein Freund (in guten wie in schlechten Tagen). Setze mich auf die Steine an den See, unter mir verschwimmen die Seerosen. Ich höre die Enten schnattern (sie sind unglaublich laut). Denke nicht an Lenny oder das riesige Loch in meinem Magen, ich denke an den Speedy-Gonzales-Buddha in unserem Hausflur, an Love-Peace-and-Happiness. Frage mich, warum ich nie so buddha-relaxt sein kann. Fünf Minuten stillsitzen sind eine echt harte Nuss für mich. Und weil das so ist, laufe ich schon weiter und höre die Enten nicht mehr und sehe auch den See nicht mehr.

Weiter, immer weiter.

Und das Atmen nicht vergessen.

Japsend umkreise ich mehrmals die große Wiese, und niemanden interessiert es. Es guckt keiner, und weil keiner guckt, kann ich mich ungeniert umschauen. Die Leute liegen im Gras und suchen den grauen Himmel nach Sonnenstrahlen ab, denen ist meine Haut aber so was von schnuppe. Die haben nur Angst, dass ihnen der Wettergott einen Strich durch den schönen Tag macht. Probleme gibt's.

Weiß nicht recht, wohin mit mir. Ich meine, viele Wiesenrunden kann ich bei meiner Müdigkeit nicht mehr drehen, und irgendwann fällt es auch auf. Bin (glaube ich) schon achtmal um die ganze Wiese rum, und weil alle anderen liegen und nur ich laufe, geht das nicht mehr lange gut. Zum Glück gibt es im Park mehr Attraktionen als diese Wiese. Zum Beispiel das Pflanzenhaus, tropisch heiß und mit massenhaft frei herumfliegenden Vögeln. Oder der Tennisplatz, auf dem meistens ältere, braun gebrannte Frauen in kurzen, weißen Shorts gegen andere ältere, braun gebrannte Frauen in kurzen, weißen Shorts eine Partie spielen. Ist tatsächlich so. Es gibt aber auch jede Menge Papageienkäfige, die für mich tabu sind, weil dort immer haufenweise frisches Obst und Nüsse zwischen den Gitterstäben hängen (so weit kommt es noch, dass ich den Papageien ihr Futter klaue). Viele Spielplätze und einer davon mit einer echten Kletterwand und einem Goldwäscher-Bach. Klar, dass die Kinder hier denken, sie wären im Wilden Westen. Ich spiele zwar nicht mehr Cowboy oder Indianer, hänge aber manchmal an der Kletterwand. Wenn ich bis ganz oben komme und da hänge und runtergucke, glaube ich, dass ich alles erreichen kann auf der Welt. Eine Heldin sein zum Beispiel. Reich und berühmt. Eine Heldin, die Bücher schreibt, die die Welt zu einem besseren Ort machen. Da oben denke ich auch pausenlos an fremde Länder, in denen ich später leben werde, und an Häuser, die zwischen einem Meer und hohen Bergen liegen und in denen ich wohne und aus einem großen Fenster hinausschaue in die Welt.

Das alles schafft die Kletterwand mit links.

Egal, wie viele Attraktionen der Park zu bieten hat, ich mag am liebsten die Bäume. Weil Bäume eine Wurzel und eine Krone haben. Das hat große Ähnlichkeit mit einem Haus, das zwischen einem Meer und hohen Bergen liegt. Wenn ich einen Baum umarme, denke ich, alles wird gut, obwohl ich ja weiß, dass nie alles gut wird, dass nach dem Bäume-Umarmen alles wie vorher auch ist. Im Park gibt es allerhand exotische Bäume, und unter jedem einzelnen befindet sich eine Schautafel mit den Infos, welchen Baum man da vor sich hat, wo er ursprünglich herkommt, was er mag und was nicht. Weil mir das Amt bereits seit fünf Jahren die Karte für den Park spendiert, kenne ich alle Schautafeln auswendig. Wenn es nicht mein großer Wunsch wäre, Schriftstellerin zu werden, würde ich sicher eine prima Biologin abgeben. Pola sagt, es ist immer gut, neben einem Plan A auch einen Plan B zu haben.

Yes, den habe ich.

Irgendwann lande ich immer vor dem mächtigen Ahorn, der am Rande der großen Wiese vor den Rhododendronbüschen steht (eine Augenweide). Der mächtige Ahorn trägt seine Blätter mit ganz viel Stolz, und als ich das sehe, weiß ich, dass ich heute da raufmuss.

*Do what you love.*

An *do what you love* ist noch lange nicht zu denken. Nur weil bei mir alles verrückt ist, müssen die anderen das noch lange nicht verstehen. Die anderen sind ziemlich viele Menschen, die nach wie vor auf den Bänken sitzen oder auf der Wiese liegen, während ich den Ahorn zur Begrüßung kurz umarme. Die anderen, das sind auch drei kleine Jungs, die auf dem Bolzplatz in weißroten Trikots Fußball spielen und abwechselnd »Scheiße« und »Tor« brüllen. Macht keinen Sinn, solange die zugucken, kann ich nicht da rauf. Muss warten, bis der Park leerer ist.

Ich habe Zeit.

Könnte mir im Rasen ein tiefes Loch buddeln und mich hineinlegen und die Erde über mir zu einem kleinen Hügel zusammenschieben. Dann trampeln mir alle auf dem Kopf rum und wissen es nicht mal. Nein, ich buddle nicht, sitze auf einer Bank und habe sowohl den Ahorn als auch die Wolkendecke fest im Blick. Wie auf einem Aussichtsturm am Meer, denke ich, nur ist das Meer hier aus Gras. Höre Vogelgezwitscher, höre Mücken, höre, wie das Gras wächst.

Mein Kopf hat ein Loch, mein Zimmerdeckensaugrohr muss mir heimlich gefolgt sein. Das Rohr hat ordentlich zu tun, aber es saugt brav alles auf, bis mein Kopf leer ist.

Der leere Kopf sackt auf meine Brust und bleibt da liegen.

Mein Handy klingelt.

Eine SMS von Joe (who the fuck is Joe?).

Gehen wir mal ins Kino? Joe

Ach, DER Joe. Der »Ich-sitze-seit-Neustem-auf-deinem-alten-Platz-Joe«.

Bin wütend auf meine Clique, weil irgendjemand einfach so meine Nummer weitergegeben hat.

Joe ist nicht Lenny.

Und ins Kino gehe ich auch nie mehr.

Ein Handgriff und mein Handy hält seine Schnauze.

Am Himmel braut sich ein echtes Spektakel zusammen. Von meinem Aussichtsturm aus betrachte ich die Wolken, wie sie übereinander herfallen, miteinander tanzen und Trampolin springen. Die Vögel fliegen wild durch die Luft. Als hätten sie vergessen, wie man sich in so einem Fall verhält. Ich habe (ehrlich gesagt) auch keine Ahnung. Plötzlich, wie auf ein geheimes Kommando hin, rennen all die Menschen und auch die Fußballtrikotjungs in Richtung Ausgang. Alle fliehen, und weil alle so hektisch fliehen, suche ich den Himmel nach einem Ufo ab. Ein Ufo landet auf der Wiese, und die Türen öffnen sich, und der Riffei steigt aus, kommt direkt auf mich zu und verkündet stolz, dass er einen Arzt für meine Haut gefunden hat und ihn gleich mitgebracht hat. Kurz darauf steigt der Hautarzt ebenfalls aus und übergibt mir statt irgendwelcher Medikamente ein Paar wundervolle Schuhe (echte Simone-Schuhe). Bevor ich in Jubel ausbrechen kann, gibt sich nun auch Superman endlich die Ehre (er war an Bord des Ufos). Superman überreicht mir mit sichtbar schlechtem Gewissen die bestellten Pommes und das Eis und die unendlich vielen Nutellabrötchen. Nur schade, dass das all die Leute nicht mitkriegen, wirklich schade.

Als der Himmel eine dichte, grauschwarze Wolkendecke ist und aussieht, als hätte jemand eine vierspurige Autobahn genommen und verkehrt herum dort oben angeklebt, ist der Park endlich menschenleer. Wenn Mutter wüsste, dass es das gibt, einen einsamen, sicheren Ort außerhalb ihrer Wohnung, würde sie vielleicht mal wieder rausgehen.

Mit den schönen, aber engen Sandalen komme ich im Leben nicht auf den Ahorn. Ich versuche es gar nicht erst, sondern ziehe sie aus und lege sie neben die Baumwurzeln ins hohe Gras. Meine Füße sehen aus, als hätte jemand ziemlich lange mit einem Hammer draufgehauen. Mein rechter dicker Zeh blutet sogar. Egal, ich will da rauf!

Und ich klettere da rauf.

Aschenputtel alias Spaghetti klettert auf den mächtigsten Ahorn im ganzen Park. Elf Meter Höhe, schätze ich, wahrscheinlich mehr. Die Hälfte schaffe ich locker (Kinderspiel), und dann genieße ich von irgendeinem Ast die tolle Aussicht.

Mich können alle mal kreuzweise!

Meine Nägel graben sich tief in die Baumrinde, und ich töte unabsichtlich eine Ameise. Ein klitzekleiner Blutmatschfleck, der unter meinem Daumennagel klebt. Als Kind habe ich Schnecken und Marienkäfer und so Zeugs gegessen.

Ich habe auch geklaut.

Ich war ein wirklich böses, böses Mädchen und habe wahllos alles geklaut, was mir zwischen die Finger gekommen ist: Im Supermarkt Schokoriegel und gesalzene Erdnüsse, in der Drogerie Wimperntusche und beim Obsthändler um die Ecke rote Paprika und Bananen und Weintrauben. Einmal war ich nicht nur böse, sondern ein echter Teufel. Ich habe einer alten Dame auf dem Friedhof die Handtasche gestohlen. Habe vorher eine halbe Ewigkeit im Gebüsch gehockt und darauf gewartet, dass sie sich endlich umdreht und Wasser für die Blumen holt. Irgendwann ist sie losgegangen, und ich habe gehört, wie sie mit sich selbst (oder einem Toten) geredet hat. Als ihre Stimme leise genug war und ich sie nicht mehr sehen konnte, bin ich blitzschnell aus meinem Versteck gesprungen, habe mir die Tasche geschnappt und bin damit über alle Berge.

Meine Beute: jede Menge wertlose Papiere (Name: Hannelore), ein Haufen Geldscheine und ein in Alufolie eingepacktes Stück Marmorkuchen. Mit der Tasche im Schoß habe ich auf einem Maisfeld gehockt, die Geldscheine gezählt und den Kuchen gegessen.

Das war echt mies von mir.

Das war so mies von mir, dass ich das niemals mehr gutmachen kann, nicht mal dann, wenn ich eine weltberühmte Heldin werde und einen Haufen Geld zurückzahle und noch mehr spende.

Es gibt Dinge, die werden wirklich nie mehr gut.

Langsam atme ich mich hoch, über vier dünne und zwei dicke Äste und durch jede Menge Blätter hindurch. Die ersten Tropfen fallen, das heißt, sie kippen förmlich aus dem Himmel. Meine nackten Füße streifen die harte Baumrinde, und ich halte mehrmals inne, weil ich denke, das schaffe ich doch nicht da hoch. Dann aber nehme ich tiefe Atemzüge, und bei jedem Atemzug zähle ich bis vier, so komme ich gut voran.

Ich, Spaghetti, bin eine echte Heldin, weil nur wahre Helden in Baumkronen sitzen und alles, die ganze Stadt, überblicken. Ich pflücke kleine Blätter, die ich in hohem Bogen durch die Luft werfe. Pflücke die Blätter tot, weil ich nicht heulen will, nicht wegen meiner blutigen Füße und des leeren Magens und Lenny und Mutter und nicht mal wegen Hannelore. Ich habe Hannelore nicht nur die Rente für einen Monat, sondern auch den Glauben an die Menschheit weggenommen.

Das Leben ist ein Haufen Scheiße, und ich bin schuld.

Will auch ein Blatt sein und einfach so runterfallen, aber nie unten ankommen. Keine Ahnung, wie man das anstellt, und solange ich das nicht weiß, springe ich nicht.

Alleinsein ist wie auf einem anderen Planeten wohnen.

Ich bin alleine auf einem anderen Planeten, aber selbst vom Weltall aus betrachtet bleibt der Ahorn verdammt hoch. Und alles da unten sieht echt winzig klein aus. In der Ferne erkenne ich den verlassenen Zehner im Freibad, von dem die Jungs springen, wenn wir Mädchen in unseren Bikinis am Beckenrand sitzen und wie bescheuert applaudieren. Als würden sie durch brennende Reifen springen oder wilde Löwen einfangen. Eigentlich ziemlich lächerlich, aber es macht tierisch viel Spaß. Später, nach ihren Heldentaten, liegen wir dann gemeinsam rum und trocknen in der Sonne. Trinken Bier, hören Musik und beobachten heimlich, wie Dirk mit Pola rumknutscht.

Das war schön, aber das war einmal.

Die Früchte des Ahorns eignen sich hervorragend zum Basteln. Wenn sie noch grün sind, kann man sie auf die Nase setzen und Nashorn spielen. Als Kind habe ich tatsächlich Nashorn gespielt. Damals waren wir noch eine richtige Nashornfamilie mit einem Nashornpapa, einer Nashornmutter und einem Nashornkind. Vater hat auf Ibiza längst eine neue Familie (Stella I und Stella II). Vielleicht ist seine neue Familie eine Bärenfamilie, weil Vater Bären schon immer lieber mochte als Nashörner.

Ich schaue auf die Wiese runter und denke an gestern und an die Großfamilie und ihr Grillfest. Vater und Mutter werde ich unter Garantie nie wieder zusammen an einen Tisch bekommen.

Erschöpft liegen die Baumblätter am Boden und rühren sich nicht mehr. Ich überlege, was passieren würde, wenn ich da runterspringe, ob ich dann nur halb tot oder richtig tot wäre. Ich meine, das ist schließlich ein gewaltiger Unterschied.

Ich springe nicht, sitze nur still da.

Nehme mir vor, ewig sitzen zu bleiben, mal sehen, wie lange ich das durchhalte. Es hat schon Menschen gegeben, die wochenlang irgendwo saßen und gegen irgendetwas protestiert haben.

Einundzwanzig Uhr und ich habe einen Bärenhunger. Muss dringend meinen Magen ablenken, bevor der noch völlig durchdreht. Könnte die Blätter am Boden zählen, aber dafür sind sie zu weit entfernt. Ich denke an Flügel und schaue zu einer Wolke, die aussieht wie ein wunderbar saftiger Muffin mit ordentlich viel Sahne drauf.

# FÜNFUNDZWANZIG

Zweiundzwanzig Uhr, der Mond ist aufgegangen.

Der Baum ist mein Zuhause geworden. Ich fühle mich wie ein komischer Vogel, der genau da sitzt, wo er hingehört (irre).

Ich komischer Vogel sitze schon so lange hier, dass ich völlig vergessen habe, wie es sich da unten auf der Erde anfühlt. Wie es ist, Füße zu haben, die man auf den Boden drückt und wieder anhebt und abrollt und die man in Schuhe packt, damit sie nicht nass oder schmutzig werden.

Was mich echt nervt: Die Idylle meines neuen Zuhauses wird gleich von zwei Seiten bedroht. Von oben regnet es. Es regnet, als wäre die Bibelgeschichte mit der Sintflut nicht bloß ein Ammenmärchen. Mich jedenfalls würde es nicht sonderlich verwundern, wenn gleich die Arche Noah vorbeigeschippert kommt, aber mal ehrlich: Mich nehmen die eher nicht mit (so, wie ich aussehe). Egal, von unten brüllen mir Pola, Katinka, Mutter und eine Frau, die Petra Licht alias Petra Erle sein könnte, Befehle entgegen. Ich höre und sehe alles, bin mir aber sicher: Es muss sich um eine Fata Morgana handeln. Logisch, wenn man so lange nichts gegessen und nicht mal etwas getrunken hat wie ich, sieht man schon mal Dinge, die es in Wirklichkeit nicht gibt. Das ist normal, so was kommt häufiger vor, als man denkt (habe im Spiegel davon gelesen). Meine Fata Morgana ist so was von unrealistisch, dass ich in die feuchte Baumrinde kichern muss. Meine Fata Morgana besteht aus vier Personen, von denen eine seit Jahren spurlos verschwunden und die andere mindestens genauso lange völlig untergetaucht war (sich versteckt hält).

Die beiden anderen sind Engel.

Die zwei Verschollenen plus die zwei Engel ergeben ein menschliches Kleeblatt, das auf der Wiese steht und mit mir und der Baumkrone schimpft. Ich wünschte, ich hätte eine Kamera dabei. Ich wünschte, ich könnte ein Foto von Mutter schießen, eines, auf dem sie zwischen Gänseblümchen, Grashalmen und Baumwurzeln steht und auf dem sie den Mund aufreißt, als wolle sie die letzten Jahre mit der Frischluft auffressen. Mein Handy ist aus, und ich krieg es nicht mehr an, keine Kraft mehr, also kein Foto.

Nachdem eine gewisse Zeit verstrichen ist, ziehe ich in Erwägung, dass es sich bei dem menschlichen Kleeblatt unter mir doch nicht um eine Fata Morgana handelt. Ich finde, für eine Fata Morgana hält die Erscheinung deutlich zu lange an. Für eine harmlose Erscheinung wird auch viel zu viel geschrien. Noch mehr als die Tatsache, dass Mutter nach all der Zeit ihre Wohnung verlassen hat, überrascht es mich, dass sie von hier oben wie eine ganz gewöhnliche Frau und Mutter aussieht. Etwas zerzaust vielleicht, aber das kann auch am Gewitter liegen.

»Was machst du da oben es regnet und donnert und blitzt komm runter!«

Keine Fata Morgana, Mutter schimpft wie ein Rohrspatz. Soweit ich das erkennen kann, hat sie ihr dreckiges Snoopy-Nachthemd gegen ein ordentliches Blumenkleid getauscht. Sie hat Haare, eine Frisur, Arme und Beine, alles dran an ihr.

Der Regen auf dem Zehner hüpft auf und ab.

Auf der umgedrehten Himmelsautobahn blitzt und donnert es. Die Wolken stehen kilometerlang im Stau.

Ich beobachte, wie Petra Licht auf Mutter einredet. Zu gerne würde ich was verstehen, aber alles, was ich höre, sind die Vögel und der Regen und wie mir das Wasser aus den Spaghettihaaren tropft. Immerhin sehe ich ausgezeichnet. Ich sehe, dass Petra Licht tatsächlich rote Haare hat und rote Schuhe trägt. Beruhigend, dass sich manche Dinge nicht ändern.

Mutter steigt über Äste und Maulwurfshügel und über einen Wasserschlauch, der von hier oben aussieht wie eine gelbe Schlange.

»Du spinnst komm endlich da runter Herrgottnochmal!«

Ich kann die Luft genauso lange anhalten, wie es dauert, bis Mutter einen Satz zu Ende geschrien hat, aber ich kann den Atem nicht so lange anhalten, wie Polas Fußkette bimmelt. Weil sich die Muscheln im Mondlicht widerspiegeln, sieht Polas Fußknöchel aus, als hätte er einen Heiligenschein. Sag ich doch: Engel.

Ich kann die Luft anhalten und schnell bis elf zählen,

aber wenn ich langsam zähle, komme ich nur bis fünf. Die Sache mit meiner Luft ist echt verrückt.

Ich lege meine Stirn an den Baumstamm und atme tief.

Sie haben mich gefunden, also müssen sie mich gesucht haben. Mutter hat ihr »My home is my castle«-Versteck verlassen und den relaxten Buddha kennengelernt. Der Bettler weiß jetzt, dass es zu mir eine passende Mutter gibt. Dass ich kein verwahrlostes Kind bin, das allein in irgendeiner Messihütte rumhängt und sich schon vor dem Frühstück sinnlos betrinkt.

Mutter ist den langen, langen Weg durch den Großstadtdschungel zu mir in den Park gelaufen.

*Mutter, Mutter, Mutter.*

*Lenny, Lenny, Lenny.*

In meinen Ohren ein Meer aus zwei Namen.

Ring frei für die zweite Runde.

Mutter und Petra Licht rufen verzweifelt meinen Namen. Sie rufen Lea, nicht Spaghetti, trotzdem besteht kein Zweifel: Sie meinen mich.

Pola ruft: »Maus.«

Nichts weiter, nur »Maus«. Guckt mich an und obwohl sie so weit entfernt steht, erkenne ich ihre Augen, als wären sie direkt vor meinen.

Hund, Katze, Maus. Wenn ich die Maus bin, ist Pola die Katze und Mutter der Hund. Das denke ich, auch wenn es keinen Sinn ergibt und Petra Licht und Katinka übrig bleiben.

Ich kann dem menschlichen Kleeblatt drohen. Ich kann sagen: »Keinen Schritt weiter, sonst springe ich.«

Das habe ich erst vor Kurzem in einem Film gesehen. Da stand eine Frau, nur mit schwarzer Spitzenunterwäsche bekleidet, auf einem hohen Parkhausdach und hat diesen »Keinen Schritt weiter, sonst springe ich«-Satz so oft wiederholt, bis die Polizei mit Blaulicht ihren Freund vorgefahren hat. Mit Engelszungen hat der Freund auf die Unterwäschefrau eingeredet, bis sie schließlich da runtergekommen ist. Stand weinend vor ihrem Freund, wegen dem sie hatte springen und sterben wollen.

Lenny unter dem Baum kann ich mir nicht vorstellen. Ich glaube auch nicht, dass seine Eltern es zulassen würden, dass er in ein Polizeiauto steigt, von dem sie wüssten, es bringt ihn gleich zu mir. Blaulicht hin, Blaulicht her: Lenny ist auch in dieser Situation unerreichbar für mich.

Sehe auch kein Polizeiauto. Alles, was ich sehe, ist das vierblättrige Kleeblatt da unten und acht Augen, die auf mich gerichtet sind.

Mutter brüllt nichts mehr.

Ich will ihr gern sagen, dass sie sich keine Sorgen machen muss, aber ich kriege keinen Ton heraus. Meine Kehle ist trockener als jede Wüste, ein ausgetrockneter Klumpen Fleisch.

Muss kurz eingenickt sein, sonst könnte ich nicht aufwachen. Mein Kopf lehnt an dem dicken Baumstamm, als wäre er ein weiches Kissen. Ich wache auf, aber meine Füße schlafen weiter oder sind endgültig abgestorben. Ich schwöre: Wenn ich hier jemals wieder runterkomme, dann nur unter der Bedingung, dass ich nagelneue Schuhe bekomme.

»Komm da bitte runter das ist kein Spiel mehr!«

Geht das also wieder los.

»Schrei nicht so«, schreie ich Mutter an.

Irgendwo bellt ein Hund, aber ich sehe keinen. Die nicht abgepflückten Baumblätter lassen ihre Köpfe hängen, während Pola mit ihren nackten Klingelfüßen knietief in einer Wiesenpfütze steht und mir zuwinkt.

»Deine Mom hat recht, Maus, das ist viel zu gefährlich da oben. Bitte komm runter, mir zuliebe.«

Das klingt gar nicht so hübsch wie sonst. Eher verzweifelt, würde ich sagen. Wenn Pola verzweifelt ist, bin ich es auch.

»Okay, ich komme runter, aber nur, wenn ich neue Schuhe bekomme und mit Pola nach Mallorca darf. Schuhe, Mallorca, Schuhe, Mallorca, Schuhe, Mallorca.«

Alles muss man mehrmals sagen.

»Sonst springe ich!«

Pola nickt, und vielleicht weint sie sogar (sie klimpert verdächtig mit den Augen). Bevor Mutter irgendetwas sagen oder sich künstlich aufregen kann, legt Petra Licht beide Arme um sie. Die beiden bewegen sich keinen Millimeter. Katinka, die bisher nur als Statistin in Erscheinung getreten ist, hebt meine zu kleinen Riemchenschuhe vom Boden auf und nickt vor sich hin. Dieser Engel versteht mich immer, und dieser Engel erkennt sicherlich das Blut, das im Schuh klebt. Mutter und Petra Licht flüstern sich gegenseitig eine ganze Menge ins Ohr, jedenfalls dauert es lange, bis sie fertig sind damit. Ganz leise höre ich Polas Fußkettchen bimmeln, etwas dumpfer als sonst, liegt wohl an der nassen Erde und dem ganzen scheiß Regen.

Katinka hält meine Schuhe, als wären sie zerbrechlich oder so.

»Genau, neue Schuhe und Ferien auf Mallorca, und barfuß laufen will ich auch, den ganzen Tag, wie Pola, mit Pola, auf Mallorca, verstanden?«

Dann sage ich nichts mehr, weil mich erstens der Mut verlässt und weil ich mich zweitens unglaublich müde fühle. Wie ein Tier, das gleich in einen langen, langen Winterschlaf fällt. Von meinem rechten Zeh tropft Blut. Meine Haare sind nass, und mir ist eiskalt. Am Himmel blitzt und donnert es, aber die da unten suchen keine Buchen, denen scheint auch alles egal zu sein. Ich will aber nicht, dass der Blitz sie trifft. Wie schlimm wäre das denn, denke ich, und dann überlege ich, wie lange ich es hier oben insgesamt ausgehalten habe. Lange und nun möchte ich gerne runter und endlich schlafen.

Ich klettere so weit hinunter, wie ich es kräftemäßig schaffe. Alles an mir ist völlig durchweicht, und ich spüre nicht mal Schmerzen, wenn meine Haut über die Baumrinde rutscht oder sich ein kleiner Ast in mein Schienbein bohrt.

*Meine Lebensinsel säuft endgültig ab.*

Wenn ich ein komischer Vogel wäre, bräuchte ich nur meine Flügel öffnen und könnte davonfliegen. Die da unten macht meine Kletteraktion verrückt, Polas Fußkette bimmelt wie bescheuert. Die Verschollenen brüllen alles Mögliche durcheinander, ziemlich viel, klingt nach einer fremden Sprache. Katinka lächelt mir aufmunternd zu. In dem Augenblick, in dem ich runtergucke und denke, den Rest schaffe ich auch ohne Flügel, in dem Augenblick springe ich von meinem Planeten auf die Erde zurück.

Als ich lande, fliegt der Matsch unter meinen Füßen in alle vier Himmelsrichtungen, und wenn Pola nicht gleich nach mir greifen würde, würde ich sicher ausrutschen.

»Maus!«

Pola fällt mir um den Hals, als hätten wir uns hundertachtzig Jahre nicht gesehen. Ich atme den Duft ihrer Haut ein, Yogitee und Räucherstäbchen und ein bisschen Angst.

»Ich hab eine Ameise getötet«, sage ich, »und ich habe Hannelore auf dem Friedhof beklaut, ihre ganze Rente und den Marmorkuchen, alles hab ich ihr weggenommen, eben auf dem Baum ist mir das wieder eingefallen. Weißt du und deshalb passiert das alles, deshalb läuft alles schief bei mir. Das ist die Strafe, Pola, nicht mal mehr ins Kino kann ich mit Joe, und in die Schule kann ich auch nie wieder. Die Gelbkleidmutter hatte eine Riesenangst vor mir, vor mir, Pola, kannst du dir das vorstellen? Lenny weiß jetzt, dass die Sache mit Freeman nur erfunden war. Es tut mir leid, aber diesen Freeman gibt es nicht, er hat nur zufälligerweise auf meinen Turnschuhen unterschrieben.«

Puh.

Als wäre ich hier die Fata Morgana, so sieht mich Pola an. Als sie meine Kratzwunden sieht, verwandelt sich ihr hübsches Gesicht in ein Zitronengesicht.

»Bist du okay, Maus?«

Ich nicke.

»Was ist mit deinem Gesicht passiert? Hat dir jemand etwas getan? Sollen wir die Polizei rufen?«

Ich schüttle zweimal den Kopf. Kein Verbrechen, keine Polizei.

Mein Blick fällt auf die ganzen Pfützen. Der Park sieht aus, als wäre vorhin, während ich auf dem Baum saß, ein Tankwagen hier langgefahren und hätte überall kleine Benzinpfützen verloren. Benzin in den Pfützen, fehlen nur noch der Riffei und seine Atemglaskammer, dann können wir einen neuen Planeten gründen und der Erde endlich den Rücken kehren. *Mein linker, linker Platz ist frei, ich wünsche mir den Riffei herbei.* Das hätte er auch verdient, nach all den Jahren mit den ewig gleichen »Alles wird gut«-Sprüchen. Dabei weiß doch jedes Kind, dass nie wieder alles gut wird.

Ich schaue von den Wasserbenzinpfützen zu Katinka, dem zweiten Engel. Sie lächelt mir zu, und dieses Lächeln fühlt sich an wie warme Luft. Von Katinka wandert mein Blick zu den beiden Verschollenen.

Was macht Mutter hier, und wieso trägt sie ein Kleid?

Wieso kann sie laufen?

Und wo hat Petra Licht ihre weißen Kinder und die bunten Luftballons versteckt? Ist ihr Bild fertig? Wo ist der dicke Bauch, den sie (angeblich) haben soll?

Weil das viele Fragen auf einmal sind, will ich mich wieder zu Pola umdrehen. Will ihr alles erklären, die Sache mit der Ameise, die Sache mit Hannelore und die Sache mit Freeman. Aber meine Beine machen plötzlich ihr eigenes Ding und die Luft auch, und da sind die Sterne wieder, weiß und gelb und blau, mehr Sterne, als ich jemals zuvor gesehen habe, und sie werden groß und wieder klein. Ich muss sie zählen, denke ich. Fange gleich damit an, verliere aber schon beim dritten Stern den Überblick, weil jeder Stern verschwindet, sobald ich auch nur an eine Zahl denke.

# FÜNFUNDZWANZIGKOMMAFÜNF

Träume ich noch, oder lebe ich schon?

In meinem Leben gibt es keine Probleme, alles is beautiful.

Mutter trinkt Orangensaft und Mineralwasser und etwas, das wie ihr kirschroter Nagellack aussieht (Rote Bete?).

Ich küsse Lenny, und Lenny küsst mich auch.

Trage nagelneue Ballerinas, die passen, die nirgendwo drücken oder zwicken und die einfach umwerfend aussehen. Ich bin auch nicht sitzen geblieben, nein, bin doch nicht blöd. Stehe gut gelaunt mit meiner Clique an unserer Treppe, und wir reißen Witze über die Babys, mit denen wir null zu tun haben (warum auch). Jemand fragt mich, ob ich schon mal geklaut habe, und ich schüttle angewidert den Kopf. »Ich? Never ever.« Dann biegt Mutter um die Ecke, sie trägt einen schicken Hosenanzug und zieht zwei Trolleys hinter sich her. Mutter winkt, und ich sage zu meiner Clique: »Sorry, Leute, muss los, unser Flieger geht gleich.« Zum Abschied küssen mich alle. Pola zieht eine Schnute, und deshalb gehe ich noch mal kurz zurück und verspreche ihr, dass es nicht mehr lange bis zu unserem gemeinsamen Urlaub dauert, dass ich nur erst mit Mutter weg möchte, weil sie doch so lange …

krank war.

Ich träume, also bin ich?

# Sechsundzwanzig

»Liegen bleiben.«

Ich bleibe liegen. Schwester Victoria hängt eine neue Flasche an den Infusionsständer und lächelt mich an. Ich lächle zurück und denke an Lenny und sein Lächeln und an die SMS, die er mir gestern geschrieben hat.

Gute Besserung, Lea. Würde dich gern besuchen, aber nur, wenn ich darf. Wenn nicht, lass uns mal treffen, wenn du raus bist und dich wieder fit fühlst. Vielleicht ins Kino? Lenny.
P.S.: Freeman? Nie gehört;-)

*Lenny, Lenny, Lenny.*

Warum nur wollen plötzlich alle Jungs mit mir ins Kino?

Seit zwei Tagen liege ich im Krankenhaus. Am Anfang haben sie mich in eine Art Engelshemdchen gesteckt, und ein Pfleger mit wild tätowierten Unterarmen hat mich über die Gänge und in die Aufzüge geschoben. Als ich mich in einem Aufzug im Spiegel anschauen musste, habe ich gedacht, dass ich Mutter noch nie so ähnlich gesehen habe wie in diesem Moment.

Seitdem ich im Krankenhaus liege, verstehe ich erst, was Pola meint, wenn sie sagt: »Manchmal müssen die Dinge erst schlechter werden, bevor sie besser werden.« Ich musste erst ganz nach oben, um mal runterzukommen.

»Liegen bleiben«, das sagen hier alle zu mir. Die Schwestern, die Ärzte und jeder, der mich besuchen kommt. Ein Meer aus »Liegen bleiben«-Sätzen überflutet mich, sobald ich auch nur den kleinen Zeh bewege.

Aber weil man nicht den ganzen Tag nur liegen bleiben kann (ich jedenfalls nicht), stehe ich zwischendurch heimlich auf und schaue aus dem Fenster. Häuser, Straßen, Autos. Ampeln, Verkehrsschilder, Kennzeichen. Ärzte, Schwestern, Patienten. Bäume, Gras, Blumen. Und vor dem Kiosk, beim alten Erich, stehen die Trinker und schießen sich ab. Manchmal sehe ich den alten Erich, sehe, wie er die Eiskarte putzt, den Gehweg fegt oder die Tauben vertreibt.

Ich sehe ihn, aber er sieht mich nicht.

»Fast hundert«, auf die wartet er, angestrengt und Tag für Tag, obwohl es so heiß ist, dass die Fliegen von den Wänden fallen. Als ich gestern am Fenster gestanden und auf die Kreuzung gestarrt habe, dachte ich bei jeder Frau, die näher kam: Mutter! Mutter hat sich verkleidet, damit ich sie nicht gleich erkenne, hat sich eine Perücke aufgesetzt und ein feines Kleid angezogen, aber es war nie Mutter. Ohne mich schafft sie es nicht zum alten Erich. Ohne mich sitzt Mutter auf dem Trockenen, seit zwei langen Tagen schon. Das ist ein guter Gedanke, finde ich. Das ist deshalb ein guter Gedanke, weil sie diesmal nicht ausrasten kann deshalb. Komisch, dass sich noch nicht herumgesprochen hat, wie cool so ein Krankenhaus ist. Ich meine, wenn man erst mal da liegt, behandelt einen die Umwelt wie ein rohes Ei. In gewisser Weise ist man, sobald man in einem Krankenhausbett gelandet ist, so etwas wie ein Held. Irgendwie unlogisch, ich meine, ich bin ja nicht freiwillig zusammengebrochen oder so, das hat sich mehr oder weniger ergeben.

Die Ärzte behandeln mich wie eine Todkranke. Sie sagen nicht nur, dass ich liegen bleiben soll, sondern auch, dass ich erstens eine Lungenentzündung, zweitens eine Magenschleimhautentzündung und drittens chronische Erschöpfung habe. Aller guten Dinge sind drei, das sagen sie nicht, aber ich denke das.

Die Ärzte sagen: »Du bleibst schön liegen und ruhst dich aus.«

Sie sagen: »So kann es unmöglich weitergehen.«

Sie sagen: »Dein Körper ist so gestresst wie der eines Managers. Was läuft schief bei dir? Wieso verletzt du dich selbst? Wieso isst du nicht regelmäßig? Und was hast du bei einem Gewitter auf einem Baum im Park zu suchen? Hattest du keine Angst? Passt niemand auf dich auf?«

Die Ärzte fragen mir Löcher in den kranken Bauch.

Das Schöne ist, dass ich ihnen nicht antworten muss. Sie rechnen nicht mit einer Antwort, sie wollen nur ihre Fragen loswerden. Abwechselnd sitzen sie vor meinem Bett, auf diesem kleinen, schwarzen Drehstuhl, und irgendwie rührt mich das, wie viel Zeit sie mit mir verbringen und dass ich trotzdem schweigen darf. Die Ärzte reden netterweise für mich mit (das kenne ich schon vom Riffei). Stecken mich in eine ähnliche Raumschiffdunkelkammer und schließen mich an ein Sauerstoffgerät und zapfen mir literweise Blut ab. Sie machen alles, ich mache nichts, nothing. Die Ärzte sagen, dass sie mit meinen Eltern ein ernstes Wörtchen reden müssen (Eltern? Welche Eltern?).

Sie lassen das böse Wort »Jugendamt« fallen, leise wie eine Stecknadel. Eine blutjunge Ärztin nimmt das noch viel schlimmere Wort »Heim« in den Mund. Sie sagt: »Es gibt wirklich gute Heime, da leben Jugendliche wie in einer richtigen Familie zusammen, da würdest du dich sicherlich wohlfühlen.«

Ja, und woher (bitteschön) weiß sie das? Steht da was auf meiner Stirn, und nur ich kann es nicht lesen? Ich habe keinerlei Vorstellung oder Bilder zu den Wörtern Jugendamt und Heim. Aber ehrlich gesagt ist es mir auch ziemlich egal, was sie sagen: Ich für meinen Teil bin einfach nur erleichtert, dass es für meinen Zustand einen Namen gibt. Einen Namen, den ich beim Riffei zwar nicht vorzeigen, aber laut aufsagen kann. Wenn sich das bei den Leuten in der Schule rumspricht, wundert sich niemand mehr über meinen roten Kopf. Von erschöpften Menschen erwartet man, dass sie eben manchmal komisch aussehen.

Muss es wiederholen, sonst kriege ich es nicht dauerhaft in meinen Kopf: Die Ärzte sagen, dass ich chronisch erschöpft bin. Aber seit ich hier liege und alle sagen »liegen bleiben«, fühle ich mich einfach nur relaxt. Der komische Vogel ist weich gelandet, liegt in einem frisch bezogenen Bett, liegt wie auf Wolken oder Zuckerwatte.

Wenn ich Hilfe brauche, kann ich klingeln, es gibt einen extra Knopf dafür. Ich kann mich melden, wenn ich Hunger oder Durst habe, aber dazu kommt es nie, weil mir ständig irgendwer etwas zu essen oder zu trinken bringt. Ungelogen, wenn es im Krankenhaus eine *Wer-ist-das-tollste-Mädchen-Liste* geben würde, der erste Platz wäre mir sicher, so entspannt bin ich. Mich stören nicht mal die anderen kranken Menschen. Seit ich hier liege, habe ich eine Mitbewohnerin, quasi eine WG auf Zeit. Wilma ist eine Bäuerin, wie sie im Buche steht, an ihr gibt es keine Ecken und keine Kanten, alles an ihr ist rund und weich. Noch dazu rülpst und räuspert sie sich den lieben langen Tag. Für das Rülpsen und Räuspern kann Wilma nichts, das hat mit ihrer Krankheit zu tun. Wenn ich das richtig verstanden habe, versperrt irgendein Tumor ihre Luftröhre. »Die ist bei mir enger als jeder Strohhalm«, sagt Wilma, und deshalb trinkt sie auch alles durch einen Strohhalm, selbst ihren Frühstückskaffee. Mit ihrer Rülpserei, dem Räuspern und dem Strohhalmschlürfen bringt mich Wilma ständig zum Lachen, und sie sagt so verrückte Sachen wie: »Wie sollst du armes Ding gesund werden, wenn ich dich den ganzen Tag über vollrülpse?« Sie weiß ja nicht, wie laut es sonst in meinem Leben zugeht. Wenn Wilma nicht rülpst oder haufenweise Flüssigkeiten durch einen Strohhalm zieht, erzählt sie von ihrem Alltagsleben mit Traktoren, Schweinen und der Kükenaufzucht. Und während sie erzählt, guckt sie mich nie an. Sie löst rund um die Uhr Kreuzworträtsel, und deshalb sind ihre Augen immer mit was anderem beschäftigt. Alleine dafür liebe ich Wilma: Sie starrt mir nicht auf das rote Gesicht oder den fleckigen Hals.

Morgens ganz früh, gegen sechs, werden Wilma und ich von den Schwestern geweckt (»Der frühe Vogel fängt den Wurm«). Wir (die frühen Vögel) warten draußen auf dem Flur, bis unser Zimmer geputzt und ausreichend gelüftet ist. Ich nutze die Zeit immer, um mir alles genau anzugucken und es mir zu merken: das Notausgangsschild an der Decke, das Haltegeländer an der Wand, die vielen Schwestern, die alle hinter einer anderen Zimmertür verschwinden. Die Zahlen, die überall aufgeklebt sind, an jeder Tür, an jeder Liege, an jedem Wagen. Lauter Einser, Zweier, Dreier und Vierer. Das Patienten-WC. Manchmal sehe ich den tätowierten Pfleger und denke an unsere gemeinsame Aufzugfahrt und mein Mutterspiegelbild. Irgendwie hat der Typ Ähnlichkeit mit Superman, nur dass er viel, viel schneller ist. Lichtjahre. Jede Wette: Wenn ich beim tätowierten Pfleger meine Nutellabrötchen bestelle, kann ich nach fünf Minuten reinbeißen.

»Weißt du, dieses Krankenhaus ist ein echter Glücksgriff für mich. Wenn man einen Bauernhof hat, kommt man kaum zu so schönen Dingen wie Lesen oder Rätsellösen. Man hat nie Freizeit. Weißt du, den Kühen ist es so was von egal, ob Weihnachten oder Ostern ist oder ob ich Kopfschmerzen habe, einfach nur egal.«

Weil Wilma das zu mir sagt, weiß ich, dass ich nicht völlig bekloppt bin, nur weil es mir hier so gut gefällt. Immerhin sind wir schon zu zweit.

Wir zwei frühen Vögel stehen auf dem Flur und sind uns in allem einig. Bin ein bisschen stolz, wie schnell und gut ich mich hier eingelebt habe und dass mich alle mögen. Glaube fast, hier falle ich nicht weiter auf.

Später serviert uns Schwester Victoria das Frühstück. Unglaublich, was ich mir alles wünschen darf: Vollkornbrot, Croissants, Saft und jeden Tag ein Ei. Noch unglaublicher, dass ich das alles auch tatsächlich bekomme.

*Manchmal ist mein Leben ein Dschungel, aber manchmal ist es auch das Paradies.*

Ich lese und schreibe viel (bin nicht umsonst ein Schreibbuddha), aber die meiste Zeit liege ich einfach nur da und ruhe mich aus. Ich liege auf der Seite, atme im Vierertakt und höre das beruhigende Geräusch, das Wilmas Kugelschreiber auf dem Papier hinterlässt. So klingt es auch, wenn die Ärzte etwas in ihre Akten schreiben. Immer schreibt und liest hier jemand. Wenn ich noch 787 Tage liegen bleiben darf, bin ich volljährig (yes!). Ich betrachte das Bild an der Wand. Zwei Giraffen in Afrika. Afrika ist weit, weit weg und fehlt bislang auf meiner Postkartentür. Auf dem Flur hängt tatsächlich ein goldener Buddha in einem braun-goldenen Holzrahmen, und dieser Buddha hat erstaunlich viel Ähnlichkeit mit Speedy Gonzales. Wahrscheinlich grinsen alle Buddhas auf der ganzen Welt so selbstgefällig vor sich hin. Pola steht immer ewig davor, so, als würde sie mit offenen Augen meditieren, mitten auf dem Krankenhausflur, zwischen all dem Gehuste und Gekeuche und den weißen Gestalten, die hinter die Türen huschen. Pola durchquert das Krankenhaus wie einen Tempel.

Das Krankenhaus ist zwar schön, aber kein Allheilmittel. Gestern war wieder eine dieser peinlichen Schamsituationen, und ich war überhaupt nicht darauf vorbereitet. Ich meine, ich liege hier und entspanne mich, und alles ist schick, und dann bekomme ich auch noch Besuch. Pola, Netti und Nina. Ich habe mich natürlich tierisch gefreut, aber nur kurz, weil ich ziemlich schnell das Geschenk entdeckt habe, das sie dabeihatten.

»Für dich.«

»Pack schon aus.«

Es gibt viele Gründe, warum ich Geschenke hasse. Erstens bekomme ich nur welche von der Kleiderkammer oder dem Amt. Zweitens (und das habe ich bereits erwähnt) schäme ich mich für jedes Geschenk. Wenn mir ein Geschenk gefällt, schäme ich mich, weil es mir gefällt, und wenn es mir nicht gefällt, schäme ich mich, weil es mir nicht gefällt. Die drei sitzen also auf meiner Bettkante und wissen nichts von meiner Geschenkephobie und gucken mich mit ihren großen Augen erwartungsvoll an. Ich packe das Geschenk aus.

Ein Yogabuch von Ana Forrest!

»Damit du nicht jedes Mal, wenn es eng wird, auf einen Baum kletterst und der Krankenwagen kommen muss.«

Pola streckt den Rücken durch und lacht, sieht aber überhaupt nicht fröhlich aus dabei. Die Baumaktion verzeiht sie mir nie. Ich glaube, ich habe allen einen ziemlichen Schrecken eingejagt. Woran ich mich erinnere: eine Sirene (tatütata). Pfleger, die mich auf einer Trage in den Krankenwagen schieben. Mutters Gesicht, weiß wie Schnee. Viele Tränen. Polatränen. Muttertränen?

Mutter.

Mutter war hier.

Mutter hat meine Baumaktion und ihren »Ausflug«

überlebt und läuft weiterhin draußen herum. Also gut, nur einmal (seitdem). Sie hat mich nämlich besucht, an Tag eins um drei Uhr, und sie hatte sogar Geschenke dabei: einen (gekauften) Schokoladenkuchen und die nagelneue *Bravo*. Weil wir nicht alleine waren, haben wir wie zwei völlig normale Menschen miteinander geredet und uns sogar gegenseitig gefragt, wie es uns geht. Saßen in der Cafeteria, völlig skurril, weil wir da rumsaßen wie alle anderen Mütter und Töchter auch, alles ganz normal. So normal, dass ich die ganze Zeit total unkonzentriert war und mich fragte, wie lange das mit der Normalität schon her war und ob wir das überhaupt schon (jemals) hatten? Aber ich habe meinen Mund gehalten und mir auch nichts anmerken lassen. Ehrlich gesagt war ich einfach nur froh, dass Mutter da war und irgendwie völlig o.k. aussah und auch null betrunken wirkte, aber ich war auch froh, dass Petra Licht die ganze Zeit mit uns am Tisch saß.

Wir saßen da und haben nicht geweint.

Wir saßen da und haben uns nicht mal angeschrien.

Wir saßen da, und Mutter hat mir keine geklebt.

Wir saßen da, und ich glaubte plötzlich wieder an Wunder.

Aber mal ehrlich: Sie kann unmöglich in so kurzer Zeit eine andere Person geworden sein. Ich glaube an verdammt viel, aber daran nicht. Kein Mensch verändert sich in drei Tagen.

# Sechsundzwanzigkommafünf

Wenn alles gut geht, werde ich morgen entlassen. Nicht, dass ich hier unbedingt rauswill, aber wenn ich nicht rechtzeitig hier rauskomme, kann ich nicht in drei Tagen mit Pola und Katinka nach Mallorca fliegen!

Ganz genau: ICH FLIEGE NACH MALLORCA!

Petra Licht hat ordentlich nachgeholfen und mit Engelszungen auf Mutter eingeredet, und nur deshalb hat Mutter schließlich grünes Licht für die Mallorcareise gegeben. Ich vermute ja auch, dass die Ärzte Druck gemacht haben. Die Tür, hinter der sie mit Mutter verschwunden sind und mit ihr Klartext gesprochen haben, blieb lange zu, und Petra Licht hat gelächelt, als sie nach einer gefühlten Ewigkeit wieder rausgekommen sind. Habe dieses Das-hätten-wir-geschafft-Lächeln gesehen und mir gedacht, dass sich vielleicht (zur Abwechslung mal) alle einig waren. Klare Sache, wenn schon liegen bleiben, dann doch bitte an einem traumhaften Sandstrand. Pola dreht völlig am Rad und redet von nichts anderem mehr. Die ganze Zeit zählt sie auf, was wir alles unternehmen werden, und schreibt mir eine SMS nach der anderen.

Wir gucken uns die Kathedrale in Palma an.
Riesig, sag ich dir & wunderschön!
Wir schwimmen, bis wir das Ufer nicht mehr sehen und uns die Haie jagen.
In jedem Straßencafé trinken wir einen Kaffee (bis wir einen Koffeinschock haben und gemeinsam umfallen) ;-)
Ich freu mich tierisch & lieb dich mehr, als dir Mallorca gefallen wird. Kuss.

Ich denke ständig daran, was ich auf Mallorca vier Wochen lang nicht mehr machen muss.

Einen Monat lang muss ich keine Flaschenfreunde und Zigaretten für Mutter besorgen.

Einen Monat lang werde ich keine Ohrfeige kassieren und keinen Stubenarrest und auch sonst nichts, was wehtut oder nervt oder vor Ungerechtigkeit zum Himmel stinkt.

Einen Monat lang werde ich einfach nur ein fünfzehndreivierteljähriges Mädchen sein, das nach den Ferien sechzehn wird und das mit der besten Freundin eine wunderbar relaxte Zeit auf Mallorca verbringt (Love-Peace-and-Happiness). Ein Mädchen, das die Sonne genießt und das mallorquinische Essen und das weite, endlose Meer.

Einen Monat lang werde ich im heißen Sand liegen und mich fragen, ob irgendwas anders ist, wenn ich wieder zurück bin. Ob es dann überhaupt noch Flaschenfreunde und Ohrfeigen und Hausarreste gibt.

# SIEBENUNDZWANZIG

Manchmal mache ich irgendwelche komischen Gedankensprünge. War gerade schon auf Mallorca und peng, muss ich an Vater denken. Hab keine Erklärung dafür, ist einfach so. Wenn ich an Vater denke, denke ich automatisch an seine verrückten Postkarten. Wenn ich an Vaters verrückte Postkarten denke, muss ich an meine Postkartentür denken, und so lande ich peng, wieder zu Hause bei Mutter. Nicht wirklich klasse, aber eine spaghettilogische Gedankenkette. Will gerade diese spaghettitypischen Gedanken wegschieben, da öffnet Joe die Tür. Steht mit einer grünen Glasflasche in der Hand vor mir und schaut mich an.

Der Ich-sitze-seit-Neustem-auf-deinem-Platz-Joe.

Nur gut, dass sie mir das bekloppte Engelskleid wieder ausgezogen haben.

Ich kenne eine Menge Jungs, aber keiner sieht aus wie Joe. Kaum sehe ich ihn, fliegen jede Menge Gedanken durch meinen Kopf. Sein schöner, voller Mund ist mir schon letztes Mal aufgefallen, und dass er kaum größer ist als ich. Eins siebzig, schätz ich mal. Joe hat keine Monchichihaare wie Lenny, aber seine Haare sind ähnlich kurz, und keine Ahnung warum, aber ich würde gerne drüberstreicheln, um zu wissen, wie sich das anfühlt.

Lenny.

Joe.

Joe mit einem Flaschengeschenk in der Hand? Gott sei Dank, kein Alkohol, in der grünen Glasflasche steckt ein noch grünerer Bambus.

»Hi.«

»Hi.«

Hab kurz das Gefühl, Joe und meine Luft haben die Plätze getauscht, als er reingekommen ist, ist sie rausgegangen. Will mir schon Sorgen machen, doch dann beruhige ich mich, ich befinde mich schließlich in einem Krankenhaus, und wenn es irgendwo auf der Welt Sauerstoffflaschen in rauen Mengen gibt, dann hier.

Muss ja nichts heißen, dass Joe mich besuchen kommt.

Könnte mir mal abgewöhnen, aus jeder Mücke einen Elefanten zu machen. Ich versuche einfach mal, mich zu entspannen.

»Muss dringend zu Hause anrufen, weißt schon, wegen der Küken. Werner vergisst ja ganz gerne mal die Fütterungszeiten, wenn der mit seinen Jungs unterwegs ist, kann der nicht mal auf Anhieb seinen Namen nennen. Männer.« Wilma grinst breit, legt ihr Rätselheft zur Seite und krabbelt schwerfällig aus dem Bett.

Ich kann wieder atmen, und ich atme auch.

Atme tief.

Wilma rülpst zwei Mal, sagt »Entschuldigt bitte«, fischt im Nachtschränkchen nach ihrem Portemonnaie, als wäre das Tischchen mindestens zwanzig Meter tief und breit, ein Riesending.

Und Joe?

Weil ich die Augen schließe, kann ich nicht sagen, was Joe macht, aber ich vermute mal ganz stark, dass er immer noch mit der Bambusflasche in der Hand vor mir steht. Weil ich mit geschlossenen Augen nichts erkennen kann (nothing) und es irgendwie auch ziemlich sinnlos ist, die Augen vor allem zu verschließen, öffne ich sie wieder. Gerade noch rechtzeitig, um mitzubekommen, wie Wilma die Türklinke in die rechte Hand nimmt. Wie immer, wenn sie etwas macht, das sie anstrengt, entfährt ihr dabei ein Rülpser. Normalerweise schäme ich mich immer für alle anderen mit, aber diesmal nicht, diesmal lache ich, weil Joe und Wilma auch lachen.

Wilma ist weg, und hier herrscht Schweigen im Walde. Hoffe, Joe fühlt sich nicht so unwohl, wie ich mich fühle, hab ja immer Angst, dass das abfärbt, ich meine, Mutters Launen gehen ja auch nicht spurlos an mir vorüber. Nein, scheint nicht so, Joe setzt sich auf meine Bettkante und legt den Kopf schief.

»Wie geht es dir?«

Bringe keinen Ton raus, nicke nur. Wie soll es mir schon gehen? Ich liege in einem weißen Nachthemd in einem weißen Krankenhausbett, und der Oberschenkel des Ich-sitze-seit-Neustem-auf-deinem-alten-Platz-Joe berührt mein Bein. Das Herz klopft mir bis zum Hals. Und dieses Herzklopfen bringt mich fast um, weil ich es nicht kapiere. Hey, ich bin (leider noch immer) in Lenny verliebt, was wollen die Schmetterlinge hier?

»Gut siehst du aus, richtig erholt. Weiß steht dir übrigens ausgezeichnet.«

»Danke, es geht mir auch sehr gut. Klar, ist wie ein All-Inclusive-Hotel, Vollverpflegung, Fernsehen rund um die Uhr, das ganze Programm.«

Als hätte ich Ahnung von All-Inclusive-Urlauben.

Joe nickt. Der kennt das ja, alle kennen das, schon verstanden.

Joe fragt nicht, was die Krusten in meinem Gesicht verloren haben. Er fragt auch nicht, wieso ich nachts auf Bäume klettere und bei einem Gewitter einfach so im Park umkippe. Und weil Joe das alles nicht fragt, unterhalte ich mich mit ihm ganz locker über völlig banale Dinge. Zum Beispiel darüber, wie sich die Sekunde anfühlt, bevor sie einem Blut abzapfen. Joe hat nämlich viel mehr Erfahrung mit Krankenhäusern als ich, weil sie ihm schon die Mandeln und den Blinddarm herausgenommen haben (hab ich alles noch).

»Besuchst du immer Mädchen, die du gar nicht kennst?« Die Frage rutscht mir so raus. »Ich meine, du hast mich erst einmal gesehen, richtig?«

»Richtig.«

Weil Joe lächelt, steigt mir glühende Hitze in den Kopf und meine Luft … nun ja. Aus meiner Lunge dringt ein lang gezogener Pfeifton, und den muss ich überspielen. Ich röchle und huste, alles nur, damit dieses lächerliche Pfeifen verschwindet.

»Alles okay bei dir?«

Ich nicke, aber natürlich ist nichts okay bei mir.

Ein Meer aus Unsicherheit überschwemmt meine neu gewonnene »Liegen bleiben«-Ruhe. Wie soll man sich bei diesem Herzklopfen und der ganzen Aufregung erholen? Eigne mich wohl eher zum Teilzeit-Buddha. Springe auf und weil man einen Grund dafür braucht, wenn man einfach so aufspringt, nehme ich Joe die grüne Bambusflasche ab und stelle sie auf die Fensterbank.

*Das Leben ist ein Dschungel und manchmal eine Insel, aber eine Lungenentzündung ist garantiert kein Kinderspiel. Wenn man eine Lungenentzündung hat, sollte man keine aufregenden Männerbesuche an sein Krankenbett lassen.*

Die plötzliche Stille auf dem Flur.

Joe auf dem Bett.

Der Glückskäfer auf der Bambusflasche.

Ich öffne den potthässlichen Schrank und fange an, meine potthässlichen Sachen in die Sporttasche zu stopfen. Habe eine Menge zu tun. Weiß gar nicht, wie ich das alles schaffen soll. Sage nichts, und Joe sagt auch nichts. Er sitzt nur da, als würde er ständig auf irgendwelchen Bettkanten herumsitzen und auf irgendetwas warten. Jedenfalls schaut er aus dem Fenster und scheint sich kein bisschen zu langweilen. Dabei entdecke ich keine Wolke am Himmel und auch sonst nichts Spektakuläres. Das wäre mal was, wenn Superman just in diesem Moment mit meiner Bestellung durch die Luft fliegt und vor uns landet (spektakulär). Nein, leider kein Superman in Sicht. Aber Joe scheint fest mit ihm oder sonst jemandem zu rechnen, zumindest kriegt er nicht genug davon rauszugucken, und ich bin echt dankbar dafür, weil er so nicht mitkriegt, wie ich meine Unterwäsche zwischen die Klamotten stopfe. Alles hässlich wie die Nacht, alles oberpeinlich. Als meine Tasche fix und fertig gepackt ist, schaffe ich es wieder, Joe einigermaßen freundlich anzugucken.

»Ich werde gleich entlassen«, sage ich und ärgere mich, weil es wie eine Entschuldigung klingt.

Joe nickt und tauscht den Himmel gegen meine Augen. »Pola hat so was angedeutet. Wenn du willst, also, wenn es dir nichts ausmacht, bringe ich dich nach Hause. Dann musst du die schwere Tasche auch nicht tragen.«

»Hast du keine Schule?« Wie blöd das klingt, wenn man mit fünfzehndreiviertel etwas sagt, das sonst nur langweilige Erwachsene über dreißig sagen. Lache (über mich selbst). Weil ich aber nicht gleichzeitig lachen und an mein wirkliches Zuhause und Mutter denken kann, trete ich im Vorbeigehen gegen den Nachttischwagen. Der Nachttischwagen rumpelt ein Stückchen vor, und alles wackelt bedrohlich (die Flasche Wasser, das Glas, mein Buch). Auch darüber verliert Joe kein Wort. Ich nehme mir aber vor, dass ich mir diese Anfälle möglichst schnell abgewöhne. Keine Wutausbrüche, keine Scherbenaktionen, keine Kletterorgien, kein Steinewerfen mehr. Wow, eine verdammt lange Not-to-do-Liste.

»Klar, gerne, aber mit hochkommen geht nicht, meine Mutter ist krank, sie ist auch krank, meine ich, sie hat eine schlimme Grippe, ziemlich ansteckend das Ganze.«

»Echt? Und dann lassen sie dich nach Hause?«

Ja, klar, es gibt auch rosa Elefanten, die federleicht durch die Luft fliegen und dabei Gitarre spielen und Gedichte aufsagen.

Es klopft an der Tür, meine Rettung naht.

Die Visite, ich höre sie schon plappern.

Bingo! Wilma stürmt ins Zimmer, lauter Ärzte und Krankenschwestern im Schlepptau, und alle lächeln, als sie mich und Joe auf dem Bett sitzen sehen. Joe zwinkert mir entspannt zu, und schwups, weg ist er, ohne ein einziges Wort nach draußen verschwunden.

# Siebenundzwanzigkommafünf

Der Bettler hat neuerdings einen Hund und zwar einen ziemlich großen. Erinnert mich stark an Fuchur aus *Die unendliche Geschichte*, weil er auch so hell ist und riesige Ohren hat. Ich gebe mir alle Mühe, kein typisches Mädchengequatsche à la »ach, ist der süß« von mir zu geben, obwohl Fuchur neben dem Bettler liegt und mit dem Schwanz wedelt, als würde er Geld dafür bekommen. Das bekommt er (in gewisser Weise) auch. Erstaunlich, wie selten sonst Leute bei dem Bettler stehen geblieben sind und wie viele Leute heute stehen bleiben und etwas in den Plastikbecher werfen. Der Bettler kann sein Glück kaum fassen und tätschelt Fuchur mit einer Hand ständig über den Kopf.

Joe stellt meine Sporttasche auf den Boden.

»Boah, hast du deine Steinesammlung da drin? Ach, vergiss es, will gar nicht wissen, was da alles drinnen ist, aber ganz was anderes hätte ich gerne gewusst.«

Aha. »Was denn?«

»Kannst du dir das nicht denken?«

Ich schüttle den Kopf. Ich kann es mir tatsächlich nicht denken. Drehe verlegen die Bambusflasche in meinen Händen, und da fällt mir die Kino-SMS wieder ein. »Du willst wissen, ob wir ins Kino gehen?«

»Zum Beispiel.« Joe grinst. »Und, gehen wir?«

Ich denke an Lenny und an seine Kinoeinladung. Joe war schneller, aber Lenny ist eben Lenny. Joe scheint Gedanken lesen zu können: »Ich weiß, dass es da noch einen Verehrer gibt, und ich weiß auch, dass der einen, sagen wir mal, kleinen Vorsprung hat, aber eine klitzekleine Chance hätte ich doch verdient, oder? Vergiss nicht, dass ich deine Steine vom Krankenhaus hierher geschleppt habe, ich war das, nicht dein toller Verehrer. Dafür hab ich eigentlich eine Belohnung verdient, findest du nicht?«

Es passiert eigentlich nichts, also nichts der Reihe nach, doch dann liegen Joes Lippen kurz auf meinen, während ich nach Luft schnappe wie ein Fisch in der Wüste.

Ist wohl ein Reflex, dass ich Jungs, die mich küssen wollen, in den Arm nehme. Mein Körper hat seine ganz eigene Logik, und deshalb stehen wir Arm in Arm vor meiner Haustür, und ich pfeife aus dem letzten Loch. Frage mich, warum ich nicht einfach die Sauerstoffflasche aus dem Krankenhaus habe mitgehen lassen. Ein wenig mehr Luft wäre echt nicht schlecht. Joe legt eine Hand auf meinen Nacken und mit der anderen streichelt er sanft meinen Rücken.

»Ich hab Zeit, ich kann warten. Bring das mit Lenny in Ordnung. Aber vergiss nicht, mir Bescheid zu geben, wenn du einen Termin fürs Kino frei hast. Exklusiv, nur für mich.«

Ich atme Joes Geruch (er riecht nach Wiese und Sonnenmilch und Blumenladen) und lache. Joe lacht nicht. Er kennt also die komplette Lenny-Story.

*Lenny, Lenny, Lenny.*

Weiß er auch von Freeman?

Ich meine, wenn er von Lenny UND von Freeman gehört hat, muss er doch denken, ich hätte einen Freund nach dem anderen.

Kaum habe ich diesen Gedanken zu Ende gedacht, sind Joes Arme auch schon wieder verschwunden. Ich tue so, als würde es mir nichts ausmachen. Sehe die Fischer an, die gerade aus dem Hausflur auf die Straße tritt und in ihrer weißen Kleidung wie ein freundliches Schlossgespenst wirkt.

»Lea, da bist du ja wieder, wie schön.«

Ja, denke ich, da bin ich wieder.

Und dann dampft die Fischer schnell wieder ab, weil Joe und ich so nah beieinander stehen, dass sie sich sicher ihren Teil denken kann. Ich meine, die ist alt, aber nicht doof. Sie ist quasi die Mutter von Speedy Gonzales.

Joe grinst breit. »Deine Nachbarin?«

»Yes. Und die Mutter von Speedy Gonzales, unserem Hausflurbuddha.«

Das ist das Schöne an Joe: Irgendwie versteht er alles, was ich sage. Er versteht sogar Sachen, die man gar nicht verstehen kann. Guckt mich nie schief oder verwundert an. Die Bambusglasflasche in meinen Händen zittert ein wenig. Die Fischer verschwindet in der Sparkasse (hat Geld wie Heu). Und Joe steht da und schaut sich unsere Häuserfassade an. Ein paar Meter von uns entfernt könnte Mutter stehen und uns beobachten.

»Welches ist dein Fenster?«

»Keins davon«, sage ich, »es liegt zum Hof.«

Joe nickt, als hätte er nichts anderes von meinem Zimmerfenster erwartet. »Okay, du musst langsam mal ins Bettchen, sonst wird das nichts mit deinem Mallorcatrip. Ich hab übrigens deshalb Zeit, weil mein Vater mir versprochen hat, dass wir dieses Mal länger bleiben. Ich hab also nicht vor, deine Eintagsfliege zu werden.«

Meine Augen wandern zurück zur Sparkasse. Fuchur leckt sich die Vorderpfoten. Der Bettler unterhält sich mit einem Anzugmann. Klar, die Welt dreht sich weiter, immer weiter, immer schneller, aber manchmal verändert sie sich auch.

»Länger? Was soll das heißen?«

»Länger heißt lange genug, lebenslänglich? Und nun sei brav und werde schnell gesund. Bist du dir sicher, dass ich deine Tasche nicht hochtragen soll?«

»Ganz sicher.«

Joe glaubt gar nicht, WIE sicher ich mir da bin.

# ACHTUNDZWANZIG

Joe ist weg, und ich stehe mit meiner Tasche im Hausflur vor Speedy Gonzales. »Hallo, Speedy. Alles okay?« Speedy Gonzales schweigt eisern. Nichts ist okay, und nichts hat sich verändert, gar nichts. Das Krankenhaus ist Geschichte, und ich muss da hoch, ab in die Dunkelkammer. So groß und hell und schnell kann nicht mal Petra Licht sein, dass da oben keine Dunkelheit mehr herrscht. Wie lange braucht die Erde, um einmal die Sonne zu umkreisen? Und wie lange warte ich schon auf Superman, diesen lahmarschigen Trottel? Ich finde, so viel Zeit hat niemand, dass man ewig auf alles warten kann. 786 Tage Dunkelkammer, Tütenhunde und Flaschenfreunde. Vier Wochen Mallorca sind zum Greifen nah, wunderbar, das ist ganz großartig, aber das ist auch verdammt schnell wieder vorbei.

Vier Wochen sind nichts im Vergleich zu den 786 Tagen.

Vier Wochen sind eine Ameise, und 786 Tage sind ein Elefant.

Vier Wochen sind ein Wassertropfen, und 786 Tage sind das Meer.

# ACHTUNDZWANZIGKOMMAFÜNF

Weil ich ein kranker Schreib-Buddha bin, habe ich nur ein bisschen geschrieben. Will gerade nicht weiterschreiben, kein Wort mehr. Liege reglos im Bett und höre meinen Herzschlag. Denke an Joes Kuss und daran, dass mein Anteil daran bei gefühlt einem Prozent lag. Ich meine, ich stand da und habe nichts gemacht, okay, hab auch nicht geschrien oder mich gewehrt, das war's aber auch schon. Denke an Lenny, Pola und Mutter. Denke an Vater und die Clique. Denke an die Ferien und den Riffei und daran, dass ich nicht ständig an alles Mögliche denken sollte. Nehme mir fest vor, an nichts mehr zu denken (*das* muss das Paradies sein). Nichts stört meine Liegen-bleiben-Ruhe, nur ab und zu bekomme ich eine SMS, meistens von Pola, aber auch die anderen aus der Clique schreiben.

Spaghetti, werd schnell wieder gesund! Nina

Was machst du für Sachen? Du brichst uns das Herz;-)
Dirk

Du fehlst. Netti

## WOW!

Die WOW-SMS ist natürlich von Joe. Ich bin zwar ein kranker Schreib-Buddha, aber zu Joes Kuss fällt mir eine ganze Menge mehr ein (vier Seiten Tagebuch, um ehrlich zu sein). Nebenan höre ich die Stimmen von Mutter und Petra Licht, aber sie reden so leise, dass ich nichts so richtig verstehe. Was ich nach einer gewissen Zeit aber mitbekomme, ist, dass Petra Licht nach Hause möchte. Vor Wut und Angst will ich mich schon wieder künstlich aufregen, aber dann denke ich: Klar will die weg, die hat Mutter jahrelang nicht gesehen, und nun spielt sie hier seit Tagen den Babysitter. Die hat doch einen Mann und ein Kind und einen Job (ein normales Leben), die kann doch nicht bei uns einziehen. In dem Moment, als ich das kapiere, klopft es an meiner Tür.

»Herein«, sage ich und freue mich, dass niemand vorher die Tür öffnet.

»Bin weg«, sagt Petra Licht und lächelt verlegen. »Kommst du klar? Hast du alles?«

Ich habe alles. Medikamente, Tee, mein Laptop, mein Handy, mein Bett. Ich nicke, aber das scheint nicht wirklich bei Petra Licht anzukommen.

»Bist du sicher?«

Ich nicke wieder, und diesmal scheint sie einigermaßen zufrieden.

»Ich nehme Gillas Schlüssel mit und komme morgen nach dem Frühstück wieder. Wenn was ist: Ihr habt ja meine Nummer.«

Was soll schon sein?

Mutter schmeißt mich schreiend aus dem Bett, und

ich latsche todkrank und chronisch erschöpft zum alten Erich und klaue neue Flaschenfreunde, weil er sich weigert, weiter anzuschreiben. Meint sie das? Keine Ahnung, aber ICH meine das, und weil mir plötzlich klar wird, dass Petra Licht so was wie mein einziger Rettungsanker ist und jetzt eh alles egal ist, frage ich: »Hat Mutter alles?«

»Ich denke schon. Für euer Frühstück hab ich heute noch eingekauft, und eine Flasche Bier für später hat sie noch im Kühlschrank.«

Eine Flasche Bier?

Bullshit.

Eine Flasche Bier für Mutter ist in etwa vergleichbar mit einer winzigen Ameise für ein bärenstarkes Reptil (nothing).

Weil ich nicht weiß, wie ich diesen Reptilienvergleich verständlich formulieren soll, ohne Mutters »normalen« Alkoholkonsum anzusprechen, sage ich nichts, und Petra verschwindet.

Goodbye.

Höre ihre zaghaften Schritte und dann die Tür. Liege da und halte die Luft an. Denke ans Krankenhaus und Schwester Victoria und die rülpsende Wilma. Verrückt, verrückt. Ich bin vermutlich der einzige Mensch auf diesem Planeten, der einem Krankenhausaufenthalt nachtrauert. Ich bete zum lieben Gott und bitte ihn, dass Mutter mich hier weiter liegen lässt, einfach so, nur, um in aller Ruhe gesund zu werden.

Ich liege da, und niemand kommt.

Ich liege da, und niemand scheucht mich auf die Straße.

Ich liege da und kann mein Glück kaum fassen.
WOW!

Wow, denn Mutter guckt zweimal nach mir, ohne etwas von mir zu wollen. Sie streckt nur kurz ihre Katja-Riemann-Locken zu mir rein und fragt, ob alles okay ist bei mir. Ja, alles okay, und schon ist sie wieder verschwunden, zurück in ihr Reich, und da googelt sie (schätz ich mal), und ich bleibe liegen und google auch. Ich google Lenny (wahrscheinlich schon zum hundertsten Mal). Ich google Joe und Pola, und ich google (spaßeshalber) »Kuss«. Laut Wikipedia ist ein Kuss ein oraler Körperkontakt mit einer Person oder einem Gegenstand. Übersetzt heißt das, ich kann (wenn ich Lust dazu habe) das Küssen mit einem Buch oder einem Kissen üben. Frage mich, was das bringen soll, aber okay, Kuss bleibt Kuss. Tatsächlich finde ich eine Art Gebrauchsanweisung für alle Kussarten (schon interessanter). Es gibt sogar einen kurzen Film. Learning by doing, aha, so sehen das also die, die den Film schon angeschaut haben. Da google ich doch lieber weiter. Google »Heim« und »Jugendamt« und denke, kein Wunder, dass Mutter langsam aber sicher durchdreht, mir wird von dem ganzen Internetscheiß schon nach einer Stunde schwindelig.

# Neunundzwanzig

Sonnenlicht fällt schräg durchs Fenster, und als ich meine Augen einen Moment lang schließe, springen bunte Streifen und Punkte von einer Ecke meiner Stirn zur anderen. Ist mir völlig klar, dass das auf Petra Lichts Konto geht, das frische Brot, der holländische Schnittkäse und die selbst gemachte Marmelade. Was ich aber alleine Mutters gutem Willen zuschreiben kann: Sie sitzt freiwillig mit mir in unserer Küche und frühstückt! Ich meine, Petra hat sie ja nicht in die Küche gezerrt und auf dem Stuhl festgebunden. Klar freut mich das, aber ich kann es null Komma null genießen. Esse zwar, aber ich schlucke mehr Wörter als Brot herunter. Mühe geben lohnt sich, aber mein Stuhl fühlt sich an, als stünde er in tiefem Wasser (Haie?). Wenn ich mich auch nur einen Millimeter bewege, habe ich Angst, gleich ertrinke ich. Mutter sitzt so nah bei mir, dass sie nur ihren Arm ausstrecken muss, um mir eine zu kleben. Weil niemand sonst hier ist und mich warnt, warne ich mich selbst. Es liegt doch auf der Hand. Mutter hat nichts getrunken, also fast nichts, eine lächerliche Flasche, die muss zwangsläufig auf hundertachtzig sein. Und sie redet mal wieder ohne Punkt und Komma. »Und Petra stell dir vor also das ist nicht wie früher wir sind ja älter geworden aber groß verändert hat die sich ja nicht nur weil sie malt wir sind ja immer noch dieselben Menschen mit unseren Macken sie und ich aber erstaunlich wie gut wir uns verstehen und ich kann ihr auch alles erzählen Lea auch von meinen sagen wir mal Problemen sie hat ein offenes Ohr für mich und stell dir vor sie war auf einem Klassentreffen letztes Jahr und hat den Dennis und den Jannik getroffen und die große Maria auch die wohnen alle woanders Heidelberg glaub ich und München oder war es Würzburg vergessen ist auch egal aber Petra sagt nächstes Mal nimmt sie mich mit das wird lustig und wer weiß vielleicht wird ja alles ganz toll sag doch auch mal was!«

Ich grüble schon, was ich Unverfängliches sagen kann, auf jeden Fall darf es nichts mit dem Krankenhaus und besser auch nichts mit Mallorca zu tun haben, weil mir völlig klar ist, dass zwar noch Zeichen und Wunder geschehen, aber Weltwunder doch wohl eher selten. Zermartere mir also gerade gehörig den Kopf, als sich ein Schlüssel in unserem Schloss herumdreht.

Petra Licht!

»Ihr beiden«, sagt sie, sobald sie den ersten Fuß über die Schwelle setzt. »Ich hab uns noch was Leckeres vom Bäcker mitgebracht, ihr seid doch noch nicht fertig mit Frühstück, oder?«

Sie wedelt mit einer Brötchentüte durch die Luft und umarmt erst Mutter und dann mich. *Do what you love,* das denke ich und heule Rotz und Wasser. Ist verdammt lange her, dass sich Leute in unserer Dunkelkammerküche umarmt haben.

# DREISSIG

Pola und ich beim Riffei. Ich versuche mich zu erinnern, wann es hier schon mal so lustig war, wir lachen die ganze Zeit, und Pola stützt sich auf unsichtbaren Krücken auf, und ich halte mir das linke Ohr, als wäre da irgendetwas (ein Loch? Ein Dartpfeil? Eine Vogelspinne?). Die lockige Schnepfe ist leicht irritiert, das amüsiert uns natürlich noch mehr. Im Wartezimmer lesen wir die *Bravo* von der ersten bis zur letzten Seite durch. Dann kann der Riffeispaß beginnen, und während ich in der Atemkammer sitze und seine Befehle befolge (»tief einatmen, Atem anhalten, langsam und vollständig wieder ausatmen«), sitzt Pola auf einem Stuhl vor der Kammer und sieht wie ein völlig entspannter Buddha aus. Irgendwie sind auch die guten Sachen ansteckend, ich jedenfalls werde bei Polas Anblick ganz, ganz, ganz ruhig.

Seltsamerweise stellt der Riffei auch nicht seine üblichen Fragen nach der Schule und Mutter, alles, was er wissen will, ist, wie es mir im Krankenhaus gefallen hat und wie es mir seit der Entlassung geht. Zweimal ein »Gut« von mir. Und der Riffei erzählt noch was über den Mond, seine übliche Dosis Mond-Anekdote. »Die Chinesen sind jetzt auch da gelandet«, sagt er, und es klingt so, als erwarte er, dass es nur noch eine Frage der Zeit ist, bis wir alle auf dem Mond spazieren gehen.

Eine Postkarte vom Mond hat meiner Postkartentür gerade noch gefehlt.

Beim Riffei waren wir um eins, und aktuell ist es halb drei. Das ging ja echt schnell, immerhin sitzen wir schon auf Polas Teerdach, und der Teer unter meinen Füßen ist ziemlich heiß. Ich sitze in der Mitte, gleich weit von allen Ecken und Rändern entfernt. Im Hintergrund läuft ein Radio, und es riecht nach Sahne und Teig und Kaffee. Zur Feier des Tages und als Belohnung für unsere guten Zeugnisse hat uns Katinka ein Glas eiskalte Erdbeerbowle und ein Stück frischen Apfelkuchen spendiert. »Geraspelte Möhren und grüne Smoothies sind nichts, womit man den Ferienbeginn feiert.«

Ja, heute war unser letzter Schultag, und morgen früh geht es für uns drei zum Flughafen. Mein erster Flug, bin schon wahnsinnig aufgeregt. Freu mich tierisch, aber werde Lenny vermissen. Ich meine, nur weil er die Assi-Nummer mit dem Lederband und dem Simone-Kuss durchgezogen hat, ist er ja nicht automatisch aus meinem Herzen raus. Aber Lenny ist nicht die einzige Insel im weiten Meer, ich werde auch an Joe denken. An Mutter sowieso. Zu viele Gedanken, Gedanken für ein Jahr, dabei bin ich nur vier Wochen weg. In meinen Ohren höre ich leise die Stimme von Schwester Victoria, die seit meiner Entlassung irgendwie in die Muschel gekrochen ist und es sich dort irrsinnig gemütlich macht. Die Stimme flüstert: nicht denken, nur am Strand liegen bleiben und mal gar nichts machen.

Es ist brütend heiß, und ich bin mit hundertprozentiger Wahrscheinlichkeit der einzige Mensch auf diesem Planeten, der bei der Hitze einen dicken Winterschal trägt. Meine Lunge muss auch jetzt warm bleiben, klingt unlogisch, ist aber notwendig (sagen die Ärzte). Bis morgen halte ich das locker noch durch, aber auf Mallorca werde ich ganz sicher keinen Schal zum Bikini tragen (nur über meine Leiche).

»Wenn du nicht krank wärst, würde ich Yoga mit dir machen. Das, was dein Arzt da mit dir anstellt, also das mit den Luftübungen, das ist ganz ähnlich wie die Atemübungen beim Yoga. Aber vor allem würden wir die Asanas üben. Manchmal ist es einfach wichtig, sich mal auf den Kopf zu stellen und die Welt verkehrt herum zu betrachten. Oder wie ein Löwe zu atmen.«

Meine Pola wieder.

»Wie atmet denn ein Löwe?«

Sie zerknautscht ihr Gesicht (vor Anstrengung wird es ganz rot), dann reißt sie ihren Mund auf, streckt die Zunge raus und brüllt … wie ein Löwe.

Da ich mich mit dem Schal sowieso schon zum Affen mache, kann ich auch wie ein Löwe brüllen. Wir brüllen beide wie Löwen. Wir brüllen wie Löwen und lachen uns kaputt. Die Krähe, der Kranich, der Löwe und der Fisch. Das Kamel und die Schildkröte. Wenn Pola über Yoga redet, klingt das für mich nach einer ziemlich lustigen Zirkusnummer. Es ist aber sowieso egal, worüber Pola redet, Hauptsache, sie redet und wir verbringen viel Zeit miteinander. Fast wie früher.

»Mmmh, ich bin auch hungrig wie ein Löwe.«

Pola steckt sich ein dickes Stück Kuchen in den Mund.

Fehlt nur noch, dass sich die Balkontür öffnet und einer der rosa Elefanten neben uns auf dem Teerdach Platz nimmt und ein Gedicht von Goethe, Schiller oder sonst wem aufsagt. Wenn es einen Ort auf der Welt gibt, an dem mich das nicht sonderlich wundern würde, ist es genau dieser hier.

Ich stelle meinen Kuchenteller zur Seite und trinke noch einen Schluck von der Erdbeerbowle. Will nichts mehr auf die lange Bank schieben, Zeit für klare Worte. Am Himmel bildet sich gerade ein schmaler Streifen Hellrosa, Nike-Turnschuh-Rosa, um genau zu sein, und dieser Farbton passt hervorragend zu meiner Ansprache und macht mir Mut.

»Freeman gibt es nicht ich habe ihn erfunden Mutter gibt mir manchmal Ohrfeigen und sperrt mich sogar ein kannst du dich erinnern ich hab dir erzählt ich hätte eine schlimme Gehirnerschütterung aber das war gelogen Mutter wollte nicht dass ich in die Schule gehe sie war ziemlich depri drauf Schnaps hat sie auch getrunken literweise viel zu viel!«

Wie Mutter rede ich ohne Punkt und Komma, aber ich rede. Schon erstaunlich, dass aus dem Mund noch was rauskommt, wenn man das Gefühl hat, im Kopf ist nichts mehr drin, da herrscht für alle Zeiten gähnende Leere. »Meine Klamotten sind aus der Kleiderkammer vom Roten Kreuz und manchmal bin ich so wütend da werfe ich kleine Steine aus meinem Fenster nach unten und manchmal ritze ich mich mit einer Scherbe von Mutters Flaschenfreunden weiß dass das alles ziemlich crazy klingt und ich bereue auch dass ich nicht früher mit dir darüber geredet habe du hast mich oft gefragt und ja ich hab dich immer angelogen irgendetwas erfunden einen Scheißdreck erzählt Münchhausen eben.«

Jetzt ist es raus. Nein, da fehlt noch was, etwas ganz Entscheidendes sogar. »Ich schäme mich ständig den ganzen Tag über von morgens bis abends du weißt schon wenn ich rot werde oder diese hässlichen Flecken am Hals bekomme wie Windpocken oder irgendeine Krätze das macht mich echt verrückt und ich bin froh dass du mich nie darauf angesprochen hast du hast immer so getan als sei das ganz normal ich schäme mich immer noch das geht nicht einfach so weg keine Ahnung für alles irgendwie aber die Ärzte sagen dass es besser wird wenn ich den Stress reduziere und sie raten mir auch zu einer Therapie weißt du es ist echt schlimm wenn man sich ständig für alles und jeden schämt ein echtes Hamsterrad man wird wahnsinnig weil es nie aufhört keine Sekunde lang nicht mal nachts.«

Pola sagt lange nichts.

Ich blicke auf ihre bunt lackierten Fußnägel und zähle sie durch, als wüsste ich nicht, dass es zehn sind. Eine Fliege klettert über Polas rechten Fußrücken, aber Pola verscheucht sie nicht. Ich finde, Superman kann mal langsam um die Ecke biegen, wäre ein ziemlich perfekter Moment für ihn und seine ganzen Geschenke.

»Ich finde es mutig, dass du mir das alles erzählst. Ich hab mir oft Gedanken gemacht, was mit dir los ist. Du bist so ein tolles Mädchen, aber mir war klar, dass du keine Ahnung hast, wie toll. Wollte dich nicht bedrängen, du hast ja nie was gesagt, wenn ich gefragt habe, hast immer abgeblockt. Lass dir ruhig Zeit und erzähle mir alles ganz in Ruhe. Vielleicht immer dann, wenn dir danach ist. Erst mal musst du dich ausruhen. Hallo, ich dachte, du bist mausetot, als du vor dem Baum umgefallen bist. Nee, Lea, wir relaxen erst mal, dass das klar ist. Ich freu mich so, dass du mit nach Mallorca kommst. Jackpot, give me five.«

Wir geben uns five.

Pola hat doppelt recht: Jackpot und ich muss mich ausruhen.

Bin schon fleißig dabei, sitze auf dem Teerdach und bin relaxt.

Das Schlimmste habe ich wohl hinter mir.

Für die Ärzte war das alles kein allzu großes Ding und für Pola offensichtlich auch nicht, und wenn die alle damit klarkommen, komme ich auch damit klar.

»Was ist mit Joe?«

Ich habe mich hoffentlich verhört.

»Mit wem?«

»Mit Joe, Joe, Joe.«

»Was soll mit ihm sein?«

Kann unmöglich schon über den Kuss reden, habe ihn selber noch kein bisschen verdaut, und so unverdaut will ich nichts davon preisgeben.

»Ach komm, ich bin nicht blöd, und ihr seid Hauptgesprächsthema. »

»Echt?«

»Echt.«

Wenn das stimmt, weiß Lenny von Joe. Wer weiß, was er sonst noch alles weiß.

Stichwort: Baum.

Stichwort: Gewitter.

Stichwort: Mutter.

»Mal sehen. Weißt du, Lenny ist noch in meinem Kopf, am Ende geht er da nie wieder weg. Denk ziemlich oft an ihn. Und er schickt mir immer noch Nachrichten. Ich hab ihm geschrieben, dass es Freeman nicht gibt.«

»Gut so. Über diesen Freeman sprechen wir später, wenn du wieder fit bist, abgefahren, dass du so einfach einen Freund erfunden hast, aber okay. Zu Lenny ...« Pola legt eine kleine Kunstpause ein und seufzt. »Mit Simone ist er jedenfalls nicht zusammen.«

Die rosa Elefanten fliegen wie Luftballons durch die Luft und singen Halleluja, aber dann legen sie eine Notlandung vom Allerfeinsten hin, landen schnell und hart und mucksmäuschenstill.

»Lea, nur weil er nicht mit Simone zusammen ist, heißt das nicht, dass er mit dir zusammen sein will.«

Ich sitze auf dem heißen Teerdach, und mir ist bitterkalt. Wickle den Schal etwas fester um meinen Hals. Lenny liegt mir immer noch am Herzen, aber nicht so sehr, dass ich dafür Mallorca gefährde.

»Stimmt auch wieder. Vielleicht sind Jungs auch nicht so wichtig«, sage ich (die Weltmeisterin in Sachen Selbstbetrug). »Ich meine, Jungs sind toll und so, aber muss man wirklich einen Freund haben?«

»Man muss nicht, aber schön ist es schon.«

Pola sieht aus wie ein verliebtes Schaf. Ja, Pola hat immer recht, sie weiß halt, wovon sie redet.

# DREISSIGKOMMAFÜNF

Die Luft riecht nach Sommer, und in dieser Sommerluft laufen ich und mein Winterschal-Hals zum Spielplatz. Habe noch ein Hühnchen zu rupfen. Der Sand unter meinen Füßen knirscht anders als letztes Mal, aber da war ich auch wütend ohne Ende. Werde garantiert wieder wütend, wenn wieder jemand da rumhängt und mich mustert, als wäre ich das Allerletzte auf der Welt. Gott sei Dank, keine Gelbkleidfrau und auch kein Pinkkleidmädchen zu sehen, ganz allein mein Spielplatz. Klettere nicht auf das Piratenboot, sondern setze mich auf die Schaukel. Wobei Schaukel vielleicht der falsche Begriff ist, es handelt sich vielmehr um einen Autoreifen, der an drei langen Eisenketten hängt. Sitze und schaukle ein bisschen. Betrachte den Himmel und stelle mir vor, wie ich da morgen durchfliege, durch dieses postkartenblaue Paradies. Morgen also *do what you love* und heute noch ein letztes *do what you must*. Weil ich meiner Luft vorher groß und breit erklärt habe, dass wir noch mal etwas durchziehen müssen, auf das wir überhaupt gar keinen Bock haben, zickt sie nicht rum, und ich kann in aller Seelenruhe die Nagelschere aus meiner Umhängetasche holen. Da lag sie die ganze Zeit drin, schon in der Schule, beim Riffei und auf Polas Teerdach. Vorbereitung hin oder her, ich fühle mich echt mies, als ich das braune Lederarmband durchschneide und kurz an Warnemünde, das Meer, den Wind und das Salz denke. Denke an den alten Strom, an die kauzigen Seeleute und Fischbrötchenstände und daran, dass Lenny mit seinem Onkel und seinen Eltern wieder dort sein wird, aber nicht mit mir, nicht in diesem Leben. Frage mich, ob die Kinoeinladung eine Art Mitleidsnummer ist oder ob ich Lenny doch fehle, so wie er mir fehlt?

Nein, ich werde nicht weich, es macht schnipp, schnapp.

Die beiden Lederarmbandhälften fallen in den Sand unter mir, kleine, hässliche Regenwürmer. Muss Pola dringend fragen, ob es beim Yoga Regenwurm-Asanas gibt, sind schließlich auch Tiere und können was. Könnte es mir leicht machen und die Regenwurmhälften im Sand liegen lassen, aber ich hebe sie auf, wickle sie in ein Taschentuch und stecke sie mit der Nagelschere zusammen in meine Tasche. Nein, kommt nicht infrage, ich habe etwas ganz anderes mit ihnen vor.

# EINUNDDREISSIG

»Hast du alles?«, fragt Petra Licht. Sie muss den Koffer meinen, den sie mir geliehen hat und in den ich all meine Sachen gestopft habe. Weil ich nichts sage, hakt sie weiter nach: »Freust du dich?«

Ich kann nicht springen und hüpfen und einen auf gute Laune machen, aber immerhin kann ich ein breites Joe-Lächeln aufsetzen. Schon komisch, wie Mutter dasteht und ich nach passenden Abschiedsworten suche. Ich meine, in den letzten fünf Jahren war sie immer da, und ich war auch immer da, und nun verlasse ich das sinkende Schiff. Das sind Gedanken, die mich verrückt machen. Ich dreh nur deshalb nicht durch, weil Petra neben Mutter steht und ihre Hand hält. Die beiden sind echt der Hammer, wie zwei siamesische Zwillinge, die man ewig lang getrennt hat und die sich nun wiedergefunden haben. Quatsch, denke ich, Happy Ends gibt es nur im Kino, und da gehe ich erst mal nicht hin, weder mit Joe noch mit Lenny. Meine (neue) größte Sorge: Mutter benimmt sich wieder völlig daneben, und Petra macht die Flatter, diesmal endgültig. Ich höre meinen Atem, weil immer noch nichts aus meinem Mund kommt, das lauter wäre. Beeilung, in wenigen Minuten klingelt es.

Yes!

Liegen bleiben und Abschied nehmen und in die Luft abheben.

Auch ganz schön viel. Das Merkwürdige ist, dass bei dem Zuviel mein Atem gar nicht mehr rumspinnt. Manchmal denke ich nicht mal mehr darüber nach.

Mutters Katja-Riemann-Locken sehen toll aus, aber sie presst die Lippen fest zusammen. Sehen aus wie zugenäht. Denkst du an deinen alten Traum, Mutter, an die Fluse? Ich werde dich dran erinnern, wenn es uns beiden etwas besser geht, großes Indianerehrenwort. Nicht jetzt, wo wir alle wissen, wie hart die Zeit für Mutter wird. Glaube ja kaum, dass Petra ihr massenhaft neue Flaschenfreunde anschleppen wird (warum sollte sie auch). Jede Wette, dass mein Urlaub eine Art Entzug für sie wird! Stelle ich mir schlimmer vor, als wenn man mir das Schreiben, die Postkartentür, Pola, Lenny und die restliche Clique auf einmal wegnehmen würde (die Hölle).

Vielleicht sollte ich Mutter mal in den Arm nehmen?

Es klingelt.

Ich drücke Petra an mich (habe ihr viel, viel zu verdanken). Dann fasse ich mir ein Herz, atme tief durch und drücke Mutter an mich. Ihre knochigen Schulterblätter fühlen sich wie Flügel an. Ich möchte ihr meinen Volljährigkeitskalender unter die Nase halten und ihr dann vorbeten, dass sie das alles noch ändern kann. Dass sie dafür nur endlich ihren Allerwertesten hochkriegen muss. Und dass sie dafür nur noch 783 Tage Zeit hat, sonst ist sie mich nicht nur für vier Wochen, sondern für alle Zeiten los.

»Bis bald«, sage ich.

»Bis bald«, sagt Mutter.

# Zweiunddreissig

Stehe auf dem Flughafen und drehe das Ticket von rechts nach links und von links nach rechts. Ich habe den Platz mit der Nummer 10B. Der Platz 10B gehört in eine Lufthansa-Maschine und zu dem Flug 3197 nach Palma de Mallorca.

Die Luft juckt unter meiner Haut.

Das hat ausnahmsweise nichts mit Mutter zu tun, dass ich hier stehe und am ganzen Körper zittere. Glaube, sogar meine Zehennägel zittern und sehen Absturzbilder. Ich zittere und schwitze und denke an all die bunten Postkarten, die auf der Kellertür kleben und die ich, wenn ich wirklich abstürze, nie wiedersehe. Ich schwebe durch die Luft, und das war es dann? Oder ich schwebe durch die Luft und lande glücklich auf Mallorca. Okay, muss da wohl rein, aber dieses Ungeheuer sieht überhaupt nicht aus wie ein Vogel, kein bisschen. Nicht mal dann, wenn man einen Vogel tausendfach aufbläst und in eine Betonhülle gießt und noch eimerweise Fantasie und rosa Brillen draufkippt. Never. Keinen Schimmer, wie das Ding in der Luft überleben soll, aber die Leute, die dafür zuständig sind, werden hoffentlich wissen, was sie tun. Hilft alles nichts: Ich muss da rein.

Und ich geh da rein.

Überstehe den Check-in und die Boarding Time, und alles andere überlebe ich auch. Irgendwann sitze ich tatsächlich in diesem Ungeheuer namens Flugzeug.

Puh …

Ich sehe was, was du nicht siehst. Zuerst Sonnenlicht, das idyllisch schön durch die Luke fällt. Kneife die Augen zusammen, blinzle, sage mir, dass es kaum entspannter sein könnte. Höre die Stimme der Stewardess, die erklärt, wie wir uns bei einem Notfall zu verhalten haben, wo die Notausgänge sind (blablabla). Ehrlich gesagt will ich von einem Notfall nichts hören, und ich will auch diese hässlichen Atemmasken und Kotztüten nicht sehen, auf die sie mehrfach hinweist. Was soll das bringen? Denken die allen Ernstes, wenn das Flugzeug abstürzt, schnalle ich mir das Zeug auf den Rücken und schwimme damit einmal quer durchs Meer? Eigentlich möchte ich gerne wieder aussteigen, aber uneigentlich möchte ich sitzen bleiben, weil ich nur so mit Pola nach Mallorca komme.

Das Leben ist echt kompliziert.

Das Flugzeug rollt.

Ich höre die Räder.

Höre die Triebwerke.

Alles kein Vergleich zu der Atemglaskammer beim Riffei. Fühlt sich an, als säße ich in einem echten Raumschiff und würde damit ohne Umwege ins Weltall oder auf den Mond fliegen (wie ich die Chinesen beneide). Dann ist es still, sehr still. Aber das Flugzeug tobt. Es tobt und jammert und dreht so richtig schön auf, und nach einigen Minuten hebt es ab, und ich hebe auch ab.

Erst als das Flugzeug sicher in der Luft liegt, begreife ich, dass ich noch lebe. Bin nicht abgestürzt, wenn ich abgestürzt wäre, könnte ich unmöglich die Stimme des Piloten hören. Und der Pilot klingt erfreulicherweise nicht so, als hätte er vor, uns in irgendein Hochhaus zu steuern oder im tiefen Meer als Haifutter zu versenken. Klingt ganz sympathisch. Wenn ich hinaussehen würde, könnte ich direkt auf eine der Triebflächen schauen, aber ich sehe nicht hinaus. Ich atme und versuche, nicht völlig durchzudrehen in dieser Enge, so weit oben. Die Luft ist saukalt, und ich habe keine Jacke an, aber ich will auch nicht aufstehen, für kein Geld der Welt. Auf dem Sitz neben mir hockt ein dicker Mann, und dieser dicke Mann hat das schönste Lächeln, das ich jemals gesehen habe. Ein Lächeln so von innen heraus. Er scheint sehr relaxt zu sein, und wie Wilma löst er fleißig Kreuzworträtsel. Keine Ahnung, was daran so toll sein soll, irgendwelche Buchstaben in irgendwelche Kästchen zu schreiben, aber irgendwas muss ja dran sein, wenn die alle so tiefenentspannt sind davon. Wahrscheinlich, weil ich ihn immer wieder von der Seite anschaue, stellt sich der dicke Mann bei mir vor.

»Hi, ich bin Pawel.«

»Hi, ich bin … Lea.«

Beschließe, dass die Spaghettizeiten vorbei sind. Werde mir auf Mallorca vielleicht sogar die Haare abschneiden lassen (aber nur vielleicht).

Als ich Pawel von meiner Flugangst erzähle, redet er

mir gut zu. Er erzählt, dass sein bester Kumpel Kai ein Restaurant auf Mallorca eröffnet hat und dass er wegen Kais Restaurant jedes zweite Wochenende die Strecke Düsseldorf – Palma fliegt, damit er mitanpacken kann. Respekt, für mich ist Pawel der unangefochtene Held der Lüfte.

»Unglaublich.«

»Ja, ich kann es selbst kaum glauben, früher hatte ich sogar Todesangst, wenn ich nur einen Fahrstuhl von außen gesehen habe. Alles eine Frage der Übung, wenn du mich fragst, der Mensch ist ein Gewohnheitstier.«

Fahrstuhl, Gewohnheitstier. Interessant, was Pawel da erzählt, aber dann hat er leider schon wieder Sehnsucht nach seinem Kreuzworträtsel, und es wird still neben mir. Auch wenn es ganz easy ist, hier oben, mit Pawel neben mir und der Musik aus dem Lautsprecher, muss ich mich weiterhin ablenken. Schaue mir Pawels Füße an. Er trägt Flip-Flops. Tja, denke ich, Schuhe sind auch nicht alles im Leben.

Auch stumm bleibt Pawel ein Glücksgriff für mich, weil er mir jedes Mal, wenn ich denke, jetzt ist es so weit, wir stürzen ab, gleich bin ich Kleinholz und liege in irgendeinem Gemüsegarten in irgendeinem fremden Land, also immer dann, kurz bevor ich ausflippe, ein beruhigendes Lächeln schenkt.

Pawel ist ein fleischgewordener Buddha.

Lea neben Pawel ist relaxt.

Lea neben Pawel fliegt durch Wolken, die aussehen, als hätten sie Gesichter und Arme und Beine.

Lea neben Pawel schmiert sich ein Brötchen, trinkt

eine Tasse Tee und lutscht ein Pfefferminzbonbon nach dem anderen.

Lea neben Pawel landet in 90 Minuten auf Mallorca.

Ich lese das Bordmagazin und suche mir eine Sonnenbrille aus, die ich mir kaufen würde, wenn ich genug Geld hätte. Trinke einen Schluck Wasser und stelle mir vor, es wäre Sekt. Trinke das Sektwasser und lehne mich zurück, und alles ist noch besser, als ich es mir vorgestellt habe. Unglaublich frei hier oben und unglaublich weit weg von da unten. Ich sollte das häufiger machen, wegfliegen, und nicht erst damit anfangen, wenn ich volljährig bin und eigenes Geld verdiene. Da gibt es nur ein klitzekleines Problem (von dem Geld mal abgesehen): Mutter. Und die Frage aller Fragen: Was mache ich mit ihr, und was macht sie ohne mich?

Klar, da dreht sich das Gedankenkarussell wieder lustig im Kreis. Es dreht sich und will einfach nicht stillstehen. Es will wissen, ob Mutter ohne mich über die Runden kommt. Klar, Petra Licht ist bei ihr und bleibt auch den ganzen Monat, aber natürlich nicht rund um die Uhr. Mein Wunsch aus der Ferne: Sie wäscht Mutter mal gehörig den Katja-Riemann-Kopf. Wenn es einen Menschen auf der Welt gibt, auf den Mutter hört, ist es Petra Licht.

In Reihe neun, der Reihe vor mir, sitzen Pola und Katinka. Ich bin ziemlich gut darin, den beiden zuzusehen und ein bisschen was von ihrem Gespräch aufzuschnappen. Gerade erzählt Pola Katinka von einem neuen Auftrag, den ihr eine ziemlich bekannte Sportklamotten-Firma für nächstes Jahr angekündigt hat. Irgendwas mit Mountainbikes, wenn mich nicht alles täuscht. Wieso weiß ich nichts davon? Das kommt davon, wenn man auf Bäume klettert, umkippt und im Krankenhaus landet: Die Leute denken, man sei furchtbar sensibel, und deshalb erzählen sie einem nur noch die Hälfte (wenn überhaupt). Weil Pola sich an dem Sitz ihres Vordermanns festhält, als hinge ihr Überleben davon ab, sehe ich, dass ihre Fingernägel abwechselnd türkis und rot lackiert sind.

»Die wollen auch, dass ich mit geschlossenen Augen im Baum stehe. Übe ich ständig vor dem Spiegel und stelle mir allerdings nur vor, meine Augen wären geschlossen, sonst sehe ich ja nichts. Mann, kannst du dir vorstellen, wie schwierig es ist, im Baum die Augen zu schließen? Sauschwer.«

Pola ist wahnsinnig aufgeregt und Katinka sehr stolz. Die beiden sind ein echtes Dream-Team. Werde ich jemals neben Mutter in einem Flugzeug sitzen? Wenn man aus einer Mücke einen Elefanten machen kann, ist nichts unmöglich.

Pawel erwacht aus seiner Kreuzworträtselstarre und zeigt mit dem Finger an mir vorbei.

»Schau mal, die Sonne.«

Und obwohl ich mich bisher geweigert habe, schaue ich nun doch hinaus in den Himmel. Sehe die Sonne. Sehe diesen rotgelbgoldenen Ball, der seine Farben wie ein Feuerwerk durch die Luft wirft und sich mit ihnen auf die Wolken legt. Sieht gar nicht bedrohlich aus, sondern ziemlich abgefahren.

Das macht mich echt glücklich, dass ich hier sitze und nicht auffalle. Ich tanze nicht aus der Reihe, werfe mit nichts und schreie auch nicht blöd in der Gegend rum. Das Flugzeug fliegt, und ich fliege mit, Wahnsinn. Irgendwann steht Katinka auf, weil sie zur Toilette muss, und sagt mir im Vorbeigehen, dass es für sie okay ist, wenn wir die Plätze tauschen und ich mich neben Pola setze. Verlasse den relaxten Pawel nur ungern, aber es ist an der Zeit, Pola noch ein wenig aus meinem Leben zu verraten. Scheibchenweise, so war es ausgemacht, aber ich glaube, wenn wir erst mal in Palma gelandet sind, möchte ich vier Wochen lang nur über die schönen Dinge und unsere Zukunft reden. Kaum sitze ich neben Pola, kaum guckt sie mich an mit ihrem »Maus«-Blick, beginne ich, ein paar Dinge zu erzählen.

Wie viel Mutter trinkt.

Wie sie mich an schlechten Tagen beschimpft und manchmal auch bespuckt oder ohrfeigt.

Wie sie mich auf all die Ämter schickt und ich stundenlang da rumhänge und in der Schule alle denken, ich schwänze und mache mir ein schönes Leben im Freibad oder sonst wo. Wie schwer es für mich ist, dass ich sitzengeblieben bin und alle meine Freunde verloren habe.

»Aber du hast deine Freunde nicht verloren.« Pola drückt meine Hände. »Erde an Lea, hast du schon mitbekommen, dass ich neben dir sitze und wir zusammen nach Mallorca fliegen?«

»Ich hätte dich fast verloren.«

»Niemals.«

»Ich habe Lenny verloren.«

Pola schluckt, das sehe und das höre ich.

Meine Kehle ist ganz trocken (das spüre ich).

»Das mit Lenny und dir hat nichts damit zu tun, dass du sitzengeblieben bist.«

»Nicht?«

»Nicht direkt, jedenfalls. Vergiss ihn. Ist eigentlich ganz gut, dass ihr kein Paar mehr seid. So richtig zusammengepasst habt ihr eh nicht. Ich meine, er hat es nicht mal geschafft, dich zu küssen.«

»Äh, stopp, ich habe ihn nicht geküsst.«

»Da gehören immer zwei dazu.«

So habe ich das noch nie gesehen. Stimmt eigentlich, Lenny hat keinen ernsthaften Versuch gestartet, mich zu küssen, also keinen mit Herzblut und Amorpfeil und dem ganzen Gedöns.

»Und Joe, der passt zu mir?«

Pola lacht und legt eine Hand auf meinen Oberschenkel. Trage mein Lieblingskleid, das aus Jeans. Wie durch ein Wunder hat es meinen Katastrophentag ohne ein einziges Loch überlebt. »Also, soweit ich das beurteilen kann: glaub schon. Der ist ähnlich verrückt wie du und genauso energiegeladen. Ich mag Lenny wirklich, aber seien wir mal ehrlich: Als festen Freund will man den nicht geschenkt haben. Du brauchst einen richtig tollen Typen, ja, so einen wie Joe. Dirk mag ihn übrigens auch. Joe spielt ja seit einigen Wochen im Verein mit, und sie sind in derselben Mannschaft, alle mochten ihn auf Anhieb.«

Davon wusste ich nichts. Ich weiß erschreckend wenig von dem, was aktuell so läuft. Aber das sind gute Neuigkeiten, das bedeutet, dass ich zukünftig mit Pola zum Sportplatz gehen und beim Training der Jungs zuschauen kann (theoretisch zumindest).

»Joe hat mich geküsst.«

»Was? Und das erzählst du mir erst jetzt? Wann? Wo?« Polas Hand hebt von meinem Oberschenkel ab, als hätte sie sich in ein Flugzeug verwandelt, das augenblicklich starten muss.

»Nach meiner Entlassung, bei mir vor der Haustür.«

»Joe hat dich mitten auf der Straße geküsst?«

Ich nicke. Und weil ich mich daran zurückerinnere, spüre ich seinen warmen Atem wieder an meinem Ohr, fühle seine Hand in meinem Nacken, auf meinem Rücken.

»Hallo? Erde an Lea. Sag nicht, du hast dich verknallt?«

Katinka kommt zurück (Rettung naht, wie immer) und verwuschelt erst Pola und dann mir die Haare. Sie scannt die lange Reihe der Passagiere und setzt sich schließlich lächelnd neben Pawel. Die passen gut zusammen, keine zwei Minuten später sind sie in ein Gespräch über Kometenlaufbahnen und das Leben auf fremden Planeten vertieft.

»Hey, das Lennyband ist endlich verschwunden.«

»Ja.«

»Wo ist es?«

»Liegt zerschnitten in meinem Koffer.«

»In deinem Koffer? Warum hast du es nicht einfach weggeworfen, Deckel drauf, Affe tot?«

»Weil ich es im Meer begraben möchte.«

»Lea, ein Lederarmband ist weder ein Mensch noch ein Tier, das musst du nicht beerdigen.«

Das versteht Pola nicht, aber das muss sie auch nicht. Und weil ich nicht weiter darüber reden möchte, wechsle ich das Thema. Das Thema wechseln geht bei Pola ganz leicht. Man muss nur »Dirk« sagen, und sie sprudelt los.

Ich schaue an die Decke, an das »Bitte anschnallen«-Zeichen über mir. Bin angeschnallt und wackle ein wenig mit den nackten Zehen.

Ich atme tief ein und lange wieder aus.

# DREIUNDDREISSIG

An wen denke ich?

Nein, ich kann Lenny und Joe nicht miteinander vergleichen, und das will ich auch nicht. In Lenny war ich verliebt (bin es noch?), und Joe hat mich geküsst. Selbst für mich »Mathegenie« ergibt das keine Gleichung, die aufgeht. Muss mir etwas anderes einfallen lassen. Vielleicht sollte ich Joe *und* Lenny küssen, am besten kurz hintereinander. Ich meine, wenn man zwei Jungs ganz kurz hintereinander küsst, liegt danach doch auf der Hand, wen man lieber mag, oder?

Kann ich Lenny jemals küssen, ohne an Simone zu denken?

Kann ich Joe jemals küssen, ohne an Lenny zu denken?

Kann ich überhaupt jemals (ohne »Hilfe«) jemanden küssen?

Verrückt, aber ich frage mich allen Ernstes, wenn mein Leben wirklich eine Insel ist und ich Robinson Crusoe, wer ist dann Freitag?

# Vierunddreissig

Wenn man so tiefbraun ist wie ich, kann man gechillt durch die Weltgeschichte laufen, weil niemand mehr sieht, wenn man rot wird. Bin so braun geworden, dass ich mich ständig selbst mit dem Handy fotografiere, weil ich denke, gleich ist sie weg, die schöne Bräune, und vielleicht war Mallorca nichts als ein Traum.

Meine Postkarte liegt im Briefkasten. Ich gucke in die Luft, atme tief und tanze erst mal vor Freude. Diese eine Postkarte macht mich zum glücklichsten Menschen (ehrlich wahr). Toller Strand, denke ich, tolle Muscheln, tolle Jungs und erst das Meer: ein Türkis vom Allerfeinsten.

Mal sehen, was ich schreibe (;-)).

Drehe die Karte um und lese mir den Text laut vor.

*Hola, Lea! Ob du es glaubst oder nicht: Die Sonne scheint den ganzen Tag mit voller Wucht auf meine Lebensinsel! Habe mir alle Fußnägel türkis lackiert. Schwimme jeden Tag im Meer, und gestern habe ich die beiden Lennyarmband-Enden im tiefen, tiefen Wasser versenkt, einfach so, ohne Adios zu sagen.*

*Im Moment chille ich mit einer eiskalten Cola auf der Liege und betrachte die neuen Schuhe, die ich mir in Palma gekauft habe, braune Ledersandalen mit bunten Steinen, gelbblaulilarot.*
*Lass es dir gut gehen, deine Spaghetti!*

Logisch, dass ich mit meiner ersten eigenen Postkarte gar nicht erst hochgehe, sondern auf direktem Wege in den Keller. Es ist ein tolles Gefühl, den Mallorca-Strand an die Tür zu kleben, an dem ich vier lange Wochen verbracht habe (kenne jedes Sandkorn). Schneide vier Streifen Tesafilm ab und hänge die Karte zwischen Polas Paris und Lennys Warnemünde-Karte. Ja, da hängt sie goldrichtig und ja, ich war am Meer schaukeln, und niemand hat mich ausgelacht, weil ich dafür eigentlich zu alt bin. Ich starre auf meine Mallorca-Karte, weil ich ja weiß, was jetzt noch kommt. Weiß, es ist dumm und wohl auch etwas kindisch von mir, ich meine, eine Postkarte ist eine Postkarte, ein Stück Papier, nichts Öffentliches und schon gar nicht etwas, das irgendetwas wiedergutmachen könnte. Trotzdem klebe ich eine weitere Karte auf die Tür, eine, die ich gekauft, aber nicht verschickt habe. *Es tut mir leid*, steht drauf, und ich habe dahinter ein rotes Eddingkomma gesetzt und *Hannelore* hingeschrieben. Kindisch, kitschig, aber egal: Auf Mallorca war es mir plötzlich sehr wichtig, eine Hannelore-Karte im Keller hängen zu haben, Punkt.

Schaue mir meine beiden Karten lange an, und dann starre ich auf Mutters altes Strickzeug, das haufenweise in einem der halb geöffneten Umzugskartons liegt. Grüne Wolle, gelbe Wolle, dünne Wolle, dicke Wolle, Wolle in Regenbogenfarben. Wieso (verdammt noch mal) hat sie das alles so leichtfertig weggeschmissen? Und weggeschmissen hat sie es ja wohl, warum sonst liegt es im Keller und gammelt vor sich hin? Der Keller ist für Mutter in etwa so weit entfernt wie der Mond für eine Erdenameise. Keine Ahnung, welcher Teufel mich reitet, aber ich schnappe mir den Strickzeugkarton aus alten Zeiten und werfe einen letzten Blick auf meine Postkartentür (brauche Mut). Dass ich mich erholt habe, merke ich daran, in welchem Affenzahn ich am sprachlosen Speedy Gonzales vorbeirausche. Knalle der ebenfalls sprachlosen Mutter einfach ihr altes Zeug auf das blaue Himmelmeersofa und lauffliege weiter in mein Zimmer. Tür zu, Eintritt verboten!

Liege buddhatiefenentspannt auf meinem Bett und schreibe Joe die längst überfällige SMS. Morgen soll es regnen und vielleicht sogar gewittern, da ist Kino nicht die allerschlechteste Idee.